Lauren Rowe
The Club – Match

PIPER

Zu diesem Buch

Nach dem gemeinsamen Kurzurlaub in Belize wartet in Seattle eine böse Überraschung auf Jonas und Sarah. Der Club hat ihren Verrat nicht vergessen und hinterlässt eine eindeutige Warnung an Sarah. Jonas tut alles, damit Sarah nichts geschieht. Zu schmerzhaft ist die Erinnerung an das schreckliche Ereignis aus seiner Vergangenheit, das er eigentlich für immer vergessen wollte, das jetzt aber mit aller Macht wieder an die Oberfläche drängt.
Er überredet Sarah, bei ihm einzuziehen und in seiner Wohnung zu bleiben, bis er herausgefunden hat, was genau der Club von ihr will. Doch dann sieht sich Jonas plötzlich mit seinem größten Albtraum konfrontiert ...

Lauren Rowe ist das Pseudonym einer amerikanischen Bestsellerautorin und Singer-Songwriterin, die sich für »The Club« ein Alter Ego zugelegt hat, damit sie sich beim Schreiben ihrer heißen Liebesgeschichten nicht zurückhalten muss. Lauren lebt zusammen mit ihrer Familie in San Diego, Kalifornien, wo sie mit ihrer Band auftritt und sich möglichst oft mit ihren Freunden trifft.

Lauren Rowe

THE CLUB
Match

Aus dem Amerikanischen
von Lebe Kubis

PIPER

Mehr über unsere Autoren und Bücher:
www.piper.de

Von Lauren Rowe liegen im Piper Verlag vor:
The Club – Flirt
The Club – Match
The Club – Love
The Club – Joy

MIX
Papier aus verantwortungsvollen Quellen
FSC® C083411

Ungekürzte Taschenbuchausgabe
ISBN 978-3-492-31072-7
Juli 2017
© by Laura Rowe 2015
Titel der amerikanischen Originalausgabe:
»The Club«, SoCoRo Publishing 2015
Translation rights arranged by The Sandra Dijkstra Literary Agency
All Rights Reserved
© der deutschsprachigen Ausgabe:
Piper Verlag GmbH, München 2016,
erschienen im Verlagsprogramm Paperback
Umschlaggestaltung: ZERO Media GmbH, München
Umschlagabbildung: FinePic®, München
Satz: Tobias Wantzen, Bremen
Gesetzt aus der Dolly
Druck und Bindung: CPI books GmbH, Leck
Printed in the EU

Jonas

In meinem Wohnzimmer stehen zwei zitternde Frauen – und das meine ich nicht anzüglich. Nein, Sarah und Kat haben eine Heidenangst, weil ihre Wohnungen geplündert und ihre Computer gestohlen worden sind – zweifellos von den Wichsern aus dem Club. Natürlich fragen sie sich, ob das alles war oder ob die heutigen Ereignisse nur die Spitze des Eisbergs waren. Dass sie total verstört sind, kann ich ihnen nicht verdenken. Jetzt, wo Sarah die Wahrheit über den Club kennt – und der Club davon Wind bekommen hat –, sind diese Arschlöcher wahrscheinlich zu allem bereit, um ihren weltweiten und überaus ertragreichen Prostitutionsring zu schützen. Ich werde nicht herumsitzen und abwarten, was geschieht. Nein, ich werde diese Arschlöcher umlegen!

Wie genau das laufen soll, weiß ich ehrlich gesagt noch nicht.

Nur, dass ich gnadenlos sein werde und eine endgültige Lösung finden muss. Basta. Zumindest hoffe ich, dass mir das gelingt.

Fuck.

Vermutlich werde ich das allein nicht schaffen – ich bin es nun einmal nicht gewöhnt, den Superhelden zu spielen. Aber wenn mein Bruder erst mal hier ist und wir unsere magischen Zwillingskräfte kombinieren – also Joshs Brillanz mit meinem Gehirn – und dann auch noch seinen Hackerkumpel mit ins Boot holen (wer auch immer das sein mag!), kann uns nichts und niemand mehr aufhalten. Das weiß ich.

Wie konnte nur alles so schnell aus dem Ruder laufen? Noch vor einer Stunde waren Sarah und ich auf Wolke sieben, kamen gerade von unserem traumhaften Trip nach Belize zurück, sind die Treppen zu ihrer Wohnung hinaufgeschwebt, waren wie berauscht voneinander und vom Leben. Schließlich hatten wir in den vergangenen Tagen jegliche Form von Ekstase erlebt. Sind Wasserfälle hinaufgeklettert, in dunkle Abgründe gesprungen und haben in unserem Baumhaus wieder und wieder den Mount Everest erklommen, in unserem Kokon für zwei. Und die ganze Zeit wurde immer offensichtlicher, dass wir füreinander bestimmt sind.

Als ich mit Sarah in Belize war, war ich … Ich kriege immer noch eine Gänsehaut, wenn ich daran denke … glücklich. Absolut glücklich, und zwar zum ersten Mal in meinem Leben – oder zumindest zum ersten Mal, seit ich sieben war.

Sarahs nackten Körper die ganze Nacht an meinem zu spüren, sie überall zu berühren und ihr in die großen braunen Augen zu sehen, während ich mit ihr schlafe; auf dem Balkon unseres Baumhauses zu sitzen und ihre Hand zu halten und den Geräuschen des Dschungels zu lauschen; stundenlang über alles und nichts zu sprechen und so heftig zu lachen, dass ich Seitenstechen davon bekommen habe; mir von ihr ordentlich den Kopf waschen zu lassen und ihr Dinge zu erzählen, die kein anderer von mir weiß – also selbst das, wofür ich mich sehr schäme –; oder auch nur fasziniert dabei zuzusehen, wie sie eine Mango vertilgt. Eigentlich war es vollkommen egal, was wir gemacht haben. Dank dieser Frau habe ich begonnen, an Einhörner, den Schatz am Ende des Regenbogens und sogar an den Valentinstag zu glauben – letzten Endes also doch! (Vielleicht sollte ich Hallmark und Lifetime ein Kärtchen schicken, auf dem steht: *Okay, ihr habt gewonnen!*) Was Sarah und ich in Belize erlebt haben, war nicht weniger als das Reich der Ideen, der ideale Zustand, so wie Platon ihn beschrieben hat.

Und *zack*, kaum sind wir zurück in Seattle, kriegen wir schon voll eins auf die Nase. Sarahs Wohnung ist komplett verwüstet, und man hat ihren Computer gestohlen. Und jetzt hat sie furchtbare Angst, und ich stehe da wie der letzte Trottel, die Kinnlade heruntergeklappt, und überlege fieberhaft, was Superman in einer solchen Situation wohl täte.

Ich brauche eine idiotensichere Strategie, um den Club in die Enge zu treiben. Bestimmt fällt mir was ein, sobald Josh hier ist, aber gerade bin ich viel zu aufgewühlt für gute Ideen. Etwas Besseres, als meine Arme um Sarah zu legen und so zärtlich, wie es nur geht, mit ihr zu schlafen, während ich ihr ins Ohr flüstere, dass ich sie liebe, fällt mir nicht ein.

In der Limousine hätte ich die Gelegenheit gehabt, ihr die drei magischen Worte zu sagen, aber ich war natürlich wieder einmal zu feige dafür. Ich wollte es ja gern, doch mein Herz hat fürchterlich geklopft, und außerdem waren wir gerade auf dem Weg zu Kat. Ich wollte ihr meine Liebe nun mal viel lieber dann gestehen, wenn ich ihr gleichzeitig auch zeigen kann, wie viel sie mir bedeutet. Zwei Minuten später sprang dann auch schon Kat in den Wagen, und die beiden haben sich schluchzend aneinandergeklammert. Da war es natürlich zu spät dafür.

Okay, ich hab es vermasselt. Ich gebe es ja zu.

Und jetzt sind wir mit Kat im Schlepptau in mein Haus gekommen, und ich stehe mit meiner üblichen sarahbedingten Erektion da. Ich kriege die Vorstellung, wie wir miteinander schlafen und ich ihr sage, dass ich sie liebe, einfach nicht aus meinem Kopf. Vermutlich ist Sex allerdings gerade das Letzte, woran Sarah denkt. Sie braucht jetzt einen starken Mann, der sie beschützt. Weiß ich doch. Aber ich kann einfach nicht anders – sie turnt mich wahnsinnig an, ganz egal, was gerade los ist.

Ich sehe hinüber zu den Ladys, die jetzt auf dem Sofa sitzen und sich leise unterhalten. Sarah sieht ziemlich mitgenommen aus, und Kat hat beruhigend den Arm um sie gelegt. Ja, die beiden wirken wirklich erschöpft. Besonders Sarah, die den ganzen Tag unterwegs war.

Es geht jetzt nur darum, ihr zu helfen. Irgendwie muss ich es schaffen, meinen Verstand von meinem unersättlichen Körper zu trennen. Muss nach der vollkommenen Version des Jonas Faraday streben und die Idee meiner selbst im Blick behalten. Ja. *Halte dir stets die Ideen vor Augen.* Ich atme tief durch. *Halte dir stets die Ideen vor Augen.*

»Kann ich euch Mädels was zu trinken anbieten?«, frage ich etwas kraftlos. »Oder was zu essen?«

Sarah schüttelt den Kopf und öffnet den Mund, um etwas zu sagen.

»Hast du Tequila da?«, erkundigt sich Kat.

Ich grinse, schließlich hat Sarah mir schon eine Menge von ihrer besten Freundin erzählt.

»Ich weiß nicht genau, ich schaue mal nach«, sage ich. Ich selbst trinke nie welchen, aber Josh liebt Tequila. Bestimmt hat er hier irgendwo ein Fläschchen verstaut.

Ich linse zu Sarah, und sie wirft mir ein schwaches Lächeln zu. Obwohl sie müde sein muss, ist ihr Blick voller Wärme. Oder … Moment mal. Sehe ich da etwa *Feuer* in ihren Augen?

Ich versuche zu grinsen, bin aber zu unruhig. Als ich merke, wie meine Mundwinkel zu zucken beginnen, wende ich mich ab. Wenn wir doch jetzt nur allein wären und dieser verdammte Club uns nicht das Leben schwer machen würde.

Wären wir doch noch in Belize!

Ich mache mich auf den Weg in die Küche, um herauszufinden, welchen Schnaps Josh mir wohl dagelassen haben mag. Bingo. In einem Eckschrank steht eine große Flasche exquisiter Tequila. Hätte ich mir denken können: für meinen lieben Bruder nur das Beste.

Ich krame nach ein paar Schnapsgläsern und höre, wie Sarah und Kat sich im Wohnzimmer leise unterhalten. Ihre Stimmen klingen ängstlich und sehr verstört. Tja, das Feuer in Sarahs Augen habe ich mir anscheinend nur eingebildet. Da war wohl der Wunsch der Vater des Gedankens. Nein, es darf jetzt nicht um mich gehen, sondern nur um das, was sie braucht.

Die ganze Situation ist wirklich total vertrackt. Warum bin ich dem Club nur beigetreten? Und wieso zur Hölle habe ich mit Stacy der Fakerin geschlafen? O Mann. Außerdem hätte ich Sarah ihren Computer mit nach Belize nehmen lassen sollen! Und wieso nur habe ich nicht auf ihre Intuition vertraut?

Von Anfang an, selbst noch vor ihrem Zusammenstoß mit Stacy auf der Bar-Toilette, hat Sarah gesagt, dass ihr Regelverstoß Konsequenzen haben würde. Sie klang ganz so, als wäre es eine Todsünde, mich gegen den Willen des Clubs privat zu kontaktieren. »Du hast doch nicht gegen die Kirche aufbegehrt, sondern gegen den Club. Das ist immer noch ein großer Unterschied«, habe ich damals geschnaubt und die Situation komplett missverstanden. Sarah ist wahnsinnig clever, ich hätte sie wirklich ernst nehmen sollen, ganz egal, worum es geht. Wenn ich ihr doch nur richtig zugehört hätte, anstatt mit meinem Schwanz herumzuwedeln und so zu tun, als hätte ich die Weisheit mit Löffeln gefressen – dann wäre das alles nicht passiert.

Leider geht es schon schlecht los: Ich finde keine Schnapsgläser. Dann eben Saftgläser. Ob sich in meinem Kühlschrank wohl noch irgendwo eine Limette versteckt hat? Fehlanzeige. Also gieße ich uns drei doppelte Shots in die Gläser, schnappe mir einen Salzstreuer und gehe zurück ins Wohnzimmer, um den Ladys ihre Drinks zu überreichen.

»Eine Limette hatte ich nicht mehr«, sage ich. »Sorry.«

»Cheers«, meint Kat. »Auf dich, Jonas. Besten Dank für

die Gastfreundschaft!« Sie hebt das Glas. »Freut mich übrigens, dich kennenzulernen.«

»Mich auch! Du bist wirklich genau so, wie Sarah dich beschrieben hat.«

Sarah grinst mich an, weil sie sich gut daran erinnert, was sie über Kat gesagt hat: »Sie ist ein wildes Partygirl mit einem Herzen aus Gold.«

Wir stoßen an. »Tut mir leid, dass wir uns auf diese Weise kennenlernen müssen«, sage ich.

»Na ja, zumindest lerne ich dich jetzt richtig kennen – und spioniere dich nicht nur aus.« Sie verstummt, wahrscheinlich ist ihr aufgefallen, dass sie mitten in ein Fettnäpfchen getreten ist.

Wunderbar. Ja, Sarah, ich habe Stacy die Fakerin gevögelt, nachdem ihr mich in der Pine Box ausspioniert habt. Und ja, im Nachhinein hat sich diese Frau leider als Prostituierte entpuppt. Danke, dass du mich dran erinnerst, während du meinen sündhaft teuren Tequila schlürfst – und das auch noch vor meiner Freundin!

Ich suche in Sarahs Gesicht nach irgendwelchen Anzeichen von Scham, Demütigung oder Schmerz.

Kat wird rot wie eine Tomate. »Sorry!«, murmelt sie.

Sarah legt eine Hand auf ihren Arm. »Ist schon okay!« Sie sieht mich eindringlich an. »Die Sache ist mir piepegal.« Sie zuckt mit den Schultern. »Ehrlich.«

Ah, das ist meine umwerfende Sarah!

Ich habe sie schon ganz zu Beginn gefragt, ob sie die lange Parade von Frauen, mit denen ich bereits geschlafen habe, einfach vergessen kann. Genauso wie all die Frauen mit Purpurarmband, mit denen ich mich dank meiner Mitgliedschaft im Club hätte amüsieren können. Sarah hat es mir versprochen und hat auch nie einen Rückzieher gemacht oder damit gehadert. Nicht ein Mal. Weil meine Sarah einfach einmalig ist.

Kat flüstert ihr etwas ins Ohr, und Sarah nickt grinsend.

Ich habe natürlich nichts gegen Kat persönlich, aber warum muss sie jetzt hier sein? Ich würde Sarah am liebsten auf der Stelle die Kleider vom Leib reißen und mit ihr schlafen. Leider aber macht mir Kat, die mich mit demselben belustigten Blick bedenkt, wie ich ihn von Josh nur allzu gut kenne, da einen Strich durch die Rechnung.

»Stößchen!«, sagt sie, leckt das Salz von ihrer Hand und trinkt den Tequila auf ex. »Geiles Zeug!«

Ich tue es ihr gleich und bin überrascht, dass der Tequila sehr viel milder und besser schmeckt als in meiner Erinnerung.

Sarah allerdings scheint keine Lust auf den Drink zu haben. Stattdessen starrt sie mich an wie eine Raubkatze.

Irgendetwas in ihrem verführerischen Blick lässt meine Haut kribbeln. Ich bilde mir den doch nicht ein?

»Willst du nicht mal trinken?«, sagt Kat zu ihr und gibt ihr einen leichten Knuff.

Ohne den Blick von mir abzuwenden, kippt Sarah ein bisschen Salz auf ihren Handrücken und leckt es langsam ab. Dann hebt sie das Glas an ihre vollen Lippen und kippt den Tequila in einem Zug hinunter, ohne auch nur mit der Wimper zu zucken. Anschließend fährt sie sich mit der Zungenspitze über die Lippen und grinst mich siegessicher an.

Heilige Scheiße, ich habe sofort einen Ständer bekommen. Ich habe sie noch nie zuvor einen Shot trinken sehen. Wie sie diesen Tequila hinuntergeschluckt hat – das war so sexy, dass ich liebend gern das Getränk gewesen wäre. Oder die Kante ihres Glases. Oder nein: das Salz.

Sie stellt ihr leeres Glas auf dem Couchtisch ab, lehnt sich zurück und legt die Hände hinter ihren Kopf. Das ist eine absolute Mackerpose – eine Haltung, die ein CEO-Manager während einer richtig harten Verhandlung einnehmen würde –, und es macht mich wahnsinnig an.

Ich erwidere ihren schmachtenden Blick.

Einer ihrer Mundwinkel hebt sich.

»Wann kommt Josh denn hier an?«, erkundigt sich Kat und geht mir damit schon wieder auf den Geist.

»In etwa drei Stunden«, sage ich nach einem Blick auf meine Armbanduhr. »Sein Flieger ist gerade in L. A. gestartet.«

Sarah seufzt tief und wirft mir einen lasziven Blick zu, während sie mit Kat spricht. »Bist du müde, Kat?«

Mein Körper steht regelrecht unter Strom.

Kat schüttelt den Kopf und will schon etwas erwidern, aber Sarah schneidet ihr sofort das Wort ab.

»Ich bin nämlich *hundemüde*.« Sie sieht mich an, als wollte sie mich bei lebendigem Leib verschlingen. »Wahrscheinlich werde ich schön heiß duschen und mich dann noch mal ins Bett verkriechen, bis Josh kommt.«

»Oh, klar«, sagt Kat. »Ich habe total vergessen, dass ihr zwei heute den ganzen Tag unterwegs wart. Ihr müsst völlig erledigt sein.«

Sarah erhebt sich und sieht mich unnachgiebig an. »Hast du ein Zimmer für Kat?«

»Na klar! Soll ich's dir zeigen, Kat? Oder soll ich dir vorher noch was zu essen besorgen?«

Sarah seufzt laut und deutlich und sieht mich finster an, während sie die Hände in ihre Hüften stemmt.

»Cool, ich habe tatsächlich –«, setzt Kat an, aber Sarah unterbricht sie knallhart.

»Warum zeigst du Kat nicht direkt ihr Zimmer? Wir essen dann später. Ist das okay, Kat?« Sarah funkelt Kat an und hebt ihre Augenbrauen.

Kat erwidert Sarahs Blick und wirkt plötzlich ein wenig eingeschüchtert.

»Ähm, klar«, sagt sie langsam, ehe ihr ein Licht aufgeht und sie breit grinst. »Oh. Logisch! Ich werde in der Küche bestimmt ein bisschen Obst oder Cracker finden, um den ersten Hunger zu stillen. Und ihr zwei ... *ruht* euch mal schön aus!«

»Wenn du wirklich schlimmen Hunger hast, dann –«

»Manometer, Jonas, ich bin voller Moskitoschutz und Flugzeugmief«, sagt Sarah und kann ihre Gereiztheit nicht länger verbergen. »Ich brauche jetzt dringend eine lange, heiße Dusche! Und zwar sofort!«

Kat lacht. »Jonas, normalerweise bist du doch sicherlich nicht so schwer von Begriff, oder?«

Ich spüre, wie ich rot anlaufe.

»Nee, ist er nicht! Eigentlich ist er sogar ein ziemlich aufgewecktes Bürschchen«, meint Sarah und verdreht die Augen.

»Wenn du das sagst.«

Meine Wangen glühen. Genau deswegen hasse ich Partys! Und Dreier. Und Menschenansammlungen. Am besten komme ich klar, wenn ich mit jemandem allein bin. Ich werfe Sarah einen entschuldigenden Blick zu, aber es hilft nichts.

Ich räuspere mich. »Okay, dann komm, Kat.« Ich greife nach ihrem Koffer. »Am anderen Ende des Hauses habe ich ein wunderbares Zimmer für dich – mit jeder Menge Privatsphäre.«

»Super«, sagt Sarah und rauscht so schnell aus dem Zimmer, dass Kat zu kichern beginnt.

»Komm schon, Jonas«, sagt sie. »Ich fürchte wirklich um deine Sicherheit, wenn du diese Frau noch länger warten lässt.«

Jonas

Ich stehe in der Tür zum Gästezimmer und gebe mein Bestes, um möglichst entspannt zu wirken und keinen Herzinfarkt zu bekommen. Gerade will ich nichts lieber, als sofort zu Sarah zu gehen. Wenn ich mir vorstelle, was sie wohl gerade in meinem Zimmer macht, beginnt alles an mir zu kribbeln. Trotzdem kann ich einfach nicht unhöflich einer Frau gegenüber sein, ganz egal, in was für einer Situation ich mich auch befinden mag. Außerdem ist es allein meine Schuld, dass Kat hier ist.

Ich habe dafür gesorgt, dass sie frische Handtücher in ihrem Bad hat, und ihr gesagt, dass sie sich wie zu Hause fühlen und sich einfach bedienen soll. Dann habe ich ihr noch erklärt, wie die Fernbedienung funktioniert, denn die ist ganz schön tricky. Außerdem habe ich ihr gezeigt, wie man sich an meinem Computer als Gast anmeldet, damit sie ihre E-Mails checken kann, oder was auch immer sie sonst gern tun möchte. Ich werde dafür sorgen, dass meine Assistentin die zwei gestohlenen Laptop-Modelle nachkauft und sie morgen direkt zu mir nach Hause liefern lässt.

»Also, ist so weit alles okay bei dir?«, frage ich und höre, wie das Blut in meinen Ohren rauscht.

»Alles super. Und jetzt ab mit dir. Je länger du Sarah warten lässt, desto gefährlicher wird es für dich!« Sie lacht.

Ohne etwas zu erwidern, drehe ich mich um und verziehe mich.

»Toi, toi, toi!«, ruft sie mir nach. Ich eile durchs Wohnzimmer in Richtung meines Schlafzimmers, das am anderen Ende des Hauses liegt. Mein Ständer pocht, und mein Herz rast. Ich werde jetzt mit der einzigen Frau, die ich je geliebt habe, schlafen. Langsam und zärtlich, und während ich das tue, werde ich ihr ins Ohr flüstern, dass ich sie liebe. Immer wieder. Ich werde in ihrer Vollkommenheit schwelgen, ihre Köstlichkeit voll auskosten, und wenn sie dann kommt (mittlerweile gelingt ihr das wirklich gut!), werde ich diesen Satz noch einmal wiederholen, vielleicht, während ich selbst meinen Orgasmus habe. Das habe ich noch nie gemacht – und es hat gute Chancen, so etwas wie mein neuer Heiliger Gral zu werden.

Frauen haben die drei besonderen Worte durchaus schon zu mir gesagt, aber ich habe ihre Liebeserklärungen nie erwidert. Eigentlich hatte ich sogar mein Leben lang Angst davor, habe diesen Satz gemieden wie die Pest. Hauptsächlich deshalb, weil alle Beziehungen und Flirts, die ich je hatte, letztlich an ihm gescheitert sind. Welche Frau sagt diese Worte schon gern zu einem Mann, ohne die entsprechende Antwort zu bekommen? Keine, richtig. Selbst wenn sie sich um Geduld bemüht und einen auf Mutter Teresa macht – das Ende ist unvermeidbar, sobald dieser Satz in der Welt ist. Sobald klar ist, dass nur eine Person emotional involviert ist.

Jetzt aber will ich diesen Satz sagen, verdammt noch mal! Und ich will, dass Sarah es auch tut. Wie wird es sich wohl anfühlen?

Ich kann es kaum erwarten!

Moment. Plötzlich kommt mir ein Gedanke, der mich mitten im Flur stehen bleiben lässt. Was, wenn Sarah den Satz *nicht* erwidert? Sofort wird mir flau im Magen.

Nein, so was darf ich nicht denken. Wir haben uns in Belize gesagt, was wir füreinander empfinden.

»Liebe ist eine schwere Geisteskrankheit«, habe ich gemeint. Viel klarer kann man sich doch kaum ausdrücken, oder? Und sie hat etwas erwidert wie: »Du machst mich auch total verrückt.«

Und dann habe ich ihr den Muse-Song vorgespielt, den ich mir für den Moment aufgespart habe, in dem ich mit der Frau schlafe, die ich liebe. Mann, das war echt unglaublich. *Madness.*

Mittlerweile ist mein Ständer steinhart.

Ja, wir haben es uns definitiv gesagt. Und jetzt werden wir den nächsten Schritt zusammen tun. Wir werden die heiligen Worte aussprechen.

Und was, wenn sie Angst davor hat? Oder noch nicht bereit dafür ist? Oder zu ... unsicher ist?

Nein, nein, nein! Das alles flüstern mir meine Dämonen zu, und auf die darf ich auf keinen Fall hören!

Meine vor langer Zeit attestierte »Angst vor Zurückweisung aufgrund eines Kindheitstraumas« sitzt tief, wie meine Therapeutin mir damals erklärt hat, als es um mich herum immer dunkler wurde und das unheimliche Geflüster begann. Manchmal schlägt der verrückte Teil in mir voll zu, und dagegen muss ich stets gewappnet sein. Ich muss gegen ihn ankämpfen und darf ihn nicht die Überhand gewinnen lassen. Ich weiß doch, dass sie mich liebt. Und ich liebe sie auch. Das ist so sicher wie das Amen in der Kirche. Ich darf jetzt nicht die Nerven verlieren.

Und auch über meinen Körper sollte ich dringend die Kontrolle behalten. Schließlich ist Sarah gerade erschöpft und sehr verletzlich. Der Tag heute muss ganz schön traumatisierend für sie gewesen sein. Da sollte ich zärtlich sein und es langsam angehen lassen. Dafür sorgen, dass sie sich geborgen und geliebt fühlt – das ist das Allerwichtigste. Ich will, dass es eine schöne Erinnerung für sie ist, und für mich natürlich auch. Ja, ich werde sie mit Seidenhandschuhen anfassen und ihr *huldigen.*

Ich werde ihr Gesicht mit kleinen Küsschen bedecken, so wie sie das immer bei mir macht, und währenddessen zu ihr sagen: »›Liebe ist die Sehnsucht nach der Ganzheit, und das Streben nach der Ganzheit wird Liebe genannt.‹«

Ich öffne die Tür zu meinem Schlafzimmer und bebe vor Erwartung.

Sie ist nicht im Zimmer, aber ich höre aus dem Bad das Rauschen der Dusche. Ihre Klamotten hat sie so auf dem Boden verteilt, dass sie ziemlich eindeutig Richtung Bad führen. Mein Herz hämmert in meiner Brust. Ich reiße mir die Kleidung vom Leib und pfeffere sie auf den Boden.

Als ich die Badezimmertür öffne, sehe ich Sarah mit dem Rücken zu mir dastehen und ihren glänzenden, vom heißen Wasser geröteten Körper mit einem Waschlappen abreiben. Ihr langes dunkles Haar klebt an ihrem Rücken, und das Wasser strömt an ihr hinab. Seifenreste gleiten wie Schneeflocken über ihren Rücken und ihren unglaublich runden Hintern.

Einen Moment lang stehe ich einfach nur da und genieße den Anblick. Sie ist wirklich die Weiblichkeit in Person, die Idee einer Frau, die es irgendwie in unsere sinnlich erfahrbare Welt geschafft hat, wie ein Geschenk. Ein Geschenk, das all den unvollkommenen und erschöpften Massen Hoffnung und Ansporn geben und mich anturnen soll.

Und sie gehört mir. Mir, mir, mir!

Sie dreht sich um und sieht mir in die Augen.

»Apropos schwer von Begriff! Ich will schon den ganzen Tag nichts anderes, als mit dir zu schlafen, mein Großer!«, meint sie lächelnd.

Ich strahle sie an, ohne mich von der Stelle zu bewegen. Sie ist so unglaublich schön!

Sie legt den Kopf schief, sodass das Wasser über ihren Hals rinnt, während sie mit dem Waschlappen an ihren Brüsten entlangfährt.

Sie ist perfekt. Diesen Moment will ich nie vergessen. Ich liebe diese Frau, und das werde ich ihr jetzt sagen.

Sarah legt den Waschlappen auf den Sims und streicht über ihren Bauch und ihre Hüften, während sie sich verführerisch über die Lippen leckt.

»Na? Kommst du, oder was?«

Ich lächle. »Lass mich dich noch einen Moment einfach ansehen, Baby. Ich will diesen Augenblick nicht vergessen.«

»Ah, das ist aber niedlich«, meint sie sarkastisch. »Weißt du denn nicht, dass man eine wollüstige Frau nicht warten lassen soll?«

»Werde ich mir merken!« Ich trete in die Dusche und umarme meine nasse Sarah. »Sag das noch mal.« Ich küsse sie, und sie lacht ihr raues Lachen.

»Wollüstig!«, sagt sie und drückt ihre Lippen auf meine.

Ich streiche über ihren glatten Rücken, ihren Arsch und ihre Hüften.

»Ich versuche jetzt seit einer Stunde, dich rumzukriegen, Jonas Faraday. Manchmal stellst du dich schon ein bisschen trottelig an, weißt du das?«

Ich küsse sie auf den Mund und dann ihr ganzes Gesicht, aber irgendwie funktioniert das unter der Dusche nicht ganz so, wie ich mir das vorgestellt hatte. Ich möchte ihr ja gern meine Liebesbekundungen ins Ohr säuseln, aber mir läuft die ganze Zeit Wasser in die Augen.

Ich muss jetzt dafür sorgen, dass sie sich sicher und beschützt fühlt.

Sie packt meinen Schwanz und reibt ihn enthusiastisch.

»Jonas, nun komm! Ich bin schon den ganzen Tag total scharf auf dich. Jetzt nimm mich endlich!«

»Nimm mich endlich«?! Wow, wir sind gerade wirklich nicht ganz auf demselben Trip. Ich dachte, sie ist total verstört und braucht jetzt ein bisschen zärtliches, liebevolles Streicheln.

»Komm schon«, sagt sie wieder, während ihre Hände ihre Zauberei fortsetzen. Ich stöhne auf.

Sie stellt ein Bein auf dem Sims ab und schiebt meinen Schwanz in sich hinein, dann umarmt sie mich und nimmt mich ganz in sich auf. Sofort beginnt sie leicht zu beben und rutscht langsam an meinem feuchten Körper auf und ab.

Was soll das? Wohin ist die verstörte Frau von eben verschwunden?

Sie wirft ihren Kopf zurück. »O Mann, du fühlst dich so gut an!«, stöhnt sie erleichtert auf.

»Ich komme nicht, bevor du nicht auch gekommen bist!«, wispere ich.

»Nein, nicht schon wieder! Sag jetzt einfach nichts.«

Sie schlingt ihre Beine um mich und beginnt heftig zu zucken. »O Gott«, seufzt sie. »Jonas!« Sie küsst mich gierig.

Fuck. Was soll's.

Ich presse sie mit dem Rücken an die gefliese Wand und besorge es ihr so richtig.

Sie stöhnt begeistert.

Und sie fühlt sich gut an, so wahnsinnig gut! Aber eigentlich hatte ich doch etwas ganz anderes vor ... Ich mache einen Schritt von der Wand weg und stelle, Sarah immer noch in meinen Armen, das Wasser ab. Sie küsst mich weiter, verschlingt mich regelrecht, während ich sie hinüber ins Schlafzimmer trage. Verdammt, wie soll ich so einen klaren Gedanken fassen oder auch nur laufen?

Ich lege sie auf dem Bett ab und ziehe meinen Schwanz aus ihr heraus.

»Nein!«, ruft sie heiser. »Nein, nein, nein! Komm wieder her!«

O Mann, ich liebe es, wenn sie so herrisch ist. Wann wird sie endlich begreifen, dass ich hier den Ton angebe? Ich gleite an ihr hinunter, um sie zu verwöhnen.

»Nein, nein, nein!«, stößt sie aus, und ihr Blick ist wild,

ihr Haar nass und ihr Körper feucht und höllisch sexy. »Diesmal bestimme ich!«, sagt sie noch, aber da hat meine Zunge auch schon ihr Ziel gefunden. »O ja«, stöhnt sie jetzt, »genau so, Jonas!« Sie drückt ihren Rücken durch. »Genau so!«

Ich weiß wirklich nicht, weshalb sie immer gegen mich ankämpft! Schließlich weiß ich ganz genau, was sie will!

Ich liebkose sie mit meinem Mund und meiner Zunge, während sie sich mir entgegenstemmt.

»Jonas!« Sie seufzt laut auf, und ich bearbeite sie immer weiter, lecke sie, wirble mit meiner Zunge herum – und setze all die Tricks ein, die sie entfesseln. O ja, ich kenne mein Baby jetzt schon sehr gut.

»Ich will es dir mit dem Mund machen, Jonas«, sagt sie und windet sich. »Ich will, dass du vor mir in die Knie gehst!« Darauf läuft es doch jedes Mal hinaus. Sie will mich besiegen und ich sie.

»Nein«, murmle ich und mache weiter. Ich bin viel zu aufgeheizt, um jetzt aufzuhören. Nichts mag ich lieber, als mein wildes Pferdchen in den Wahnsinn zu treiben.

Sie zieht sich an mich. »Ja«, stöhnt sie und stößt einen Laut aus, der mir mittlerweile wohlvertraut ist. Ein Laut, der bedeutet, dass sie nah dran ist. Das bin ich auch, und wie. Und trotzdem wehrt sie sich immer noch gegen mich.

Ich mache weiter, genau so, wie sie es am liebsten mag. Gott, ich liebe ihren Geschmack und die Geräusche, die sie von sich gibt. Ich werde ihr jetzt auf keinen Fall das Zepter überlassen oder aufhören.

»Ich will ihn jetzt sofort in den Mund nehmen, Jonas!«

Wieder ignoriere ich sie, obwohl mich dieses herrische Gehabe wahnsinnig anturnt. Keine Ahnung, warum. Jedenfalls kann mich jetzt nichts und niemand aufhalten.

Sie stöhnt wieder. »Beide gleichzeitig, Baby!«

Ich reiße die Augen auf. Wie bitte?

»Gleichzeitig«, wiederholt sie und stemmt sich mir verzweifelt entgegen.

Na, das ist natürlich etwas anderes!

Ich blicke zwischen ihren Beinen hindurch zu ihr hinauf. Sie hebt den Kopf und lächelt mir unter schweren Lidern zu. Ihre Wangen sind rosig, und sie hat diesen unwiderstehlichen Bad-Girl-Look.

»Gleichzeitig!«, wiederholt sie bebend. Sie langt nach unten und packt mein Haar. »Ich will, dass wir uns gleichzeitig lecken«, flüstert sie und zieht daran. »Ich habe das noch nie gemacht und will's gerne ausprobieren! Zeig mir, wie es geht.« Wieder zerrt sie an meinem Haar, dieses Mal ziemlich brutal.

»Au!«

»Komm schon.«

Und ich habe wirklich gedacht, dass wir heute zärtlichen Blümchensex haben würden … und dass ich ihr meine Liebe gestehen würde! Doch stattdessen will mich mein Engel in der Stellung 69 verwöhnen! Zum hundertsten Mal seit der ersten E-Mail von meiner bezaubernden Aufnahmeassistentin bin ich voller Ehrfurcht. Sie ist wirklich *eine wie keine*.

Ich krieche schwer atmend und mit einer riesigen Erektion auf sie. Sie leckt sich über die Lippen und nickt. »Beide gleichzeitig«, haucht sie. »Ich will's ausprobieren.«

Ich nicke und küsse sie. Sie schiebt mich von sich hinunter, sodass ich auf dem Rücken liege, und packt meinen Schwanz. Dann beugt sie sich zu mir herab, ganz so, als wollte sie mir einen blasen.

»Nein, warte, Baby, nicht so«, sage ich schnell. Mittlerweile bin ich so angeturnt, dass ich kaum mehr atmen kann.

»Wie denn dann?« Ihr ganzer Körper zuckt und bebt, so erregt ist sie.

»Vertraust du mir?« Meine Stimme ist rau.

»Mhm.« Sie berührt mich immer weiter.

Ich löse sanft ihre Hände von meinem Schwanz. »Ich bin zu nah dran«, sage ich. »Du kannst nicht …«

Sie lächelt. Mich ein bisschen zu quälen macht ihr genauso großen Spaß wie mir. Irgendwie kommen wir uns immer in die Quere – wahrscheinlich weil wir uns zu ähnlich sind.

»Vertraust du mir?«, presse ich wieder hervor.

Sie nickt.

»Sag es.«

»Ja.« Sarah zittert. »Ja, Jonas, ich vertraue dir. Voll und ganz. Los.«

»Leg dich so herum hin.« Ich deute aufs Bett und zeige ihr, dass ich will, dass sie sich auf dem Rücken längs aufs Bett legt.

Zitternd tut sie, was ich ihr gesagt habe. Ich ziehe sie an den Schultern zur Bettkante, bis ihr Kopf leicht nach unten hängt. Und dann stelle ich mich über ihr Gesicht, je ein Bein neben ihrem Kopf, und genieße den Anblick ihres nackten Körpers.

Ich sehe hinab auf ihr Gesicht, und sie lächelt mir unter meinem Hodensack hervor zu. Beinahe bringt mich das zum Lachen. Ich kann wirklich nicht fassen, dass sie das vorgeschlagen hat – in einem Moment, in dem man wahrscheinlich jede andere im Arm halten und mit tröstenden Worten bedenken müsste.

»Baby, hör zu.« Ich hole tief Luft. »Das hier turnt mich wahnsinnig an. Lass mich also erst dich ein bisschen verwöhnen, so lang, bis du kurz davor bist zu kommen, okay? Leg nicht selbst los, ehe du beinahe einen Orgasmus hast, ja? Ich halte es ja jetzt schon kaum aus, obwohl du mir noch nicht einmal einen bläst.«

Sie lächelt und nickt.

»Versprochen?«

Sie nickt. »Jepp.« Dann aber hebt sie den Kopf und fährt

mit ihrer Zunge ein Mal die ganze Länge meines Schwanzes entlang, von den Hoden bis zur Eichel.

Meine Knie geben nach, und ich erschauere.

»Okay, ich bin jetzt bereit«, sagt sie.

Ich zittere heftig. »Mach das nicht noch mal!« Scheinbar ist ihr nicht klar, wie nah ich dran bin.

Wieder lacht sie.

»Erst, wenn du schon kurz davor bist!«, wiederhole ich vielleicht eine Spur zu streng. Aber sie muss doch verstehen, worum es mir geht! »Versprich es mir!«

»Manometer!«, sagt sie. »Okay, ist versprochen, Lord-Gott-Meister.«

Ich atme tief durch und greife nach unten, um dann meine Arme unter ihren Rücken zu legen und ihren ganzen Körper hinaufzuziehen, sodass ihr Bauch sich an meine Brust drückt und ihre Pussy direkt vor meinem Mund ist. Sie lacht überrascht auf und schlingt ihre Beine instinktiv um meinen Hals.

Allein diese Stellung bringt mich beinahe zum Platzen. Ich schlucke hart, als ich merke, dass ihr Kitzler nur wenige Zentimeter von meinem Gesicht entfernt ist.

Ihre Beine drücken sich um meinen Hals wie ein Schraubstock. Diese Frau wird mich umbringen, das schwöre ich! Ich lehne mich vor und lecke sie ganz vorsichtig, übe kaum Druck aus. Nur mal kosten.

Sarah kreischt fröhlich auf. »Das ist der Wahnsinn!« Sie lacht.

Das sind allerdings die letzten zusammenhängenden Worte, die sie von sich gibt. Im Handumdrehen bin ich viel zu angeturnt, um spielerisch oder zärtlich mit ihr umzugehen. In dieser auf den Kopf gestellten Position kann ich noch tiefer mit meiner Zunge in sie eindringen und Dinge mit ihr anstellen, die sie nie zuvor erlebt hat. Schon nach wenigen Momenten presst Sarah wie wild ihren Schritt an mein Gesicht, seufzt, schreit, stöhnt und jauchzt wie ein ganzes Symphonieorchester. Und ich verliere gemeinsam mit ihr den Verstand.

Mein Körper verkrampft sich immer wieder vor Lust. Schweiß läuft meinen Rücken hinab, und es kostet mich eine Menge Kraft, sie in dieser Position festzuhalten, besonders weil sie sich windet wie ein Fisch an der Angel. Und ich liebe es! Mehr Stimulation brauche ich gar nicht und würde ich wahrscheinlich auch gar nicht aushalten. Sie zuckt gegen meinen Mund und verpasst mir damit regelrechte Elektroschocks. Dann stößt sie einen lauten, lustvollen Schrei aus und nimmt meinen Penis in voller Länge in ihren heißen, feuchten Mund. O Mann, wie sie an mir saugt, das ist ... Und sie schmeckt so unglaublich. *Fuck!* Sie ist wirklich ein Naturtalent, selbst kopfüber.

Wenn es so etwas wie einen Himmel geben sollte, dann haben wir ihn soeben entdeckt.

Meine Knie wollen um ein Haar nachgeben, aber ich stemme mich dagegen.

Heilige Scheiße.

Sie ist wirklich gut darin. Richtig, richtig gut.

Sarah gibt seltsame Geräusche von sich, und ich ebenso.

Das hier ist unglaublich. Ich kann nicht ...

Gott, ich danke dir, dass ich diese Ekstase wenigstens ein Mal erleben darf, ehe ich sterbe.

Ihre Zunge macht eine besonders geschickte Bewegung, und ich zucke heftig zusammen. Ist das jetzt Schmerz oder Lust? Hinter meinen Augenlidern wird es plötzlich hell, und ich stoße fremde, ohrenbetäubende Laute aus. Ich kann nicht damit aufhören, meine Beherrschung hängt am seidenen Faden. Ihr Mund ist wahnsinnig gierig, genauso wie meiner.

Sarah erbebt noch einmal und lässt dann mit einem lauten Stöhnen los. Ihr Körper öffnet und schließt sich, öffnet und schließt sich, immer weiter und direkt an meinem Mund.

Ich löse mich von ihren Lippen, weil meine Knie schon wieder so stark zittern.

Sie stöhnt erneut laut auf.

Eigentlich will ich nichts lieber, als noch ein bisschen länger in ihrem warmen, gierigen Mund zu bleiben, aber ich löse mich wie von selbst von ihr, quasi eine Art Selbstschutz. Einen Orgasmus zu haben ist für sie immer noch eine brandneue Angelegenheit, und ich verwette meinen Schwanz darauf, dass sie versehentlich zubeißt, wenn sie kommt. Ich liebe sie und würde ihr alles zugestehen – aber das nicht.

Ich werfe sie aufs Bett und schiebe meine Hüfte zwischen ihre Beine, um sofort in sie einzudringen und mich von ihrem Orgasmus empfangen zu lassen. Als sie so weit ist, lasse auch ich endlich los und habe tatsächlich das Gefühl, einen Moment lang das Bewusstsein zu verlieren.

Wir kommen zurück ins Hier und Jetzt. Meine Brust hebt und senkt sich, und der Schweiß läuft in Strömen über meinen Rücken. Ich kann nicht atmen, kann nicht denken. Ich kann nicht … Ich kann nicht … Ich kann überhaupt gar nichts mehr machen, außer wie ein nasser Sack auf ihr zu liegen und nach Luft zu schnappen.

Eine Minute später wälze ich mich von ihr hinunter und liege zitternd und nach Luft schnappend neben ihr. Ich bin klatschnass. Wow, das war vielleicht ein Work-out! Meine Muskeln stehen in Flammen!

Sarah dreht sich auf die Seite und stützt ihren Kopf auf dem Ellbogen ab. Ihre Wangen glühen.

»Das ist also die berühmte 69, ja? Habe ich mir irgendwie … simpler vorgestellt. Wie soll das irgendjemand hinkriegen, der nicht gerade ein griechischer Gott ist?«

Ich schlucke hart, bin immer noch ganz von Sinnen. »Das war auch wirklich die Profiversion! Es gibt noch viele andere Varianten, die sehr viel einfacher sind.« Ich hole tief Luft, zittere immer noch.

Sarah lacht. »Ich finde, wir sollten alle Versionen ausprobieren! Wir arbeiten uns einfach durch die ganze Liste.«

Ich stimme in ihr Lachen ein und wette, dass keine andere Frau das je so spielend leicht hinbekommen hat wie sie.

»Klingt gut!«

Sie pfeift anerkennend. »Wie hast du es denn nur geschafft, mich so festzuhalten? Nicht schlecht!« Sie zwickt mich in den Bizeps. »Du bist wirklich die Männlichkeit in Person, Jonas! Mein männlich maskuliner Mann-Mann!«

Erneut lache ich laut los. »Das habe ich doch nur geschafft, weil du so wahnsinnig gelenkig und stark bist!«

Sie strahlt mich an. Wieder haben wir festgestellt, dass wir füreinander geschaffen sind!

Plötzlich habe ich einen vollkommen klaren Gedanken: Ich liebe diese Frau mehr, als ich es je für möglich gehalten hätte.

Mein Herz rast. »Ich dachte einen Moment lang, dass ich bewusstlos werde«, gestehe ich. »Ich habe wirklich Sternchen gesehen.«

»O Mann!«, kichert sie. »Das wäre in dieser Position aber verflixt übel für mich ausgegangen!«

Ich setze mich auf und streiche über ihr Gesicht, bin plötzlich ganz ernst. »Ich würde nie zulassen, dass dir etwas passiert. Das weißt du, ja?«

Sie sieht mich an, als hätte ich ihr eben einen kleinen Hundewelpen geschenkt.

Ich liebe diese Frau, und ich will es ihr sagen. Ich will in ihre Augen sehen und diese drei Worte aussprechen, und ich will, dass sie begreift, dass es für mich nicht nur Worte sind – sondern meine neue Religion. Dass ich so etwas noch nie zu einer Frau gesagt, sondern es immer aufgespart habe – für sie.

Aber ich kriege kein Wort raus. Wieder nicht. Was stimmt denn bloß nicht mit mir? Sarah strahlt mich an.

»Ja, das weiß ich. Ich vertraue dir. Deswegen funktioniert das hier ja auch.«

Ich weiß, dass sie mit »das hier« nicht den Sex meint, sondern »Jonas und Sarah«. Sie meint die Chemie zwischen uns, die einfach stimmt. Sie meint die Art, wie wir einander zum Lachen bringen, und dass ich ihr alles über den Tod meiner Mutter erzählt habe – so schlimm und schambehaftet diese Erinnerung für mich auch sein mag. Sie ist trotzdem nicht weggelaufen. Ich habe geweint und geschluchzt, obwohl ich mir schon vor langer Zeit geschworen habe, dass ich das nie wieder tun werde. Und Sarah hat mich festgehalten und mit mir geweint.

Ich sehe sie an. Sie lächelt noch immer.

Na ja, vielleicht hat sie mit »das hier« doch nicht uns gemeint, sondern sich selbst. Die neue Sarah, die sich traut, loszulassen und ihre verborgensten Sehnsüchte auszuleben. Jetzt tut sie nämlich genau das, was sie tun will, und nicht nur das, wovon sie denkt, dass sie es tun müsste. Ja, sie wird jeden Tag mehr zu einer neuen Frau, direkt vor meinen Augen. Man merkt es daran, wie sie spricht, sich bewegt – und wie sie mit mir schläft. Vielleicht bin ich gerade nur ein willkommener Wegbegleiter, jemand, der ihr bei ihrem Selbsterfahrungstrip gelegen kommt. Jemand, der ihr dabei hilft, stärker zu werden. Keine Ahnung. Ist mir auch egal. Solange ich derjenige bin, der neben ihr liegen und mit ihr schlafen darf, ist es eigentlich schnurzpiepegal, was sie mit »das hier« meint. Wenn es mich mit einschließt, bin ich dabei.

Ich reibe mit den Händen über mein Gesicht. Gott, diese Frau ist wie Crack für mich!

Jetzt wäre der richtige Moment. Jetzt sollte ich es sagen. Aber ich muss es ihr gleichzeitig auch zeigen können – meinen Worten allein vertraue ich nicht genug. Damit habe ich Probleme, seit ich als Kind ein volles Jahr lang nicht gesprochen habe.

Sie räuspert sich. »Wie ist es bloß möglich, dass es jedes Mal besser wird?«, fragt sie.

»Weil wir füreinander bestimmt sind«, sage ich leise. *Und weil ich dich liebe.*

Ihr Lächeln wird noch breiter. Sie schubst mich zurück aufs Bett und setzt sich rittlings auf mich, um sich dann zu mir herabzubeugen und mich sanft zu küssen.

Ich lege meine Hände auf ihre Oberschenkel. »Woher kam denn plötzlich die Idee zu der 69? Das war eine wunderbare Überraschung!«

Sie sieht mich schräg von der Seite an. »Du weißt schon, dass ich die letzten drei Monate über ständig Bewerbungen für einen Sexclub gelesen habe, oder? Da habe ich natürlich allerhand aufgeschnappt!« Sie zwinkert mir zu.

»Ach, ehrlich? Da sind dir also ein paar Sachen aufgefallen, ja?« Ich verschränke die Arme unter meinem Kopf und spähe zu ihr hinauf.

»Aber ja, Sir«, sagt sie mit lodernden Augen. Wieder streichelt sie meinen Bizeps. »Gar nicht so viele, vielleicht ein, zwei Dinge … Und jetzt, wo ich den richtigen Partner habe.« Sie küsst mich. »Mein süßer, süßer Jonas.«

Mein Herz springt mir beinahe aus der Brust. »Sarah«, wispere ich. Ich will es ihr sagen – sie hat es verdient!

»*Madness*«, flüstert sie mir ins Ohr.

Ich atme tief ein und schließe meine Augen.

Eigentlich sollte ich mich freuen – sie gesteht mir ihre Liebe genau auf die Weise, die ich ihr beigebracht habe. Eine Weise, vor der ich keine Angst haben muss. »Liebe ist eine schwere Geisteskrankheit«, habe ich ihr wieder und wieder erklärt und Platon beinahe zu Tode zitiert. Die direkte Formulierung habe ich geschickt vermieden. Ich wende den Blick ab und versuche mich zu sammeln. Irgendwie kommt es mir langsam, aber sicher so vor, als würde ich sie mit all meinen geheimen Codes hinters Licht führen.

»O Jonas«, sagt sie und beginnt, mein Gesicht mit kleinen Küsschen zu bedecken – eine Geste, bei der ich jedes Mal am liebsten auf ihren Schoß kriechen und wie ein Baby heulen möchte. »Denk doch nicht so viel nach. Das Nachdenken ist der Feind!«

»Das ist doch mein Spruch!«

Sie nickt. »Dann hast du keine Entschuldigung.« Sie streicht mit dem Finger über das Tattoo auf meinem rechten Unterarm, und mir läuft sofort ein Schauer über den Rücken. *Der erste und beste aller Siege eines Menschen ist die Eroberung seiner selbst.*

Ich schließe die Augen. Sie hat recht. Ich hole tief Luft.

Mit der anderen Hand fährt sie über mein zweites Tattoo. *Halte dir stets die Ideen vor Augen.* Ihr Finger wandert weiter über meinen Bizeps auf meine Schultern, quer über meine Brust, streicht über jede Falte und Wölbung. Es stimmt ja, ich sollte nicht so viel nachdenken. »Liebe ist eine schwere Geisteskrankheit.« Ja. *Madness.* Warum drehe ich nur wegen einer Formulierung so am Rad? Ich weiß doch, was wir beide empfinden. Ist es da so wichtig, wie ich es sage?

Mittlerweile sind ihre Finger auf meinen Bauchmuskeln angekommen. Ich atme aus. Sie weiß, was ich für sie empfinde. Das zeigt sie mir mit jeder Berührung, jedem Kuss. Wozu also alles überanalysieren?

»Hey, erinnerst du dich an den Abschnitt in meiner Bewerbung über meine sexuellen Vorlieben?«, fragt sie.

Sie meint ihre sogenannte mündliche Bewerbung für den Jonas-Faraday-Club – die, bei der sie sich geweigert hat, mir alles schriftlich zu geben.

»Wenn ich mich recht erinnere, ließen sich deine Präferenzen auf zwei kleine Worte reduzieren.«

Sie streichelt meinen Bauchnabel. »Jonas Faraday«, sagt sie und fährt mit dem Finger bis hinauf zu meinem Mund, um dann über meine Lippen zu streichen. Ich küsse ihre Fingerspitzen, und sie lächelt, als ich mir schließlich ihre Hand schnappe und so tue, als würde ich ihren sexy Ring verschlingen wie das Krümelmonster die Kekse. Jetzt gluckst sie richtig und steckt mir einen Daumen in den Mund, an dem ich sofort zu saugen beginne.

»Und das trifft immer noch hundertprozentig zu«, sagt sie und zieht den Daumen wieder aus meinem Mund. »Jonas Faraday. Mhm.« Sie streicht mit ihren Lippen über meine. »Aber ich denke trotzdem ... dass ein paar Ergänzungen fällig sind. Ideen, die sich die letzten Monate über angesammelt haben. Eine Art Nachtrag zu meiner Bewerbung.« Sie lacht wieder und verpasst mir einen dicken Schmatzer.

Ich fühle mich, als hielte ich ein Lotterielos in der Hand und würde auf die Verkündigung der Zahlen warten. »Was für Ideen sind das?«

Sie lächelt verschmitzt, weil sie genau weiß, dass ich wahnsinnig gespannt bin. »An der genauen Formulierung muss ich noch ein wenig feilen«, sagt sie scheu. »Du wirst schon alles rechtzeitig erfahren.«

Ich runzle die Stirn.

»Aber eines garantiere ich dir, mein süßer Jonas – was auch immer ich dir davon erzählen werde, es wird dich in die Knie zwingen!«

Sarah

Seit Joshs Ankunft ist Jonas wie verwandelt. Abgesehen von unserer »Cirque du Soleil«-reifen Performance – die wirklich allererste Sahne war! –, habe ich Jonas seit unserer Rückkehr aus Belize nicht mehr so zufrieden und entspannt erlebt.

»Hey!«, sagt Josh und stellt seine Reisetasche ab, um seinen Bruder zu umarmen.

»Hallo, Sarah Cruz!« Jetzt drückt er auch mich an sich. »Toll, dich wiederzusehen!«

»Gewöhn dich schon mal dran«, meint Jonas und zwinkert mir zu. Lächelnd denke ich daran, dass Jonas mir wirklich unmissverständlich klargemacht hat, wie sehr er sich über meine Anwesenheit in seinem Haus freut – ganz egal, welche Umstände auch dazu geführt haben mögen.

»Also, was zum Teufel geht hier vor sich?«, fragt Josh besorgt.

Tatsächlich hat er noch keinen blassen Schimmer. Hm, womit fangen wir am besten an? Damit, dass Jonas Mitglied eines Sexclubs ist? Oder dass ich dort gearbeitet habe? Oder dass wir aufgedeckt haben, dass es sich um einen globalen Prostitutionsring handelt? Interessant ist für ihn vielleicht auch der Fakt, dass sowohl meine als auch Kats Wohnung geplündert und unsere Laptops gestohlen wurden.

Alles, was Jonas Josh am Telefon gesagt hat, war, dass er ihn jetzt braucht. Und Josh ist ohne eine weitere Frage sofort ins Flugzeug gestiegen.

Jonas stöhnt. »Es ist alles so vertrackt, Mann.«

Josh setzt sich und sieht jetzt richtig nervös aus. »Raus damit, Bro.«

Jonas nimmt neben ihm Platz und seufzt. Aber noch ehe er loslegen kann, kommt Kat aus dem Bad geschlendert. Sie bewegt sich so majestätisch durchs Zimmer, als wäre sie die Hausherrin persönlich.

Josh sieht kurz hin, dann wieder weg – und dann noch zweimal hin. Ich habe wirklich Angst, dass ihm jeden Moment die Augen aus dem Kopf fallen.

Eigentlich hätte ich nicht damit gerechnet, dass jemand, der mit Justin Timberlake Partys feiert, sich so leicht aus der Fassung bringen lässt. Tja, ich hätte es besser wissen müssen. Ich kenne keinen normalsterblichen Mann, der dem Liebreiz von Katherine Kat Morgan widerstehen kann. Diese Frau ist nun einmal die Erfüllung jedes Teenagertraums – das unscheinbare Mädchen, das aufs College verschwindet und als sexy Filmstar zurückkehrt (mal abgesehen davon, dass Kat in der PR-Branche arbeitet).

Kat stolziert auf Josh zu, als wäre er nur ihretwegen nach Seattle gekommen.

»Ich bin Kat – Sarahs beste Freundin.« Sie streckt ihm ihre Hand hin.

Josh grinst breit. »Josh.« Er schüttelt übertrieben höflich ihre Hand. »Ich bin Jonas' Bruder.« Das Knistern zwischen den beiden spüre ich sogar drei Meter entfernt noch.

»Ich weiß«, sagt sie. »Ich hab den Artikel gelesen.« Sie deutet auf das Businessmagazin auf dem Couchtisch, auf dessen Cover die zwei Brüder in Anzügen abgebildet sind. »Ich hoffe sehr, dass du ein bisschen vielschichtiger bist, als der Artikel behauptet.«

Josh sieht Jonas fragend an, aber der zuckt nur mit den Schultern.

»Wenn man dem Artikel glauben darf«, erklärt Kat, »ist

Jonas der rätselhafte Investment-Wunderkind-Zwilling, während du einfach nur ein Playboy bist.«

»Das steht da drin?« Josh lacht.

»In vielen verschiedenen Variationen, ja.«

»Hm.« Er grinst. »Interessant. Und wenn jemand einen Artikel über dich schreiben würde, was für brutale Vereinfachungen kämen da vor?«

Kat denkt kurz nach. »Ich wäre das wilde Partygirl mit einem Herzen aus Gold.« Sie wirft mir einen hämischen Blick zu, weil ich sie mal so bezeichnet habe.

»Wieso bekommst du einen ganzen Satz als Beschreibung und ich nur ein Wort?«

Kat zuckt mit den Achseln. »Okay, dann bin ich eben das ›wilde Partygirl‹.«

»Das sind aber zwei Wörter.«

»Na, in diesem hypothetischen Artikel würde man das eben mit Bindestrich schreiben.«

O Mann. Die beiden sind definitiv auf derselben Wellenlänge. Ich sehe Jonas an und weiß, dass er gerade genau denselben Gedanken hatte.

»Was geht hier also vor sich, Wildes-Partygirl mit Bindestrich?«, fragt Josh. »Ich nehme mal an, dass wir nicht hier sind, um eine Party zu feiern?«

»Nein, leider nicht. Wobei ich vorhin den Tequila probieren durfte – besten Dank dafür!« Sie verzieht den Mund. »Eigentlich bin ich nur hier, um Sarah zu unterstützen – und irgendwie bin ich auch eine Art Flüchtling.« Sie sieht mich mitleidig an. »Obwohl ich ja vermute, dass Jonas in diesem Punkt ein wenig übervorsichtig ist.«

Jonas presst die Zähne aufeinander. Ganz offensichtlich passt es ihm gar nicht, als übervorsichtig bezeichnet zu werden.

»Ein Flüchtling?« Josh sieht Jonas verdutzt an. »Was zum Teufel ist denn los?«

Jonas seufzt wieder. »Setz dich.«

Dann holt er tief Luft und beginnt alles zu erklären, angefangen mit Stacys Auftritt als Miss Gelb und ihrer Hasstirade in der Sportsbar bis hin zu unserem Wahnsinnstrip nach Belize und der unheimlichen Überraschung, die bei der Rückkehr in meiner Wohnung auf uns gewartet hat. Schließlich kommt er zum entscheidenden Punkt: Jonas hält es für möglich, dass der Club mein Schweigen mit weitaus härteren Methoden als nur Einbruch und Diebstahl sicherstellen würde.

Die ganze Zeit über hört Josh konzentriert zu, nickt, verzieht das Gesicht und sieht hin und wieder zu Kat und mir. Wir machen keinen Mucks, bedenken uns aber gegenseitig mit bedeutungsschwangeren Blicken, hochgezogenen Augenbrauen und Gegrinse.

Außerdem stelle ich ein paar Dinge fest, während Jonas redet. Erstens turnt Jonas Faraday mich an, auch wenn das in dieser Situation nicht ganz passend sein mag. Manometer, und wie er das tut! Allein der Anblick seiner vollen Lippen, während er spricht – und wie er mit seiner Zunge darüberfährt, wenn er nachdenkt ... oder wie er einen Mundwinkel leicht nach oben zieht, wenn er eine ironische Bemerkung macht. Eigentlich genügt es schon, seinen wachen Blick zu sehen, oder die Tattoos und seinen anschwellenden Bizeps, wenn er sich durchs Haar fährt. Wow, einfach nur wow.

Zweitens geht es meinem superheißen Freund anscheinend genauso wie mir. Und *dass* er von meiner Anwesenheit so erregt ist, erregt mich wiederum noch mehr. Komisch, eigentlich sollte ich wahrscheinlich gerade total verängstigt und nicht vollkommen hormongesteuert sein. Aber was soll ich denn machen, wenn Jonas unsere Reise als »Wendepunkt« in unserem Leben und mich als »umwerfend« und »höllisch clever« bezeichnet? Wenn er dann auch noch zu stottern beginnt und rot anläuft wie eine Tomate, kommt es mir wirklich so vor, als stünde er auf einem Gipfel und verkünde der ganzen Welt, wie vernarrt er in mich sei. Tja, und das turnt mich eben an.

Noch nie im Leben habe ich mich so sicher, frei und angebetet gefühlt wie jetzt mit Jonas.

Irgendwie ist es so, als wäre ich ein Töpfchen Senf, ganz simpler gelber Senf. Und als wäre dieser Senf sein Leben lang besorgt darum gewesen, dass die Typen, die behauptet haben, sie würden ihn wirklich, wirklich mögen, sich eigentlich wahnsinnig nach Ketchup, Currysoße oder Mayo sehnen, zumindest ab und zu. Wer könnte ihnen das auch verübeln?

Und dann stolpere ich plötzlich in den heißesten Kerl der Welt hinein, der zufällig einen unstillbaren Appetit auf Senf hat, einen regelrechten Fetisch! Es ist ganz so, als könnte ich gar nichts falsch machen – einfach nur, weil ich Senf bin! Es verwirrt mich total, so angebetet zu werden, so umfassend wahrgenommen, verstanden und akzeptiert zu werden! Und dann auch noch dieser Sex …

In Belize haben wir es tatsächlich so wild getrieben, dass sich draußen im Dschungel sogar die Brüllaffen die Ohren zuhalten mussten.

Mir kommt es vor, als wäre ich mein Leben lang eingesperrt gewesen wie ein Flaschengeist – und Jonas hat die Flasche entkorkt. *Plopp!*

Und jetzt denke ich nur noch daran, wie ich auch meinem süßen Jonas vollkommen neue Genüsse verschaffen und ihn ebenso entflammen kann wie er mich.

Genug davon. Gerade sind andere Dinge eindeutig wichtiger – theoretisch.

Konzentration! Puh.

Drittens ist mir während der Erläuterungen meines superheißen Freundes aufgefallen, dass er nicht näher auf den Club eingegangen ist. Eigentlich kann das nur bedeuten, dass Josh längst im Bilde ist! Und Sätze wie »Hey, hast du eigentlich irgendwelche E-Mails von denen aufgehoben?« sagen mir noch etwas anderes: dass Josh ebenfalls Mitglied gewesen ist.

In dem Moment, in dem mir das dämmert, wirft auch Kat mir einen Blick zu, der vermutlich etwas wie »Heiliger Bimbam« bedeuten soll. Ich erwidere ein stummes »Manometer!«. Sehr interessant! Scheinbar kommen beide Brüder ein wenig nach ihrem werten Vater.

Schockiert bin ich dennoch nicht. Liegt vielleicht daran, dass ich so viele Bewerbungen prüfen musste und darunter auch zahlreiche normale, nette Weltenbummler waren – so wie Josh einer ist. Vielleicht bin ich momentan aber auch einfach selbst viel zu sehr auf dem Sextrip, um irgendjemanden dafür zu verurteilen.

Trotzdem bin ich natürlich wahnsinnig neugierig! In rein intellektueller Hinsicht, versteht sich. Ich wüsste zu gern, was für Erfahrungen er mit dem Club gemacht hat. Schließlich habe ich zwar drei Monate lang die Bewerbungen überprüft, aber ich habe dennoch keine Ahnung, was eigentlich nach der Aufnahme passiert. Was für Frauen mag Josh getroffen haben? Wer waren sie, und wie waren sie drauf? Hat er eine von ihnen mehrfach getroffen und irgendeine Art von emotionaler Bindung zu ihr aufgebaut? Was zum Teufel haben sie mit ihm gemacht? Hat er je Verdacht geschöpft, dass die Frauen angestellt worden sind, um ihm jeden Wunsch von den Lippen abzulesen? Oder hat er das ganze Theater einfach geschluckt? Und wenn er eine Vermutung hatte, was diese Frauen angeht: Hat es ihn gekratzt?

Und was ich auch gern wüsste: Worum ging es Josh in erster Linie in seiner Bewerbung? Okay, das ist wirklich eine indiskrete Frage, aber es interessiert mich nun mal brennend.

Ich vermute ja stark, dass er zu jenen gut aussehenden Weltenbummlern gehört, die einfach auf der Suche nach gutem Sex und netter Gesellschaft sind, ganz egal, wohin es sie auch verschlägt. Er wird doch nicht einer dieser Perverslinge sein, die auf der Suche nach wilden Orgien sind oder nach jemandem, der ihnen ins Gesicht pinkelt?

Wer weiß, vielleicht trügt der Schein und Josh ist schräger, als ich dachte. Diese Fragen drängen sich mir jetzt doch auf, und Kat scheint es ganz genauso zu gehen.

Ehrlich gesagt überrascht mich das begierige Funkeln in ihren Augen nicht weiter. Sobald Kat damals von meinem Job erfuhr, hat sie immer wieder hartnäckig (wenn auch nicht unbedingt erfolgreich) versucht, mich über die Bewerbungen auszuquetschen.

Seit ich sie kenne, ist sie besessen von Jungs und Sex und hatte scheinbar nie ein Problem mit den Blockaden oder Hemmungen, die mir das Leben so schwer gemacht haben. Ehe Jonas in mein Leben getreten ist, konnte ich immer nur dabei zusehen, wie Kat sich von einem Techtelmechtel ins nächste stürzte und mit ihrer beinahe übernatürlichen Libido prahlte. Jetzt liegen die Dinge allerdings anders! Wahrscheinlich wäre ich mittlerweile tatsächlich eine ziemlich harte Konkurrenz für Kat.

Wenn ich mir ihr rotes und verzücktes Gesicht so ansehe, mache ich mir beinahe Sorgen, dass ich einen ähnlichen Look habe. Das wäre gar nicht gut! Schließlich sollte ich mich wirklich nicht so brennend für das Sexleben von dem Bruder meines Freundes interessieren. Ja, ich sollte meine Fragen vergessen, dieses Thema geht mich einfach nichts an. Kat allerdings hat keinen Grund, sich nicht dafür zu interessieren, und sie macht auch nicht den Eindruck, als wolle sie es gut sein lassen.

Spannend wird es, als Jonas Josh mitteilt, dass Stacy nichts anderes als eine Prostituierte ist. Während Jonas diese Tatsache ganz offensichtlich immer noch sehr beschämt, ist Josh weit davon entfernt, sich weinend im Bad einzusperren oder ein Loch in die Wand zu schlagen. Stattdessen bleibt er eigenartig ruhig, wirkt beinahe amüsiert.

»Hm!«, sagt er. »Interessant.«

Jonas atmet ungeduldig aus, und seine Kiefermuskeln spannen sich an. Er hat definitiv eine andere Reaktion von seinem Bruder erwartet.

»Wow«, fügt Josh hinzu und schüttelt den Kopf. »Ganz glauben kann ich das ja nicht, Bro. Ich habe ein paar wirklich tolle Frauen da kennengelernt.«

Kat verzieht enttäuscht das Gesicht.

»Wie lang warst du denn dabei, Josh?« Diese Frage konnte ich mir leider nicht verkneifen.

»Einen Monat.«

Da bin ich aber erleichtert. Er scheint wirklich kein Perversling zu sein. Jonas hingegen wirkt ziemlich sauer. Nimmt er mir die Frage übel? Oder ist er wütend auf sich selbst, weil er sich direkt für ein ganzes Jahr angemeldet hat?

Wie dem auch sei, eine weitere winzige Frage kann sicher nicht schaden.

»Und du hast deine gesamte Mitgliedschaftsdauer erfolgreich ... genutzt?«

»O ja. Auf jeden Fall!« Josh grinst und überlegt einen Moment lang. »Es kann echt nicht sein, dass das nur Prostituierte sind. Die Mädels waren alle supercool.«

Alle? Um wie viele Frauen geht es denn bloß?!

»›Alle‹, ja? Na, Julia Roberts ist in *Pretty Woman* ja auch ›supercool‹.«

Josh lacht. »Punkt für dich!«

Jonas funkelt uns an. Was geht in seinem hübschen Köpfchen nur vor sich? Er sieht aus, als würde er jeden Moment explodieren.

»Wie viele Frauen schaffst du denn so pro Monat?«, erkundigt Kat sich höflich.

Josh sieht sie scharf an.

»Ich meine …«, stottert Kat und läuft rot an.

»Ein paar«, erwidert Josh schließlich langsam, versucht aber nicht einmal, überzeugend zu klingen. Stattdessen schenkt er ihr ein strahlendes Lächeln.

Oje, er ist eindeutig ein echter Faraday. Kein Zweifel.

Und plötzlich kommt mir ein ekelhafter Gedanke.

»Josh, hast du deine Mitgliedschaft eigentlich auch mal in Seattle … genutzt?«

Joshs Lächeln verschwindet sofort. »Ein Mal, ja.«

Bitte, lieber Gott, denke ich, lass nicht Jonas und Josh mit derselben Frau geschlafen haben!

Scheinbar hat Jonas dieselbe Befürchtung.

»Brünett. Strahlend blaue Augen – die blausten Augen, die du je gesehen hast. Blasse Haut.« Er klingt, als würde er eine Einkaufsliste vorlesen. »Körbchengröße C. Perfekte Zähne. Superheißer Körper.« Er sieht mich entschuldigend an. »Sorry, Baby.«

Er muss sich nicht entschuldigen, ich weiß ja, dass Stacy superheiß ist. Und ehrlich gesagt finde ich das sogar gut – je heißer, desto besser! Mein süßer Freund wollte mich ja schon haben, als er mich noch nicht einmal gesehen hat, einfach nur aufgrund meiner Cleverness und meiner Persönlichkeit. Er hatte Fantasien von mir, während er mit dieser megaheißen Braut geschlafen hat, und damit habe ich nicht das geringste Problem. Ganz im Gegenteil: Es turnt mich sogar wahnsinnig an.

»Schon okay!« Ich zwinkere ihm zu. Er grinst mich schief an, und ich frage mich, ob wir gerade beide an unser erstes Telefonat denken müssen, das sich unvermutet zu ziemlich heißem Telefonsex entwickelt hat.

Josh wirkt deutlich erleichtert. »Nein«, sagt er und atmet tief aus. »Das passt nicht. Als ich meine Bewerbung ausgefüllt habe, habe ich nur –« Er verstummt mitten im Satz, presst die Lippen aufeinander und sieht Kat an.

Was meint er bloß? O Mann. Ich muss das wissen! Was hat er »bestellt«? Nur farbige Frauen? Welche mit Übergewicht? Asiatinnen? Welche mit kleinen Brüsten? Männer? Transsexuelle?

Josh geht nicht näher auf dieses Thema ein. »Gott sei Dank, Bro. Das wäre ja fast so gewesen, als hätten *wir* miteinander geschlafen.« Er schüttelt sich zum Spaß, aber Jonas wirkt nicht sonderlich amüsiert.

»Darum geht es doch jetzt überhaupt nicht«, meint er. »Wichtig ist nur, dass diese Wichser Sarah und Kat auf dem Kieker haben und wir nicht wissen, ob das jetzt schon alles war oder erst der Anfang.«

Josh lehnt sich zurück und seufzt. »Ich weiß nicht.«

Jonas atmet laut hörbar aus. »Was zum Teufel soll das denn heißen?« Er steht auf, und seine Kiefermuskeln pulsieren. »Was zur Hölle weißt du nicht?«

Einen Moment lang versucht Josh zu verstehen, weshalb sein Bruder plötzlich so wütend ist.

»Was meinst du, Josh?!« Wow, das ging jetzt wirklich von null auf hundert.

»Mann, komm mal runter! Es ist nur ... Meine Güte, Jonas! Setz dich!«

Jonas' gesamter Körper steht unter Hochspannung. »Scheiß drauf! Scheiß auf alles! Ich will einfach nur, dass du zu hundert Prozent auf meiner Seite stehst, Josh! Ich werde ganz sicher nicht Däumchen drehen und abwarten, was die Arschlöcher sonst noch so vorhaben! Ich mache sie fertig, verstehst du?«

»*Jetzt setz dich hin!*«, sagt Josh mit Nachdruck. »Lass uns bitte mal eine Minute vernünftig darüber reden.«

»Oh, du willst mir was von Vernunft erzählen, ja? Ausgerechnet der Typ, der sich mal eben einen Lamborghini kauft, weil seine Freundin ihn sitzen gelassen hat?«

Josh verdreht die Augen. »Ich sage doch nur, dass ich

es nicht weiß – das ist alles! Ich widerspreche dir doch gar nicht, also beruhig dich.«

»Die haben meine Süße fertiggemacht, mehr musst du nicht wissen! Es gibt hier nichts zu entscheiden. Basta.« Jonas läuft im Zimmer hin und her, als wäre er ein Boxer, der gleich den Ring betritt.

»Jonas! Es reicht jetzt. Komm schon.«

Jonas rauft sich verzweifelt das Haar.

»Bitte.«

Jonas knurrt laut, gibt aber schließlich nach, auch wenn er immer noch unter Strom steht. Irgendwie finde ich den Anblick so heiß, dass ich ihn am liebsten sofort fesseln und verwöhnen würde, bis er um Gnade fleht.

»Danke«, sagt Josh höflich und atmet tief aus. »Du steigerst dich manchmal wirklich ganz schön rein, Mann.« Er schüttelt den Kopf.

Jonas zittert immer noch, und ich auch. Wow, er hat gerade etwas wahnsinnig Animalisches an sich.

»Okay. Jetzt atme noch mal tief durch, ja?«

Jonas funkelt ihn an.

»Na los, mach schon.«

Schwer zu sagen, ob diese kleine Übung Jonas wirklich beruhigt oder ob sie ihn noch wütender macht.

»Gut. *Gut*. Danke. Wir sind ein Team, Bruderherz, und ich bin immer auf deiner Seite, klar? Ganz egal, worum es geht. Immer und zu hundert Prozent.«

Jonas nickt, weil er das weiß. Natürlich weiß er das. Ich linse zu Kat, die mit großen Augen auf der Kante ihres Stuhls sitzt.

»Nimm dir ein bisschen Zeit, Bro. Fahr doch nicht gleich so aus der Haut! Wir werden das von Mann zu Mann besprechen, okay? Und etwas besprechen heißt noch lange nicht, dass man unterschiedlicher Meinung ist. Wir beleuchten nur alle Aspekte.« Josh hat einen besonderen Tonfall angeschlagen, und ich vermute, dass er Jonas so schon des Öfteren beruhigt und manchmal vielleicht auch Schlimmeres verhindert hat. Es gibt immer noch so viel über Jonas und seine Dämonen zu erfahren.

»Jetzt sprich nicht mit mir, als wäre ich acht«, schnaubt Jonas. »Ich habe das dämliche Buch auch gelesen, das weißt du doch. Such dir mal ein paar neue Zitate, okay?«

Josh lacht. »Das mit dem Gespräch und derselben Meinung ist nun mal das Einzige, woran ich mich noch erinnere. Also nimm mir diesen weisen Spruch nicht weg! Hat eben nicht jeder so ein Elefantengedächtnis wie du.«

Jonas nickt und atmet tief aus. Scheinbar gewinnt er langsam wieder die Kontrolle über sich.

Interessant.

»Also, lass uns jetzt in Ruhe darüber reden. Das heißt nicht, dass wir unterschiedlicher Meinung sind.«

Jonas verdreht die Augen. »Ja, ja. Das habe ich schon mal gehört.«

Josh schenkt ihm ein strahlendes Lächeln, scheinbar sind die beiden sich wieder einig.

Kat und ich sehen uns verdutzt an, sagen aber kein Wort.

Josh atmet tief durch die Nase ein und dann wieder durch seinen Mund aus. Er scheint Jonas zum Mitmachen animieren zu wollen – was ihm schließlich auch gelingt. Offenbar ist Josh eine Art Gorillaflüsterer!

»Okay. Lass uns nachdenken«, sagt Josh. »Was soll es denn bringen, der gesamten Organisation das Handwerk zu legen? Im Ernst, überleg doch mal – das wäre wirklich eine Menge Arbeit und würde uns wahrscheinlich total überfordern. Klar, wir müssen Kat und Sarah beschützen.« Er sieht uns an. »Werden wir auch, versprochen. Aber was interessieren uns die sonstigen Machenschaften des Clubs?«

Josh sagt jetzt also »wir« statt »du«. Sehr clever.

»Warum gleich so übertreiben?«

Jonas wirkt immer noch angespannt, aber Josh fährt einfach fort.

»Also, der Club bietet einen gewissen Service an – und zwar einen sehr guten, wie ich erfahren durfte. Okay, vielleicht trügt der Schein ein wenig, vielleicht verkaufen sie den Leuten ein Märchen, aber macht Disneyland das nicht auch? Schau mal, die Menschen könnten doch eigentlich überall Achterbahn fahren. Aber nein, sie wollen lieber zehnmal mehr bezahlen und es in Disneyland machen. Warum? Weil das Gesicht von Micky Mouse auf die Waggons gepinselt ist.« Josh nickt, er ist scheinbar vollkommen überzeugt von seiner Theorie.

Jonas schnaubt, sagt aber nichts. Sein Blick ist hart wie Stahl.

»Vielleicht geht's den Kerlen, die sich im Club anmelden, ja genauso! Vielleicht *wollen* sie dafür sogar tonnenweise Geld zum Fenster rausschmeißen.«

»Mann, Josh, ist das dein Ernst?« Jonas kann seine Wut kaum unterdrücken. »Leben und leben lassen, geht es darum? Ich soll den Typen ihren Spaß nicht verderben, während ich mich immer weiter fragen muss, ob diese Verbrecher meinem Baby etwas antun werden oder nicht?« Jonas schäumt vor Wut. »Kommt nicht in die Tüte!«

Ich stehe auf und lege meine Hand auf Jonas' Unterarm, weil ich jetzt auch mal was sagen will. Aber er entreißt mir seinen Arm.

»Gerade du hättest mich doch verstehen müssen!«, brüllt er Josh an. »*Fuck!*«

Ich trete einen Schritt zurück. Okay, dann sollen die beiden Brüder das erst einmal unter sich klären.

»Ich verstehe dich sehr wohl! Ich sage doch nur, dass wir erst genauer eingrenzen müssen, worum es uns hier geht.«

Einen Moment lang herrscht Schweigen.

»Josh«, sage ich und wäge meine Worte sorgfältig ab. »Das Problem ist hier doch die Vorspiegelung falscher Tatsachen. Wenn du dir ein Ticket für Disneyland kaufst, dann weißt du, dass es um eine Achterbahnfahrt in einem Micky-Mouse-Waggon geht. Die Clubmitglieder hingegen haben keine Ahnung, worauf sie sich da einlassen.«

Josh sieht vollkommen verwirrt aus, und ich fühle mich viel zu dumm, um noch mehr zu sagen. Also setze ich mich aufs Sofa und würde am liebsten im Erdboden versinken.

»Was meinst du damit?«, fragt Josh. Er klingt aufrichtig.

Jonas atmet aus. »Na, sie meint, dass nicht jeder so gestört ist wie du und ich.« Er räuspert sich. »Oder zumindest wie ich. Dich scheint ja dieses dämliche Buch geheilt zu haben.«

Josh kann sein Gelächter nicht unterdrücken.

»Sie meint, dass manche Leute sozusagen ... normal sind«, fährt Jonas fort, setzt sich neben mich und legt den Arm um mich. Vermutlich soll das eine Art Entschuldigung dafür sein, dass er gerade so ausgerastet ist. Na gut. Angenommen.

»Was soll das denn schon wieder heißen?«, sagt Josh schließlich. »*Normal?!*«

Jonas erwidert nichts.

»Okay, meinetwegen gibt's da draußen tatsächlich irgendwelche Normalos. Warum sollten die denn bitte schön dem Club beitreten?«

»Na, um die große Liebe zu finden«, sagt Jonas leise. »Das wollen normale Leute doch, und genau das verspricht der Club ihnen. Und eben da liegt der große Schwindel.«

Seine Worte bringen meinen ganzen Körper zum Kribbeln. Genau das habe ich mal selbst zu ihm gesagt. Das heißt dann wohl, dass er absolut hinter mir steht.

Josh lacht spöttisch.

»Es stimmt!«, verteidige ich Jonas. Und mich selbst. Und

die Liebe, den Glauben, die Hoffnung, den Optimismus – ach, keine Ahnung, worum es mir im Einzelnen geht. Vielleicht erinnere ich mich einfach immer noch zu gut an den glücklichen Gesichtsausdruck des Softwareentwicklers, als Stacy vom College-Basketball gesprochen hat. Vielleicht will ich weiter daran glauben, dass wahre Liebe über alles geht, auch über Sex. Daran, dass jeder Topf seinen Deckel findet, ganz egal, wie gestört der Topf auch sein mag. Und vielleicht auch daran, dass nicht jeder Mann wie mein Vater ist.

Jonas greift nach meiner Hand und drückt sie. Und mit dieser simplen Geste teilt er mir mit, dass er und ich es jederzeit mit der ganzen Welt aufnehmen würden, um die wahre Liebe zu verteidigen. Schließlich wissen wir, dass es sie gibt.

Josh sieht uns ungläubig an. »Ist das euer Ernst? Bist du wirklich dem Club beigetreten, um die große Liebe zu finden, Jonas?«

Jonas erbleicht. Er sieht mich an, unsicher, was er darauf erwidern soll. Aber er braucht doch nicht meine Erlaubnis für eine ehrliche Antwort. Ich weiß schließlich genau, weshalb er dem Club beigetreten ist, und es kümmert mich überhaupt nicht.

Ich nicke ermutigend, und Jonas zieht meine Hand an seinen Mund, um einen sanften Kuss draufzudrücken.

»Nein, das bin ich nicht.«

»Und ich genauso wenig. Ich kann mir auch nicht vorstellen, dass jemand je auf diese Idee kommen würde. Liegt doch wirklich nicht besonders nahe, auch nicht für Normalos.« Er zwinkert mir zu. »Sorry, Sarah.«

Ja, ja, schon okay.

»Ich glaube mittlerweile, dass ich nur aufgrund eines Nervenzusammenbruchs dem Club beigetreten bin«, meint Jonas leise.

Josh sieht ihn schockiert an.

»Mir war das in dem Moment natürlich nicht klar.« Er schaut mich eindringlich an. »Ich hatte einfach keine Ahnung, was los ist; was ich brauche oder was ich will.« Er drückt meine Hand. »Ich habe voll am Rad gedreht, Mann.«

Mein Herz hämmert wie wild, während Jonas mir tief in die Augen sieht und wirkt, als würde er mich am liebsten sofort mit Haut und Haaren verschlingen. Tja, da geht es mir ähnlich.

Josh weiß überhaupt nicht mehr, was er sagen soll, und eine drückende Stille breitet sich aus.

»Na, dann ist ja alles klärchen«, meint Kat schließlich.

Josh atmet tief aus. »Heilige Scheiße, Jonas.« Er reibt sich über das Gesicht. »Ich bin auf jeden Fall dabei, wenn's darum geht, Sarah und Kat zu beschützen. Ganz egal, vor was. Das weißt du, ja?«

»Ja. Danke, Bro.«

»Ich glaube einfach, dass du ein bisschen überreagierst, was das –«

»*Fuck*, Josh!« Jonas springt auf und funkelt seinen Bruder an. »Diese Hurensöhne haben mein Baby und ihre beste Freundin bedroht. Raffst du das nicht? Da haben sie wirklich eine Grenze überschritten!«

Josh erhebt sich und will etwas erwidern, aber Jonas schneidet ihm sofort das Wort ab.

»Ich lasse nicht zu, dass sie in ihre Nähe kommen!«

Er zieht mich von der Couch und drückt mich an sich, als müsste er mich vor Josh verteidigen. Langsam wird die Situation wirklich ganz schön absurd!

»Ich werde sie beschützen, und das bedeutet, die Leute vom Club fertigzumachen. Hast du das verstanden? Ich mache sie fertig!« Ich kann spüren, dass er zittert.

»Wow. Ganz ruhig, Jonas«, sagt Josh.

»Ich lasse nicht zu, dass es noch mal passiert, Josh. Dieses Mal würde ich es nicht überleben, das weiß ich. Das war schon damals schwer genug. Du hast nicht all das gesehen, was ich sehen musste, all das Blut … Es war überall! Du warst nicht da.« Er kneift die Augen zusammen. »Du hast sie nicht gesehen.« Er dreht durch. O Mann, er dreht total durch. »Ich lasse nicht zu, dass es passiert. Nicht noch einmal.«

Sein Griff um mich verstärkt sich, aber ich käme sowieso nicht im Traum darauf, mich loszumachen. Nicht jetzt.

Kats Mund steht weit offen. Ich hatte noch keine Gelegenheit, ihr von Belize zu erzählen – oder von Jonas' tragischer Kindheit.

Selbst Josh sieht besorgt aus. »Jonas …«

»Ich dachte, gerade du müsstest es verstehen! Eigentlich will ich das nicht allein durchziehen, aber wenn es sein muss, dann mache ich es eben doch. Ich werde alles tun, was in meiner Macht steht, denn ihr darf nicht noch einmal etwas zustoßen. Nie wieder.«

O Gott, das macht mich so wahnsinnig an!

»Ladys, könnt ihr uns einen Moment allein lassen?«, fragt Josh. »Bitte.«

Jonas reckt sein Kinn und presst mich noch fester an sich.

»Jonas«, flüstere ich und streife mit meinen Lippen über sein Kinn. »Sprich mit deinem Bruder, Baby. Ihr seid doch ein Team.« Jonas zittert und hält mich immer noch fest. Ich bin mir zwar nicht ganz sicher, was gerade in meinem Liebsten vorgeht, aber wahrscheinlich ist Josh der Einzige, der ihm helfen kann. Sanft streichle ich über seine feinen Gesichtszüge.

»Dein Bruder ist auf deiner Seite«, sage ich leise. Er drückt sich an mich, und ich kann seine Erektion spüren. »Hör ihm einfach zu. Er hat alles stehen und liegen lassen, um uns zu helfen. Also hör ihm zu.«

Jonas lässt meine Hand los und packt mein Gesicht, um mich dann wie ein Besessener zu küssen. Vermutlich will er damit nicht mir, sondern Josh etwas demonstrieren, aber ich werde mich ganz sicher nicht beklagen. Wow, ist das ein Kuss! Von mir aus kann er meinen Mund jederzeit benutzen, um Josh etwas zu erklären.

Jonas löst sich von mir und funkelt Josh an.

»Einem Kind, das die Dunkelheit fürchtet, verzeiht man gern; tragisch wird es erst, wenn Männer das Licht fürchten.«

Sarah

»Wow, Sarah, was war denn da gerade los?«, fragt Kat.

Wir sitzen auf Jonas' Balkon, blicken auf die hell erleuchtete Skyline von Seattle, trinken Wein und essen das Sushi auf, das Jonas vorhin für uns bestellt hat. Die Brüder sind noch drinnen und führen entweder ein ernstes Gespräch oder prügeln sich windelweich. Ganz klar ist mir das gerade nicht. Und ich kann nicht aufhören, an unseren unglaublichen Kuss zu denken. Wenn Verrückte so küssen, dann hätte ich gern mehr davon, Baby. Manometer!

»O Kat, es gibt so viel, was ich dir erzählen muss.«

»Fangen wir doch mal damit an, was Jonas vorhin im Schlafzimmer mit dir angestellt hat! Heiliger Bimbam! Ich hab ja versucht, nicht hinzuhören, ehrlich, aber irgendwie ließ es sich nicht vermeiden. Entweder hat er dir den besten Orgasmus deines Lebens verschafft, oder er hat versucht, dich abzuschlachten. Du hast dich angehört, als würdest du eines grausamen Todes sterben!« Sie schüttelt sich vor Lachen.

Ausgerechnet diese Wortwahl ... Großer Gott. »Du lieber Himmel, Kat, bitte sag so was niemals in Jonas' Gegenwart, ja? Bitte!« Allein von dem Gedanken daran wird mir schon ganz schlecht.

Kat macht große Augen. »Warum?«

Ich erzähle ihr von Jonas' schrecklichem Kindheitstrauma – davon, wie mein süßer kleiner Jonas die Vergewaltigung und Ermordung seiner Mutter vom Schrank aus beobachten musste und wie er sich seitdem die Schuld daran gibt. Nicht zuletzt, weil sein Vater ihm das eingeredet hat.

»Das ist ja schrecklich«, murmelt Kat und sieht richtig elend aus.

»Noch dazu hat sich ihr Vater umgebracht, als Josh und Jonas siebzehn waren.«

»O nein.«

»Und sein Vater hat einen Abschiedsbrief hinterlassen, in dem er Jonas noch einmal explizit die Schuld an allem gibt.«

Kat schweigt einen Moment lang. »Okay, das wirft ein ganz neues Licht auf die Szene eben.«

»Jepp.«

Kat denkt nach. »Josh war also nicht da, als ihre Mutter umgebracht wurde? Nur Jonas?«

»Nur Jonas.« Ich atme tief aus. Selbst wenn ich nur darüber rede, tut mir wieder alles weh.

»Scheint ein altbekanntes Thema zwischen den beiden zu sein – *du warst nicht da, ich schon*. Ist vermutlich noch nicht richtig aufgearbeitet.«

Ich nicke. »Ich kann mir nur schwer vorstellen, was der Tod der Mutter in den beiden alles ausgelöst hat. Und dann auch noch die Sache mit dem Vater ... einfach furchtbar.«

»Absolut.« Kat nimmt einen Schluck von ihrem Wein. »Es ist natürlich klar, dass Jonas es besonders schlimm erwischt hat, aber ich will auch nicht wissen, was für einen Film Josh schon sein Leben lang schiebt – vielleicht hat er ja auch Schuldgefühle, weil er mehr oder weniger heil aus der Sache rausgekommen ist?«

Sie hat vollkommen recht. Über Josh habe ich mir bis jetzt tatsächlich noch nicht so viele Gedanken gemacht.

»Die Geschichte ist an sich schon übel. Ohne Mutter aufzuwachsen, meine ich. Aber dann auch noch der ganze Rest ...«

Ich seufze. Mir ist schlecht.

»Nun«, Kat atmet tief aus. »Wir sollten jetzt über was Schönes reden, oder?«

»Ja!«

Wir stoßen an.

»Wie wäre zum Beispiel folgende Bemerkung?«, fragt sie. »Jonas hat eine interessante Bibliothek.«

Ich sehe sie verdutzt an.

»Ich war doch in seinem Arbeitszimmer, um mich an seinen Computer zu setzen, und hab die Gelegenheit genutzt, seine Bücher mal genauer unter die Lupe zu nehmen. *Wie du sie um den Verstand bringst.* Das klang ziemlich interessant! *Der weibliche Orgasmus: Die Erkundung eines Mysteriums.* Oh, und mein Lieblingstitel: *Wie werde ich ein Sexsamurai? Über die Kunst zu lieben.*« Sie lacht. »Echt origineller Lesestoff, muss ich schon sagen!«

Ich erröte.

»Meinst du, ich dürfte mir ein paar seiner Bücher borgen? Ich fände es super, wenn mein nächster Freund sie gründlich lesen und hinterher eine kleine Prüfung zu diesem Thema ablegen würde!«

Ich muss grinsen. »Jonas strebt nun mal in allem, was er tut, nach Exzellenz.«

»Oh, echt? Er glaubt da so richtig *hart* dran, ja?«

Ich verdrehe kichernd die Augen. »Du bist unmöglich, Kat!«

»Ich weiß!«

Wir nehmen beide einen großen Schluck Wein und grinsen.

»Was hältst du eigentlich von Josh?«, erkundige ich mich. »Ich hatte ja das Gefühl, dass es zwischen euch ordentlich knistert.«

Kat verzieht den Mund, sagt aber nichts.

»Er passt doch genau in dein Beuteschema.«

»Ich weiß.« Sie grinst. »Ich muss schon zugeben, dass der Typ ziemlich scharf ist. Aber dass er dem Club beigetreten ist und die Mitgliedschaft in vollen Zügen genossen hat …« Sie zieht ein Gesicht, als röche sie an einer schmutzigen Windel. »Das ist mir ein bisschen zu freakig, glaub ich.«

»Na, Jonas hat das doch auch gemacht und ist kein Freak.«

»Wie sich mittlerweile herausgestellt hat, ja. Anfangs sah das aber noch ein bisschen anders aus.«

»Nein. Er mag ein widerlicher, dreister Mistkerl gewesen sein, aber kein Freak.«

»Okay, danke, dass du das noch mal klargestellt hast.« Sie zuckt mit den Schultern. »Vielleicht ist Josh ja wirklich ein echter Weltverbesserer, der sich lediglich als Mistkerl tarnt.« Sie seufzt.

»Ich mag Josh«, sage ich. »Ich glaube, er hat ein gutes Herz – immerhin hat er sofort seine Sachen gepackt und ist hergekommen, als Jonas ihn darum gebeten hat. Und das, ohne irgendwelche Fragen zu stellen.«

»Das stimmt.« Sie lächelt. »Und ich muss zugeben, dass ich ihn natürlich furchtbar gern retten will. Jetzt, wo ich von seiner schrecklichen Kindheit erfahren habe.«

»Auweia. Viel Glück dabei!«

»Man kann doch nie wissen! Bei Jonas ist es dir ja auch gelungen.«

»Ha, von wegen! Du dürftest ja eben mitbekommen haben, dass das noch nicht so ganz geklappt hat.«

Kat lacht, ich seufze.

»Vor Jonas liegt noch ein weiter Weg, glaube ich. Aber vor mir ja auch. Wir geben uns beide Mühe.«

Kat presst gerührt die Lippen aufeinander. Auch ich schlucke, weil ich solche Dinge noch nie über einen Mann gesagt habe. Aber es stimmt: Wir heilen einander.

Kat beißt in eine scharfe Thunfischrolle. »Josh ist jedenfalls ein süßer Typ.«

»Gib doch zu, dass du vor Neugier stirbst!«

Kat zuckt mit den Schultern. »Kann sein.«

»Kann sein?« Ich lache auf. »Es steht dir regelrecht ins Gesicht geschrieben! Du *stirbst*!«

Sie kichert. »Klar, ich wüsste schon gern, was er in seiner Bewerbung –«

»O Mann, ich wusste es!«

»Er war kurz davor, von seinen Vorlieben zu sprechen«, quiekt Kat.

»Und dann ist er auf einen Schlag einfach verstummt.«

»Mitten im Satz!«

»Und dabei hat er dich angeschaut, Kat.«

Kat keucht vor Lachen.

»Und ich dachte so: *Ja? Und?* Du hast *was* als deine Vorliebe angegeben?«

Kat wirft den Kopf zurück und lacht schallend.

»Ich hätte beinahe losgeschrien, als er den Satz nicht beendet hat.«

»Ich auch!« Kat weint vor Lachen. »Ich hab mir beinahe in die Hosen gemacht!« Sie wischt sich die Tränen aus den Augen. »Sarah, wir sind wirklich unmöglich.«

»Nicht wir, sondern ich! Schließlich ist er der Bruder *meines* Freundes. So was sollte mich wirklich nicht interessieren – bestimmt komme ich dafür in die Hölle!«

»Ach, Jonas ist jetzt also dein Freund, ja? Ist das offiziell?«

Ich laufe rot an und nicke.

»Super, freut mich für dich!«

Plötzlich bin ich viel zu glücklich, um etwas zu erwidern. Tatsächlich kann ich immer noch nicht fassen, dass Jonas wirklich mir gehört.

Kat schweigt kurz. »Er wirkt trotzdem ziemlich überspannt, Sarah«, sagt sie schließlich in verändertem Tonfall. »Nicht gerade *easy going*, weißt du?«

Ich zucke mit den Schultern. Kann sein. Aber Kat war nun

einmal nicht mit dabei in Belize. Sie hat nicht gesehen, wie Jonas problemlos einen Wasserfall hinaufgekraxelt ist. Oder wie er in meinen Po gebissen und vor Freude gejohlt hat, weil er wusste, dass er jeden Moment meine Pussy lecken würde. Sie hat auch nicht mitbekommen, wie er sich über irgendeinen Quatsch, den ich gesagt habe, schlappgelacht hat. In all diesen Momenten wirkte er extrem ... *easy going*. Auch dass er in meinen Armen wegen seiner Mutter geweint oder dass er sein Freundschaftsband an meines gehalten und gesagt hat, dass wir füreinander geschaffen sind – all diese Dinge hätten sie gewiss überzeugt.

»Er hat gesagt, dass er mich liebt«, sage ich leise.

»Wirklich?« Sie sieht schockiert aus, ganz so, als hätte sie das überhaupt nicht erwartet. »In Belize?«

»Mhm.«

»Wow. Er hat echt gesagt: ›Sarah, ich liebe dich.‹?«

Ich zögere. »Na ja, er hat sich etwas anders ausgedrückt.«

Ihre Miene verfinstert sich.

»Es ist eben kompliziert. *Er* ist kompliziert. Aber vertrau mir: Er hat es gesagt.«

Kat sieht mich skeptisch an, und das kann ich ihr auch nicht verdenken. Das Letzte, was sie von Jonas mitbekommen hat, war, dass er ein richtiger Aufreißer ist. Wie soll ich ihr erklären, was in Belize zwischen uns passiert ist – wie unsere Seelen sich gesucht und gefunden haben? Ich verstehe es ja selbst kaum. Wahrscheinlich macht sie sich Sorgen, dass ich nur eine weitere Eroberung für Jonas bin und er sich bald wieder auf zu neuen Ufern machen wird.

»Wie hat er es denn nun genau formuliert?«

Ich kann ihr nicht erklären, was Jonas in Belize gesagt und getan hat. Wie er sich vor mir völlig entblößt und schließlich dafür gesorgt hat, dass ich endlich loslasse und mich ihm ganz und gar hingebe. Das Thema ist auch viel zu persönlich.

»Vertrau mir einfach«, sage ich.

Kat runzelt die Stirn und wirkt nicht sonderlich überzeugt.

»Er hat es mir gesagt. Nur ... anders.«

Sie nickt, aber ich habe das Gefühl, dass sie mich damit verspottet.

Ich seufze wieder. Sie versteht es einfach nicht. Jonas hat mit mir auf die einzige Art und Weise über seine Gefühle gesprochen, die er kennt, und das genügt mir. Ich liebe ihn, selbst wenn er nicht »Ich liebe dich« zu mir sagt. Selbst wenn er das niemals tun wird. Wenn es um Jonas geht, dann brauche ich keine konventionellen Verhaltensweisen. Und auch kein *easy going*. Ich brauche einfach nur ihn.

Es ist bloß verflixt schwierig, nicht selbst jenen berühmten Satz zu ihm zu sagen.

Jedes Mal, wenn ich in seine traurigen Augen sehe, seine straffe Haut berühre oder mit ihm schlafe, jedes Mal, wenn er so furchtbar verloren wirkt oder ihn wieder seine Dämonen heimsuchen, jedes Mal, wenn er mich beschützend an sich presst oder mich zum Höhepunkt bringt, will ich ihm meine Liebe gestehen.

Aber ich kann nicht. Das weiß ich, ganz egal, wie sehr ich mich auch danach sehne. Denn ich bin mir hundertprozentig sicher, dass ihm das einen riesigen Schrecken einjagen würde und ruckzuck alles dahin wäre. Kein Zweifel. Und es ist okay. Wirklich. Das zwischen uns ist eine schwere Geisteskrankheit, und das finde ich schöner, intensiver und heißer als alles, was ich je zuvor erlebt habe. Und es genügt. Wir brauchen nicht diesen klischeehaften Satz, um unsere Liebe offiziell zu machen. Wir brauchen einfach nur einander.

Plötzlich halte ich es nicht mehr aus, von ihm getrennt zu sein. Ich springe auf und sehe auf die Uhr. Beinahe ein Uhr morgens. Das war der längste Tag meines Lebens – schließlich bin ich heute Morgen noch in Belize aufgewacht! Ich strecke mich. Jetzt aber mal zurück in die Realität! Morgen habe ich ein Seminar, und Hausaufgaben gibt es auch noch zu erledigen. Außerdem muss ich mir noch die Zusammenfassungen meiner Lerngruppe besorgen. Und mir einen neuen Job suchen. Mist! Das alles werde ich nicht hinkriegen, wenn ich heute Nacht nicht gut schlafen kann. Und auch nicht ohne Laptop, meine Klamotten und Lehrbücher. Aber darum werde ich mich morgen kümmern, denn gerade will ich nur eines: Sex mit Jonas Faraday haben.

»Komm schon«, sage ich zu Kat. »Lass uns wieder reingehen.«

Josh und Jonas sitzen auf der Couch und unterhalten sich leise. Gutes Zeichen.

Wortlos steuere ich direkt auf ihn zu, ziehe ihn vom Sofa, presse ihn an mich und küsse ihn innig.

»Du sorgst so wahnsinnig gut für mich«, flüstere ich ihm zu. »Danke!«

Ich kann Kat am besten beweisen, was Jonas mir bedeutet, wenn ich es ihr einfach zeige. Wenn sie nicht begreift, wie kostbar und wunderschön unsere Beziehung ist, dann ist das ihr Problem, nicht meines.

»Gern geschehen«, erwidert er leise. Sein Gesicht glüht, und er küsst mich erneut. Sobald seine Zunge in meinem Mund ist, kribbelt mein gesamter Körper. Ich spüre seine Erektion und merke gleichzeitig, wie feucht ich bin.

»Na, vertragt ihr euch wieder?«, erkundige ich mich.

Jonas nickt.

»Habt ihr jetzt einen Plan, wie wir die Welt retten können?«

Jonas wiegt den Kopf. »Jein«, wispert er. »Aber auch Rom wurde nicht an einem Tag erbaut.« Mit einem kräftigen Schwung hebt er mich hoch und wirft mich über seine Schulter wie ein Höhlenmensch.

»Wir vollenden den Plan zur Weltrettung morgen beim Frühstück.« Mit diesen Worten stürmt er so schnell aus dem Wohnzimmer, dass mein Kopf immer wieder gegen seinen Rücken schlägt.

»Mach dir um mich keine Sorgen, ich komm schon klar!«, ruft Josh uns hinterher. »Ich mach einfach Party mit dem Mädchen mit dem Bindestrich!«

»O nein, das wirst du nicht. Ich gehe jetzt schlafen, Playboy«, erwidert Kat für uns kaum mehr hörbar, weil wir bereits im Schlafzimmer angekommen sind. »Heute musst du dir leider eine andere Disneyland-Attraktion suchen!«

Jonas

Ich lege Sarah aufs Bett, drehe »Dangerous« von Big Data auf und reiße ihr, ohne zu zögern, die Kleider vom Leib. Sobald ich ebenfalls nackt bin, setze ich mich wortlos und mit einer gigantischen Erektion auf die Bettkante. Mit einem leisen Stöhnen setzt sie sich rittlings auf mich, schlingt ihre Beine um meine Hüfte und nimmt mich ganz in sich auf. Ich ziehe sie an mich und küsse sie, während ich in ihre großen braunen Augen sehe. Unsere Körper verschmelzen miteinander. Worte sind nicht nötig.

Und während Big Data den Raum mit Klängen erfüllt, nehme ich sie langsam und intensiv und fülle jeden Zentimeter in ihr aus. Meinen Penis habe ich genau so positioniert, dass er direkt an ihren G-Punkt drückt. Gleichzeitig streichle ich ihren glatten Rücken, fahre mit meinen Händen durch ihr Haar, küsse ihren Hals und atme ihren Duft so tief wie möglich ein. Ich verliere mich in ihr, der Musik, ihrer Haut, ihren Augen und ihrem Geruch. Ich kann nur daran denken, wie unglaublich sie sich anfühlt und wie erstaunlich es ist, dass Big Data es geschafft hat, einen Song zu schreiben, der so perfekt zu unserem olympiareifen Sex passt.

Es ist wieder mal der Wahnsinn. So gut wie nie, würde ich fast sagen.

Unsere Körper verschmelzen auf eine Art und Weise, dass ich nicht länger sagen kann, wo sie aufhört und ich beginne, ich kann ihre Lust nicht mehr von meiner unterscheiden, meinen Orgasmus von ihrem. Ohne es auch nur zu versuchen, bin ich auf einen neuen Heiligen Gral gestoßen. Genau hier. Genau jetzt.

Und dennoch ...

Ich habe es noch immer nicht zu ihr gesagt. Ich *fühle* die Worte zwar, und allein dafür bin ich schon dankbar – denn ich habe mich eine Zeit lang wirklich für einen Soziopathen gehalten –, aber ich kann sie ihr einfach nicht sagen.

Sobald wir fertig sind, schläft sie neben mir ein, erschöpft und vollkommen befriedigt. Ich aber finde keine Ruhe. Meine Seele hat ihren leisen Monolog bereits begonnen, und eine unliebsame Wahrheit droht sich an die Oberfläche zu kämpfen. Ich liege bestimmt eine Stunde hellwach neben Sarah und lausche ihren gleichmäßigen Atemzügen, während es in mir nur so tobt. Bin ich ein hoffnungsloser Fall? Unfähig, mich Sarah genauso hinzugeben, wie ich es von ihr immer verlange? Bin ich ein mieser Heuchler? Ich habe ihr ständig gesagt, dass sie sich nicht selbst im Weg stehen soll. Dabei tue ich doch selbst genau das!

Ich habe zwar keine Ahnung, wie es dazu gekommen ist, aber das Nächste, was ich merke, ist, dass ich wieder mit Sarah schlafe. Irgendwann muss ich wohl kurz eingedöst sein, denn als ich aufwache, bin ich schon in ihr, von hinten. Sie ist so feucht und warm, und es zuckt so heftig um meinen Penis herum, und ... O mein Gott. Es gibt nichts Schöneres, als meinem Baby dabei zuzusehen, wie es sich direkt vor meinen Augen in einen wunderschönen Schmetterling verwandelt.

Sarah

Jonas und ich essen in einem schicken Restaurant, und um uns herum herrscht eifriges Treiben. Eine ganze Armee von Kellnern bedient uns. Zu meinen Füßen sitzt eine Frau und gibt mir eine Pediküre, ein Künstler fertigt ein Porträt von uns an, eine Frau in einer Toga frisiert mein Haar, und um unseren Tisch herum plaudern und quatschen die anderen Gäste. Plötzlich springt Jonas auf, schiebt alle Personen von mir weg, als wäre er King Kong, reißt mein schimmerndes Abendkleid herunter und stößt meinen nackten Körper auf den Tisch, direkt auf das Essen, die Kerzen, die Weingläser und das Besteck (unter dem sich dummerweise auch recht ungünstig positionierte Messer befinden). Dann beginnt er mit mir zu schlafen. Allerdings hat Jonas eine andere Gestalt angenommen. Es ist schwer zu erklären, aber urplötzlich hat er sich zerteilt und vervielfacht und ist zu einem amorphen Gebilde geworden, einer ganzen Gruppe von Poltergeistern, die alle über Geisterlippen und magische Finger verfügen, über straffe Bizeps, perfekte Bauchmuskeln und erigierte Penisse. All diese Poltergeister machen sich gleichzeitig über mich her, umarmen mich, nehmen mich, streicheln mich, verwöhnen mich, packen und küssen mich, während sie mir Dinge ins Ohr flüstern – und mich wie eine luftige Wolke umgeben.

Die ganze Zeit über füllen die Kellner Wein in unsere Gläser, bis sie schließlich überlaufen und der warme Rotwein über meinen Bauch und meine Scham fließt, über meine Klit und meine Oberschenkel bis hinunter zu meinen Zehen. Irgendwann liegen wir in einem warmen, sinnlichen Becken aus Wein, und die Pedikürefrau massiert ihn in meine Füße ein. Die Stylistin schüttet ihn über meinen Scheitel, sodass der Wein über mein Gesicht strömt. Am aufregendsten aber finde ich, dass die übrigen Restaurantgäste uns beobachten. Sie behalten uns genau im Auge und kommentieren unseren Liebesakt, als gäben wir eine wundervolle Performance.

»Das ist der schönste Mann, den ich je gesehen habe«, seufzt eine Frau.

»Definitiv. Aber wer ist *sie*?«, fragt ein Mann.

»Ist doch egal. Ich kann nicht aufhören, den Kerl anzustarren«, merkt eine weitere Frau an.

»Sie muss etwas ganz Besonderes sein, wenn er sie will.«

»Ach, die interessiert mich nicht. Mir geht es nur um ihn.«

»Er spielt auf ihr wie auf einem Instrument.«

»Er ist einfach göttlich.«

»So was habe ich noch nie gesehen!«

»Ich wünschte, ich wäre an ihrer Stelle.«

»Wie gern würde ich mal so stöhnen!«

»Ich kriege ja allein vom Zusehen schon einen Orgasmus.«

Jonas' unzählige Zungen fahren immer weiter über meinen Körper, kosten den Rotwein, während seine Penisse jede meiner Öffnungen penetrieren. Seine Muskeln ziehen sich unter meinen Händen zusammen, und seine Zungenspitzen lecken den Wein noch aus den zartesten Fältchen, die sich an mir finden lassen. Die Lust ist beinahe unerträglich – und wird durch den spürbaren Neid der Beobachter noch gesteigert.

»Sie dreht durch.«

»Sie ist kurz davor.«

»O Gott, ja, seht sie an! Sie hat bestimmt jeden Moment einen Orgasmus.«

Und plötzlich vereinigen sich all die Poltergeister wieder zu einer einzige Person: Jonas.

»Ich liebe dich, Sarah«, sagt er und sieht mir tief in die Augen.

»Verlass mich nicht, Jonas.«

Er umschließt mein Gesicht mit seinen Händen, die vor Rotwein nur so triefen.

»Ich werde dich nie verlassen«, sagt er. »Ich liebe dich.« Er hebt den Kopf und wendet sich an unser Publikum. »Ich liebe sie! Ich liebe Sarah Cruz!«

Meine Klit beginnt heftig zu pulsieren. Das Gefühl ist so intensiv, dass es mich aus meinem Traum reißt und ich auf einen Schlag hellwach bin. Auf einmal wird mir klar, dass ich diesen Orgasmus nicht länger nur träume, sondern tatsächlich einen habe!

Wow! Ich habe einen Orgasmus im Schlaf gehabt! Ich kann's nicht fassen – ich, die ich dachte, dazu überhaupt nicht fähig zu sein, komme allein durch meine Vorstellungskraft. Irre. Und was für ein fantastischer Orgasmus das ist! Von wegen uneinnehmbarer Mount Everest. Manometer. Es fühlt sich an, als würde mein ganzer Unterleib in Flammen stehen, und ich zittere heftig.

Als das Beben ein wenig nachgelassen hat, greife ich fieberhaft nach Jonas' Körper hinter mir und drücke mich an ihn. Ohne zu zögern, bearbeite ich seinen Schwanz so lange, bis er hart ist, und noch ehe Jonas aufgewacht ist, habe ich seinen Penis auch schon von hinten in mich hineingeschoben. Ich bewege mich rhythmisch, greife zwischen meine Beine, um zu spüren, wie er in mich hinein- und wieder herausrutscht. Ich berühre mich, berühre ihn und stöhne seinen Namen. Wenige Momente später ist Jonas wach und merkt, was gerade passiert. Sofort küsst er meinen Nacken, knetet meine Brüste und reibt meine Klit, um seine Finger dann in meinen weit geöffneten, stöhnenden Mund zu schieben. Seine Bewegungen werden heftiger, und er dringt immer tiefer in mich ein.

Als die Lust sich überall in mir ausbreitet und mich beinahe zum Bersten bringt, schließe ich die Augen. Ich erinnere mich, wie Jonas im Traum den Wein zwischen meinen Beinen abgeleckt hat, während uns all die Gäste beobachtet haben, und natürlich daran, wie er gesagt hat: »Sarah, ich liebe dich.« So laut, dass jeder es hören konnte. Schon bilden sich in mir erneut warme Wellen der Lust. Sie steigen auf und sorgen dafür, dass sich mein Körper um Jonas' Schwanz herum zusammenzieht, kurz lockert und wieder fest umschließt. Er umarmt mich von hinten, und ich drücke mich an ihn, bewege mich rhythmisch seinem Höhepunkt entgegen. Aber zu meiner großen Überraschung zieht er seinen Schwanz aus mir heraus, dreht mich auf den Rücken und beginnt, mich auf jede erdenkliche Art und Weise zu verwöhnen. Er küsst meine Brüste, meinen Hals und mein Gesicht und streichelt meine Schenkel, er saugt an meinen Fingern und meinen Zehen und beginnt dann, mich mit seiner magischen Zunge zu lecken. Dieses Mal komme ich in Rekordzeit. Ich komme, ich schmelze, ich explodiere. O mein Gott. Es fühlt sich unglaublich an.

Ich stöhne und winde mich, und als mein Orgasmus verebbt ist, kann ich mich kaum mehr bewegen. Jonas dreht mich auf den Bauch und nimmt mich so lange von hinten, bis auch er kommt, und obwohl ich eigentlich vollkommen alle bin, schließe ich mich seinem Höhepunkt im letzten Moment doch an, als er heftig erbebt.

Und dann sind wir fertig. Fix und fertig.

Mein Körper fühlt sich vollkommen weich und entspannt an, und ich kann keinen Muskel mehr bewegen. Auch meine Stimme scheint nicht mehr zu funktionieren. Liegt wohl an den erschlafften Stimmbändern.

Wow. Wow. Wow.

Krass.

Und wunderschön.

Wenn ich jetzt sprechen könnte, würde ich es am liebsten von jedem Berggipfel schreien: »Hey, ich bin ab heute offiziell eine Sexgöttin! Ich hatte einen multiplen Orgasmus, Ladys!«

Ich rekle mich und merke, wie unglaublich entspannt ich bin. So zufrieden und erfüllt habe ich mich noch nie gefühlt – und so verdammt mächtig. Heute Nacht wurde ich wiedergeboren, schon zum zweiten Mal in meinem Leben. Das erste Mal ist es in Belize passiert, als der Mount Everest eingenommen wurde. Und all das habe ich meinem großartigen Freund zu verdanken, dem Frauenflüsterer höchstpersönlich.

Mein süßer Jonas.

Gott, ich liebe ihn.

Ich schließe die Augen, gähne und bin kurz davor, einfach wegzudämmern.

»Sarah«, flüstert Jonas, und sofort bin ich wieder voll da. Irgendwie klingt er so, als hätte er etwas Wichtiges zu sagen. »Sarah, ich ...« Mir stellen sich sämtliche Nackenhärchen auf, so gespannt bin ich auf das, was gleich kommt. Er macht eine grausam lange Pause, bringt den Satz aber nicht zu Ende. Stattdessen atmet er tief ein und fährt schließlich mit verändertem Tonfall fort. »Meine umwerfende Sarah«, sagt er und streichelt meine Hüfte. »Bist du wach?«

»Mhm.« Halbwegs zumindest.

»Das war eine nette Art, aufgeweckt zu werden.« Ich lege meine Hand zu seiner auf meine Hüfte. Er greift danach und drückt sie.

»Mein Traum hat mich ein bisschen scharfgemacht«, murmle ich leise.

»Das habe ich gemerkt! Worum ging's denn?«

»Um dich. Sex mit dir. Ich hatte im Traum einen Orgasmus, und als ich aufgewacht bin, hatte ich wirklich einen!«

Einen Moment lang stockt ihm der Atem. »Wow!« Er drückt sich an mich und streichelt meinen Bauch.

Ich drehe mich zu ihm um. »Ehe ich dich kennengelernt habe, dachte ich, dass mit mir was nicht stimmt. Ich dachte, mir fehlt irgendein magischer Knopf, den sonst jeder hat.«

Er atmet tief ein, als müsste er sich beruhigen. Dann streicht er mir das Haar aus dem Gesicht, ohne etwas zu sagen.

»Und jetzt sieh mich an: Ich bin eine Sex-Superheldin!«

»Man nennt sie … Orgasma!«, kündigt Jonas in dramatischem Tonfall an und lächelt, ehe er seine Nase an meine drückt. »Orgasma die Allmächtige!«

Ich ahme seinen Tonfall nach. »Sie schafft es, selbst die größten Schwänze der Welt zu besteigen!«

»Nein«, erwidert er streng. »Es geht hier nur um einen großen Schwanz, und zwar um meinen!«

»Na klar.« Ich verdrehe die Augen. »Das erklärt sich ja wohl von selbst.«

Er lacht und drückt erneut seine Nase an meine.

»Du Trottel«, füge ich hinzu, und er schenkt mir ein schiefes Grinsen.

»Ich wollte das nur klarstellen, Sarah!«

»Ist angekommen.«

Wir liegen im Dunkeln und sehen uns einen Moment lang an. Ich glaube nicht, dass ich jemals so glücklich gewesen bin wie jetzt.

»Danke«, sage ich schlicht. »Danke, dass du mir geholfen hast, diesen magischen Knopf zu entdecken. Endlich fühle ich mich nicht mehr defekt, sondern mächtig.«

»Das bist du in der Tat.« Er küsst mich sanft.

»Ich hatte einfach keine Ahnung, dass Sex sich so gut anfühlen kann. Du kannst das richtig gut.«

»Nee, ich bin sogar brillant! Aber das alles liegt doch nicht nur an mir. Dein Körper ist dazu geschaffen, genau das zu tun, was er heute Nacht gemacht hat: einen Orgasmus nach dem anderen zu haben! Ist ja auch keine Magie – Frauen brauchen eben keine Refraktärzeit nach dem Sex, im Gegensatz zu Männern.«

»Refraktärzeit?«

»Eine Art Erholungsphase. Frauen müssen sich nicht erholen, sondern können nahezu unmittelbar nach dem Höhepunkt den nächsten erleben, solange ihnen die richtige Stimulation zuteilwird.«

Ich bin völlig baff. »Bist du dir sicher? Ich dachte immer, dass nur ein kleiner Prozentsatz der Frauen zu multiplen Orgasmen in der Lage ist, Pornostars oder so. Und das am anderen Ende des Spektrums eben diejenigen stehen, die gar keinen haben können.«

»Nein, das ist bloß ein Mythos. Alle Frauen sind dafür geschaffen, immer wieder zu kommen. Den meisten gelingt es einfach nicht, weil sie entweder nicht wissen, wie es geht, oder nicht wissen, dass es geht. Kann auch sein, dass ihr Lover supermies ist, sie nie masturbiert haben und nicht wissen, was ihnen gefällt – wie auch immer, es gibt tausend Gründe. Aber das heißt nicht, dass sie körperlich nicht dazu in der Lage sind.«

Ich bin kurz davor einzuschlafen, aber er steigert sich richtig in das Thema hinein.

»Dein erster Orgasmus lässt sich mit dem Aktivieren einer Pumpe vergleichen«, fährt er hellwach fort. »Am Anfang kann es also ein bisschen dauern, das haben wir ja gemerkt, Miss Mount Everest. Sobald der Gipfel aber einmal erreicht ist, ist dein Körper dazu bereit, wieder und wieder zu kommen, solange du offen dafür bist. Und das Tolle ist, dass es beim zweiten und dritten Mal viel leichter geht.«

Ich schüttle den Kopf. Wieso weiß er mehr über meine Sexualität als ich selbst? Und wieso hat mir nicht schon viel früher jemand davon erzählt?

»Eigentlich ist es letztlich reine Kopfsache – man muss seine inneren Blockaden loswerden. Wenn du das erst mal geschafft und den Richtigen getroffen hast, dann kommst du jedes Mal wie eine Rakete.«

»Den *Richtigen* getroffen?«

»Na, in diesem Fall bin das natürlich ich – versteh mich da bloß nicht falsch!«

Ich lächle ihn an. »Jonas Faraday.«

»Der einzig Wahre.«

»Der Sexsamurai schlechthin.«

Er lacht. »Ah, du hast einen Blick auf meine Büchersammlung geworfen!«

»Nee, das war Kat. Die fände es super, wenn ihr nächster Freund all diese Bücher eingehend studieren würde.«

Er gluckst. »Na, lesen kann diese Bücher natürlich jeder, aber wenn man nicht so gottbegnadet ist wie ich, dann bringt's nichts. Es ist wie bei den Musikern: Schön und gut, wenn jemand den Takt halten und Noten lesen kann, aber wenn er die Musik nicht *spürt*, wird aus ihm auch kein großer Künstler. Muddy Walters hat sie gespürt. Bob Dylan auch. Das kann dir niemand beibringen.«

»Dann bist du also ein … Sexkünstler?«

Er drückt mich. »Ganz genau. Und du bist meine Leinwand.« Er küsst mich auf den Hals und kneift mich gleichzeitig in den Po.

»Ich stehe dir jederzeit zur Verfügung, mein Großer.«

Einen Moment lang überlegt er. »Dieses besondere Einfühlungsvermögen habe ich schon mein Leben lang. Es ist wie eine seltsame Form von Empathie – ich weiß nicht, wie ich es sonst nennen soll. Ich habe das noch nie jemandem erzählt.«

Es gibt doch keinen besseren Einstieg in ein Gespräch als diesen Satz.

»Es fing schon an, als ich noch ganz klein war. Meine Mutter hatte immer diese schlimmen Kopfschmerzen, und ich war der Einzige, der sie lindern konnte – einfach, indem ich ihren Kopf massiert habe ...« Er verstummt.

»Ist okay«, sage ich schließlich. »Erzähl es mir.«

Er schüttelt den Kopf.

»Erzähl mir davon, Baby. Ich höre dir zu.«

Er scheint es sich anders überlegt zu haben. »Wenn ich dich berühre, schmecke oder küsse, wenn ich mit dir schlafe, Baby, dann macht mich das wahnsinnig an.« Er küsst mich innig, während er seine Hände wieder auf meinen Po legt. »*Albóndigas*«, wispert er. *Fleischbällchen.*

Ich lache. »*Siempre tus albóndigas.*« *Auf ewig deine Fleischbällchen!*

Er lächelt mich an.

»Sag es mir«, dränge ich ihn.

»Wenn ich dich berühre und lecke, dann kann ich fühlen, was du fühlst – im wörtlichen Sinne, verstehst du?« Er stöhnt bei dem Gedanken leise auf.

»Ich hab doch gesagt, dass du ein Frauenflüsterer bist, Baby. Du hast magische, mystische Kräfte.«

Er seufzt und streicht über meine Wange. »Ich kann es gar nicht erwarten, all deine Untiefen zu erkunden. Du bist wie ein gewaltiger, unerforschter Ozean, weißt du das? Du bist *mein* Ozean.«

Wieder verspüre ich den starken Drang, ihm zu sagen, dass ich ihn liebe. Er ist besser als jeder Traum. Bei ihm fühle ich mich geborgen. Geliebt. Und gut, so unglaublich gut ... Ich liebe ihn, und das will ich ihn furchtbar gerne wissen lassen.

Aber es geht nicht. Auf keinen Fall. Es wäre der totale Reinfall.

Und das ist okay. Immerhin hat er gesagt, dass ich sein Ozean bin. Ist doch auch nicht übel, oder? Es reicht, das tut es wirklich.

»Und wieder bist du ein Poet«, murmele ich.
»Nur mit dir.«
Er schlingt die Arme um mich und drückt mich an sich. »Sarah«, flüstert er, »ich …« Er räuspert sich, sagt aber nichts mehr.

Ich merke, wie ich langsam in den Schlaf abdrifte. Was auch immer er noch zu sagen hat: Es wird bis morgen warten müssen.

»*Madness*«, flüstere ich. Und dann schließe ich die Augen und falle in einen tiefen, seligen Schlaf.

Jonas

»Das Denken ist das Selbstgespräch der Seele«, hat Platon gesagt. Wenn das stimmt, dann hat meine Seele die letzten Stunden über mit sich selbst geplappert wie ein Wasserfall! Die anderen haben noch tief und fest geschlafen, und während meine Seele gebrabbelt und gebrabbelt hat, habe ich immerhin die Gelegenheit genutzt, nebenbei ein paar Dinge zu erledigen.

Ich habe Sarahs Sachen aus dem Koffer geholt, gewaschen und gebügelt (alles war voller Dschungelschlamm und Insektenschutzmittel). Dann habe ich zum neuen Album von *Rx Bandits* trainiert wie ein Besessener und bin anschließend in den Supermarkt gegangen, um Frühstück zu besorgen – Biobeeren, griechischen Joghurt und Zucchini-Quinoa-Muffins. Ich habe meine Mails gecheckt und alle ignoriert bis auf diejenigen, in denen es um meine neuen Kletterhallen ging. Ich habe die Laptops für Sarah und Kat – die heute früh dank meiner Assistentin geliefert worden sind – registrieren und sämtliche Programme einrichten lassen. All diese Erledigungen haben mir dabei geholfen, einen klaren Kopf zu bekommen, sodass ich am Ende ziemlich zufrieden mit meiner Strategie für unser weiteres Vorgehen war.

Als ich Sarahs Koffer geöffnet habe und mir der Geruch von Belize in die Nase gestiegen ist, hätte ich am liebsten sofort meine schlafende Freundin über meine Schulter geworfen, um zurück ins Paradies zu reisen. Scheiß auf den Alltag.

Scheiß auf den Club und unser Leben in Seattle, auf Kat und Josh, die Arbeit und die Uni. Als ich aber daran gedacht habe, was vor wenigen Stunden in unserem Schlafzimmer passiert ist, wurde mir klar, dass das Paradies ohnehin in meinem Haus liegt.

Ich sehe aus dem Küchenfenster. Die Sonne geht auf und wirft ihr weiches goldenes Licht nicht nur auf die Arbeitsfläche, sondern auch auf mein Bewusstsein. Und plötzlich habe ich eine Erkenntnis: Ich kann jene drei Worte zu niemandem sagen. Nicht einmal zu Sarah.

Ich seufze.

Gestern noch habe ich geglaubt, ich hätte diese Worte deswegen dreiundzwanzig Jahre nicht herausgebracht, weil mir die Richtige noch nicht begegnet ist – die *Idee* einer Frau. Und dass mit Sarah alles anders sein würde. Als ich aber letzte Nacht in der Dunkelheit neben ihr lag, nachdem wir diesen unglaublichen Sex miteinander hatten, wurde mir klar, dass ich die ganze Zeit nur Ausflüchte gesucht habe. In Wirklichkeit bin ich einfach nicht in der Lage, mich genug auf jemanden einzulassen, um so etwas zu sagen. Selbst dann nicht, wenn es um meine umwerfende Sarah geht.

Was bedeutet das also? Ich habe folgende Vermutung: Wenn nicht einmal eine so unfassbar schöne, erregende und unglaubliche Nacht dafür sorgt, dass mir ein solcher Satz rausrutscht, dann werde ich niemals »Ich liebe dich« sagen.

Mir das einzugestehen tut verdammt weh. Ich bin zwar dank Sarah weit gekommen, aber scheinbar tragen mich meine gebrochenen Beine nicht noch weiter. In mir scheint es eine nicht passierbare Ödnis zu geben, eine Bastion der Gestörtheit, die ich einfach nicht durchbrechen kann. Ganz egal, wie wunderbar die Frau auch sein mag. Ganz egal, wie gern ich diesen Satz zu ihr sagen würde. Ich werde diese dunklen, unberührbaren Flecken in mir wohl akzeptieren und mich dementsprechend verhalten müssen. Wenn ich meine Gefühle nicht in Worte fassen kann, dann muss ich ihr eben noch mehr zeigen, was ich für sie empfinde.

Und damit werde ich gleich jetzt beginnen.

Ich öffne meinen Laptop und erstelle ein neues Dokument, das ich folgendermaßen betitle: *Wie ich dem beschissenen Club das Handwerk legen werde.*

Zeit, sich auf diese Herausforderung zu konzentrieren.

Das menschliche Verhalten speist sich aus drei Quellen: Verlangen, Emotion und Wissen. Wenn es darum geht, meine Sarah zu beschützen, kommt das Wissen eindeutig zu kurz. Darum muss ich mich kümmern. Und zwar schnell! Ich notiere, was es über den Club in Erfahrung zu bringen gilt, und anschließend noch das, was ich bereits weiß. Dann setze ich mich hin und grüble über jede erdenkliche Methode nach, mit der ich mir die nötigen Infos beschaffen kann. Einige Ideen sind gut, andere schlecht, ein paar davon vollkommen lächerlich.

Letzte Nacht habe ich mich Josh gegenüber wie ein Irrer aufgeführt, um nicht zu sagen, wie ein echtes Arschloch. Das weiß ich. Ich habe mich vollkommen von meinen Emotionen überwältigen lassen. Plötzlich waren wieder einmal eine Menge meiner alten Probleme mit im Spiel, von denen ich eigentlich gehofft hatte, ich wäre sie dank meiner Therapie längst losgeworden.

Heute Morgen aber fühle ich mich schon viel eher in der Lage, auf Joshs Vorschläge einzugehen. Das hat unter anderem bestimmt mit dem fantastischen Sex zu tun, den ich letzte Nacht mit Sarah hatte.

Platon hat außerdem noch Folgendes gesagt: »Der Anfang ist der wichtigste Teil der Arbeit.«

Und das hat Josh mir letzte Nacht wohl mitzuteilen versucht. Wahrscheinlich meinte er, dass der Club wie ein riesiger Berg ist, den ich ihn niemals erklimmen kann, und dass ich vielleicht sogar eine Lawine auslösen werde, wenn ich ihn ohne eine gute Strategie zu besteigen versuche.

Ich brauche also einen perfekten Plan. Es steht viel zu viel auf dem Spiel, um es zu vermasseln. Gerade geht es schließlich mehr darum, Kat und Sarah zu beschützen, als dem Club das Handwerk zu legen.

Diese zwei Dinge mögen vielleicht ein und dasselbe sein, vielleicht aber auch nicht. Gerade weiß ich noch nicht genug, um eine solide Vermutung anzustellen. Wenn die Zerstörung des Clubs zu Sarahs Schutz nötig ist, dann werde ich das mit Freuden tun. Wenn ein anderer Weg aber viel besser geeignet ist, dann reiße ich mich zusammen und mache es so. Es geht jetzt nicht darum, mit meinem Schwanz zu wedeln, nur weil es gut aussieht.

»Guten Morgen.« Es ist Kat. Ich sehe von meinem Bildschirm auf.

»Hi.«

»Ist Sarah schon wach?«

»Nee, die schläft immer noch wie ein Baby. Josh genauso.«

Kat hat sich bereits für die Arbeit fertig gemacht. Ihre Handtasche hängt über ihrer Schulter, und sie zieht den Rollkoffer hinter sich her.

»Brichst du schon auf?«

»Ja, ich muss dringend zur Arbeit. Irgendwie erwartet mein Chef das an Montagen von mir. Komisch, oder?«

»Denkst du, dass das eine gute Idee ist?«

»Ich habe keine Wahl – ich muss arbeiten.«

Ich erwidere nichts.

»Und, ja. Ich glaube wirklich, dass das klug ist. Gestern stand ich total unter Schock, aber ich darf mich nicht von dieser Angst lähmen lassen. Das Leben geht weiter.«

»Hast du Sarah gesagt, dass du gehst?«

»Nein, aber ich habe ihr eine Nachricht geschickt.«

»Wie wäre es, wenn wir dir erst mal ein Hotelzimmer buchen? Nur so lange, bis wir genauer wissen, was –«

»Nee, ist schon okay. Ist trotzdem ein nettes Angebot, danke.«

Eigentlich hätte ich Kat gern noch eine Weile im Auge behalten. Aber hey, sie ist erwachsen und auch nicht meine Freundin. Sarah würde ich auf keinen Fall einfach zur Tür hinausspazieren lassen. Aber ich glaube sowieso, dass der Club es eher auf Sarah abgesehen hat – wenn überhaupt. Wer weiß schon, was in den Köpfen dieser Leute vor sich geht?

Ich überreiche Kat den Laptop, den ich für sie besorgt habe. Sie macht vor Überraschung große Augen, sagt aber trotzdem, dass sie das nicht annehmen kann. Bla, bla, bla. Ich schätze es natürlich, dass sie so höflich ist, aber dafür ist jetzt keine Zeit. Ich habe viel zu viel zu tun.

»Kat, bitte nimm den Computer einfach. Es hilft mir, mein schlechtes Gewissen ein wenig zu besänftigen. Ohne mich wärt ihr nie in diese Situation gekommen … Ich *bestehe* darauf.« Ich habe schon oft die Erfahrung gemacht, dass dieser Satz alle Diskussionen über Geschenke oder Einladungen zu einem raschen Ende bringt. Diese Floskel ist der Trumpf, den ein Mann jederzeit einer Frau gegenüber einsetzen kann. Ein todsicheres Mittel.

»Na, okay. Vielen Dank, Jonas.«

»Ich hab auch schon einen Reinigungsservice verständigt, der sich um deine Wohnung kümmert. Wenn es bei dir genauso schlimm aussieht wie bei Sarah, dann wirst du Hilfe gebrauchen können.«

Plötzlich kommt mir ein Gedanke. »Weißt du was? Am besten heuere ich zumindest für ein paar Tage einen Bodyguard für dich an, ja?«

»Nein, das ist doch … übertrieben, oder? Das kannst du nicht machen.«

»Keine Diskussion. Ich werd dir die Infos noch mal zuschicken, auch ein Foto von dem Kerl. Dann kannst du sicher sein, dass er es auch wirklich ist, wenn er sich dir vorstellt. Nur für ein paar Tage, Kat. Tu mir den Gefallen.«

Sie verzieht ihren Mund.

»Ich bestehe darauf! Nur so lange, bis wir alles geklärt haben, ja? Ansonsten mache ich mir doch furchtbare Sorgen um dich, und das lenkt mich nur von den wichtigen Aufgaben ab, die jetzt anstehen.«

»Wow, das kannst du echt gut.«

»Was denn?«

»Das kriegen, was du willst.«

Ich zucke mit den Schultern. Stimmt. Na und?

»Danke, Jonas, für alles. Sag Sarah doch bitte, dass ich sie später anrufe.«

»Mach ich. Hey, nimm dir einen Muffin mit! Du musst doch was essen.«

Sie nimmt sich einen. »Danke.« Sie ist schon auf dem Weg zur Tür, als sie doch noch einmal stehen bleibt. »Weißt du …«

Ich sehe von meinem Bildschirm auf.

»Es ist dir vielleicht nicht klar, aber normalerweise lässt Sarah sich nicht so auf jemanden ein. Vor allen Dingen nicht so schnell!«

Ich starre sie an, und Kat atmet tief aus.

»Ich will nur sichergehen, dass du weißt, dass das für sie nicht einfach nur ein lustiges Techtelmechtel ist. Sie glaubt, dass es was Ernstes ist.«

Ich sage kein Wort. Klar, Kat hält mich für ein richtiges Arschloch. Das Arschloch, das sie dabei beobachten durfte, wie es Stacy abschleppt.

»Sarah sagt ja immer, ich hätte ein Herz aus Gold, aber das ist gar nicht wahr. Sie ist diejenige, die die Welt retten will, nicht ich.« Sie zwinkert mir zu, womit sie wohl sagen will, dass sie nicht so gutgläubig ist wie Sarah und mich im

Gegensatz zu ihr durchschaut hat. »Glaub mir, ich bin nicht so nett wie Sarah.«

Okay. Und damit meint sie wohl, dass sie mir die Arme bricht, wenn ich ihrer besten Freundin wehtue. Plötzlich ist Kat mir sehr sympathisch.

»Sie ist dir ganz schön verfallen, Jonas«, sagt Kat leise.

Aber das weiß ich doch. Sarah hat es mir ja selbst gesagt, und, was viel wichtiger ist, auch gezeigt. Trotzdem ist es fantastisch, das noch mal von ihrer besten Freundin bestätigt zu bekommen.

Kat tritt von einem Fuß auf den anderen. »Ich sollte dir das vielleicht nicht erzählen, aber es ist einfach wichtig, dass du die Situation verstehst.« Sie holt tief Luft. »Sarah hat sich in dich verliebt.« Sie wartet einen Moment, damit ich diese vermeintlich schockierende Nachricht verdauen kann. »Und sie denkt, dass es dir genauso geht.« Sie beißt die Zähne zusammen – oder fletscht sie sie? Schwer zu sagen.

»Brich ihr nicht das Herz, Jonas.«

Wow, das klingt wie eine richtige Drohung! Sieht ganz so aus, als wäre Kat so gnadenlos wie Sarah. Kat hat sich hiermit ganz offiziell einen Platz in meinem Herzen erkämpft.

»Hab es verstanden«, sage ich.

Sie sieht mich wütend an. Wahrscheinlich hat sie gehofft, dass ich etwas anderes erwidern würde. Etwas, das sie beruhigen würde.

»Danke für die Warnung«, füge ich etwas lahm hinzu.

Ich mag Kat und weiß, dass sie sicher eine tolle Freundin ist, aber dennoch gehen meine Gefühle für Sarah sie nicht die Bohne an. Es gibt in unserem kleinen Kokon eben keinen Platz für eine dritte Person. Nur für Sarah und mich. Und mich interessiert bloß, was Sarah denkt, nichts anderes.

Als klar ist, dass ich nichts mehr zu sagen habe, räuspert sich Kat.

»Danke noch mal für den Computer«, sagt sie schließlich.

»Dein Vertrauen konnte ich mir damit nicht erkaufen, stimmt's?«

»Auf keinen Fall«, erwidert sie lächelnd.

»Gut.«

Jetzt grinst sie übers ganze Gesicht. »Also, dann mach's mal gut.«

»Okay.«

Sie greift nach ihrem Rollkoffer. »Grüß den kleinen Playboy schön von mir. Vielleicht sehen wir uns die Tage ja noch mal – falls er von seiner Jagd nach Micky-Mouse-Achterbahnen irgendwann die Schnauze vollhat.«

Ich erwidere ihr Lächeln. »Werde ich ihm genau so ausrichten.«

»Wunderbar.«

Sie wendet sich schon von mir ab, aber ich halte sie auf.

»Kat, ich glaube, du hast da was Wichtiges vergessen.«

Sie bleibt stehen und sieht mich prüfend an. Wahrscheinlich erwartet sie jetzt doch noch irgendeinen vermeintlichen Gegenbeweis von mir, mit dem ich mich in ein besseres Licht rücken will, und hat bereits beschlossen, dass es absoluter Bullshit ist. Ganz egal, was ich sage.

»Sarah und ich haben dich gestern mit der Limousine abgeholt, erinnerst du dich? Wie genau wolltest du jetzt zur Arbeit kommen?«

»Oh.«

Ihr niedergeschlagener Gesichtsausdruck bringt mich zum Grinsen. »Lass mich einen Wagen für dich organisieren.«

Jonas

»Okay, jetzt packen wir die Sache an«, sagt Josh und beißt in seinen Zucchini-Quinoa-Muffin. »Was zum Teufel ist das denn?«

»Zucchini-Quinoa.«

Josh verdreht die Augen und legt den Muffin ab. »Warum kannst du nie was Normales essen?!«

Ich ignoriere ihn und studiere meine Tabelle. Josh und ich haben in den vergangenen zwanzig Minuten ein Brainstorming gemacht, das mir geholfen hat, Anhaltspunkte zu finden und Strategien zu entwickeln. Sarah schläft immer noch, was nicht überraschend ist – immerhin waren wir ewig wach und haben ihre neu entdeckten sexuellen Superkräfte erforscht. Guter Gott, diese Frau ist wirklich wie Crack für mich. *Orgasma*. Ich grinse in mich hinein.

»Alles klar«, sage ich und blicke auf den Bildschirm. »Punkt eins. Du und ich leiten dem Hacker alle E-Mails weiter, die wir noch vom Club haben.«

»Jepp. Obwohl ich nicht glaube, dass das was bringt.«

»Einen Versuch ist es wert.«

»Man sollte natürlich meinen, dass sie clever genug sind, um Fake-Accounts zu benutzen, ihre E-Mails zu verschlüsseln und falsche Identitäten zu verwenden. Aber vielleicht sind sie auch besonders dämlich, man kann nie wissen. Und mein Hackerkumpel ist ja auch Spitzenklasse.«

»Wer ist das eigentlich?«

»Ein Kumpel vom College. Auf ihn kann man sich verlassen, vertrau mir. Er hat schon einer Menge meiner Freunde bei richtig großen Dingern helfen können.«

Sofort frage ich mich, weshalb Joshs Freunde die Dienste eines Profihackers in Anspruch genommen haben, aber das ist egal, solange Josh ihm vertraut.

»Punkt zwei«, sage ich. »Ich verwickle sie in irgendeine E-Mail-Korrespondenz. Hoffentlich entsteht dadurch etwas, was dem Hacker weiterhilft und uns zu einem der Strippenzieher führt.«

»Gut. Was willst du ihnen schreiben?«

Ich denke kurz nach. »Ich könnte ihnen dafür danken, dass ich mich an ihrer niedlichen Aufnahmeassistentin gütlich tun durfte. Ich sage ihnen, dass das eine tolle Überraschung war, ich aber jetzt durch mit ihr bin und mich auf weitere Erfahrungen im Rahmen meiner Mitgliedschaft freue. Und ich könnte darum bitten, dass die Chefs vom Club mir bestätigen, dass mein Techtelmechtel mit der Aufnahmeassistentin meine weitere Mitgliedschaft nicht gefährdet.«

Josh verzieht den Mund. »Du klingst wie ein Arschloch. Erst hast du Spaß mit der Assistentin, und dann schmeißt du sie einfach weg?«

Ich zucke mit den Schultern. »Ja.«

»Nach all den Mühen, die du auf dich genommen hast, um sie zu finden?«

»So genau wissen sie ja nicht, was ich alles in Bewegung gesetzt habe. Nur, dass Sarah mich nach unserem ersten E-Mail-Kontakt angerufen hat. Denk mal drüber nach: Eigentlich können sie doch gar nicht wissen, ob wir uns je persönlich getroffen haben. Vielleicht denken sie, dass wir uns einfach nur gemailt haben, Sarah mich in der Bar ausspioniert und dann gesehen hat, wie ich mit der Purpurnutte abziehe. Wäre doch eine logische Schlussfolgerung, dass sich die Sache damit hatte, oder?«

»Unter normalen Umständen vielleicht, aber ... Komm schon.« Er deutet auf mich, als würde allein mein Aussehen diese Hypothese schon unmöglich machen.

Ich verdrehe die Augen. »Wie auch immer. So oder so kennen sie meine Bewerbung, und die legt ja wohl nahe, dass ich ein riesiges Arschloch bin.«

»Du könntest auch so tun, als hättest du gedacht, dass Sarah Teil der Mitgliedschaft ist. Vielleicht klingt es dann glaubwürdiger, dass du sie so schnell abgesägt hast.«

Hat Josh denn überhaupt keine Ahnung, was ich das letzte Jahr über getrieben habe?

»Josh, sie nehmen mir das problemlos ab, glaub mir!«

Er zieht eine Grimasse.

»O wirklich, Mister Micky-Mouse-Achterbahn? Der bloße Gedanke daran ist schon zu viel für dich Sensibelchen?«

Er lacht. »Das war doch nur eine Metapher, Bro – nicht unbedingt meine Lebensphilosophie. Eigentlich ist es eher so, dass ich gar nicht mehr von ihr runterwill, wenn ich erst mal eine tolle Achterbahn entdeckt habe. Und dann bin ich auch gern der einzige Fahrgast!«

»Okay, jetzt wird's eklig, Josh. Erzähl mir nie wieder, dass du von irgendwas gar nicht mehr runterwillst, ja?«

»Es ist eine Metapher!«

»Es ist eklig. Ich will mir das nicht genauer vorstellen.«

Ich erschauere, und Josh zuckt mit den Schultern. »Keine Ahnung, wovon du sprichst. Ich dachte, es geht um Vergnügungsparks.«

»Wie dem auch sei. Sie nehmen mir garantiert nicht ab, dass Sarah in irgendeiner Form zum Angebot des Clubs dazugehört hat. Sie haben ihren Computer und kennen unsere Mails ... Es ist total klar, dass uns der Regelverstoß bewusst war – ich habe ihr ja auch immer wieder versichert, dass ich dem Club nicht erzählen werde, dass sie mich kontaktiert hat.«

»Aha! Jetzt ergibt das alles Sinn. Ich hab mich schon gefragt, weshalb du so scharf auf sie warst, ohne sie je gesehen zu haben. Es war auch der Reiz des Verbotenen, was?«

»Sehr komisch, Dr. Freud!«

Außerdem liegt er kilometerweit daneben! Er hat keine Ahnung, weshalb ich schon nach Sarahs erster E-Mail so begeistert war – und ich werde es ihm auch nicht auf die Nase binden. Denn es geht ihn überhaupt nichts an. Es war eben eine Hammer-E-Mail. Sie hat sich selbst als Mount-Everest-Frau bezeichnet. In mir kribbelt es immer noch überall, wenn ich daran denke – und daran, wie viele köstliche Male ich diesen Berg seitdem bestiegen habe.

»Ich finde den Teil gut, der deutlich macht, dass du die Mitgliedschaft fortsetzen willst«, sagt Josh. »Das erweckt entweder den Eindruck, als hätte Sarah dir nie verraten, dass im Club nur Prostituierte arbeiten, oder als wäre dir das total egal gewesen. So oder so klingt es gut.«

Eine Überlegung macht mir zu schaffen. Ich halte kurz inne. »Können wir uns da ganz sicher sein? Hilft es, wenn Sarah mir vermeintlich nicht davon erzählt hat?«

»Wieso denn nicht? Der Club wird dann denken, dass sie diskret war. Vielleicht beschließen sie sogar, ihr zu vertrauen, und lassen sie in Ruhe.«

»Was, wenn der Schuss nach hinten losgeht? Wenn sie denken, dass sich nur noch nicht die Gelegenheit ergeben hat, mir davon zu erzählen? Oder wenn sie glauben, sie hätte mir davon erzählt und mir wäre es egal gewesen – weswegen sie stinksauer ist und eventuell Randale macht? Selbst wenn sie denken, dass sie dichtgehalten hat, könnten sie sie ja schnellstmöglich aus dem Verkehr ziehen wollen, um kein Risiko einzugehen.« Ich weiß, dass ich gerade irre schnell rede, aber ich kann mich nicht bremsen. Mein Herz rast wie verrückt. Plötzlich habe ich das große Bedürfnis, mit Sarah in ein fernes Land zu fliehen.

»Hm. Das hängt wohl ganz davon ab, mit welcher Art von Kriminellen wir es hier zu tun haben. Es ist nur ein Prostitutionsring, oder? Wie kommst du darauf, dass sie tatsächlich über Leichen gehen würden?«

»Wie ich darauf komme? Reicht es dir etwa nicht, dass sie in Sarahs und Kats Wohnung eingebrochen sind?«

Josh sieht mich ungerührt an. Nein, scheinbar nicht.

»Lass dich nicht davon in die Irre führen, dass es ›nur‹ um Prostitution geht, Josh. Ist doch egal, ob sie ihre Kohle mit Nutten, Drogen, Glücksspiel, Identitätsbetrug oder was auch immer machen. Es kommt nur darauf an, dass es sich um hochprofessionelles organisiertes Verbrechen handelt und eine gigantische Menge Geld auf dem Spiel steht. Mach die Augen auf, Josh. Es geht um ein Vermögen. Am Ende des Tages ist es egal, welche Art von Verbrechen sie ausüben. Sie werden sich nicht um ihre Moneten bringen lassen. Schon gar nicht von irgendeiner austauschbaren Aufnahmeassistentin.«

»So habe ich das bisher noch nicht gesehen. Hm.«

»Noch dazu bin ich sicher, dass sie eine Menge bekannte, mächtige Kunden haben. Da müssen sie doch um jeden Preis verhindern, dass die Sache auffliegt!«

Plötzlich wirkt Josh nervös. »Punkt für dich.«

»Die sitzen auf einem Pulverfass, Josh. Und sie wissen, dass Sarah ein Streichholz in der Hand hält.«

»Shit.«

Mein Herz zieht sich zusammen, und mir bricht der Schweiß aus. »Ich weiß einfach nicht, wie wir es am besten anpacken sollen. Es steht zu viel auf dem Spiel, um es zu vermasseln.« Ich fahre mir mit der Hand durchs Haar. Meine umwerfende Sarah. Ich darf nicht zulassen, dass ihr etwas passiert. »Für eine Entscheidung brauche ich mehr Informationen.«

Josh nickt. »Jepp, sehe ich genauso. Die Situation ist ganz

schön tricky.« Er seufzt. »Bislang war mir das nicht ganz klar.« Josh verzieht nachdenklich den Mund. »Sollen wir zur Polizei gehen?«

»Darüber habe ich auch schon nachgedacht. Die Angelegenheit ist aber nichts für die örtliche Polizei, wir brauchen das FBI. Glaubst du, dass die tatsächlich ihre Betrugsbekämpfungseinheit einsetzen, nur weil Sarah eine Prostituierte gesehen hat, die zwei verschiedenfarbige Gummiarmbänder getragen hat? Wahrscheinlich haben die Dringenderes zu tun. Aber ich brauche jetzt sofort vollen Einsatz!«

Josh sieht mich nervös an.

»Mein Bauchgefühl sagt mir, dass ich die Sache unter Verschluss halten sollte, bis ich ihnen alles auf einem Silbertablett präsentieren kann.«

Josh nickt.

»Wenn ich die Sache erst mal hochgehen lasse, wird das für keinen von uns angenehm, das sage ich dir. Auf jeden Fall dürfte es peinlich werden.«

Josh zuckt mit den Schultern. »Ich bin Single und war nur einen läppischen Monat in dem Club. Ganz ehrlich, mir sind die Konsequenzen völlig egal! Als die Sache mit Charlie Sheen und den Prostituierten rauskam, hat ihm doch auch keiner Vorwürfe gemacht. Ich werde es halten wie er und nur sagen: ›Ihr könnt mich mal – der Sieger bin ich!‹«

Wir müssen beide lachen.

»Yeah, ich pfeife auch drauf!«

»Onkel William wird dennoch total entsetzt sein.«

»Ich weiß.«

Bei dem Gedanken an unseren biederen Onkel – der in vielerlei Hinsicht das genaue Gegenteil unseres Vaters ist – müssen wir erneut herzlich lachen. Wenn der wüsste, was seine Neffen so treiben!

Josh verzieht seinen Mund. »Tut mir leid wegen gestern. Ich hab es einfach nicht gerafft.«

Irgendwie bin ich total erleichtert, dass Josh doch versteht, worum es mir geht.

»Und mir tut es leid, dass ich so ausgerastet bin. Danke, dass du sofort nach Seattle gekommen bist, Mann.«

»Ist doch klar. Allzeit bereit!«

Ich atme tief durch. »Okay, wir lassen Punkt zwei erst einmal so stehen – und überdenken die Sache noch mal. Ich werde ihnen nicht sofort mailen.«

Josh nickt. »Okay. Was kommt als Nächstes dran?«

»Bei Punkt drei geht's darum, die Arschlöcher auf die gute alte Art und Weise aufzuspüren. Wir finden einen Mitarbeiter des Clubs, ganz egal, ob hochrangig oder nicht, und hangeln uns dann bis zu den hohen Tieren durch, um sie fertigzumachen. Währenddessen passe ich auf, dass sie Sarah nichts tun.«

»Ich finde, wir sollten Sarah fragen, was sie denkt. Bestimmt hat sie eine Menge gute Ideen parat und könnte uns sagen –«

»Nein, ich will Sarah unbedingt aus der Angelegenheit raushalten. Das machen wir mal schön alleine.«

»Bro.« Josh sieht mich an, als wäre ich ein Vollidiot. »Sie hat für den Club gearbeitet und ist superclever. Garantiert fällt ihr was –«

»Ich will Sarah da nicht mit reinziehen.«

Josh wirft seine Hände in die Luft. »Sie soll ja auch nichts für uns machen, meine Güte! Ich würde einfach gern ein bisschen Input von ihr bekommen.«

»Nein.« Das habe ich lauter gesagt als beabsichtigt.

»Du kennst sie nicht so gut wie ich. Wenn wir sie um ›Input‹ bitten, wird sie sofort aktiv. Wird eine Überwachungsaktion starten, Recherche betreiben oder herumschnüffeln. Sie sieht nicht gerne nur zu. Erinnere dich bloß daran, dass sie mir sofort diese E-Mail geschickt hat.«

Josh grinst breit.

»Ja, in dem Fall hat es funktioniert«, muss ich zugeben und kann ein Grinsen nicht unterdrücken. Das war ja wohl die Untertreibung des Jahres! »Der Punkt ist, dass ihr lahme Diskussionen nicht genügen werden. Sie wird die Sache selbst in die Hand nehmen, und zwar sofort.«

Josh seufzt erschöpft. »Ja, okay, aber –«

»Als sie mal mehr über einen meiner Freunde wissen wollte – erinnerst du dich an das Mariners-Spiel, zu dem du die Little League in unsere Box eingeladen hast?«

Josh nickt. »Klar.«

»Danach habe ich mich mit einem der Kids angefreundet und –«

Josh sieht mich irritiert an.

»Ist eine lange Geschichte und spielt jetzt auch keine Rolle. Als Sarah aber neugierig wurde, was diese Freundschaft angeht, ist sie sofort zu der Mom des Jungen in die Post gerannt und hat sich alle notwendigen Informationen beschafft.« Ich lächle. »Sie ist die klassische angehende Anwältin, das sage ich dir. Unglaublich neugierig.«

Joshs Augen blitzen belustigt auf.

»Und bevor sie sich auf ein Treffen mit mir eingelassen hat, hat sie mich erst mal bei meinem Club-Check-in ausspioniert – davon habe ich dir ja erzählt, oder? Das war der Abend, an dem ich die Prostituierte abgeschleppt habe.«

»O ja, ich erinnere mich!«

»Und so kam die ganze Sache erst in Gang – denn später hat Sarah auch noch den Typen mit dem gelben Armband ausspioniert, aus purer Neugier. Und dann konnte Stacy natürlich eins und eins zusammenzählen und sie verpfeifen.«

Josh nickt.

»Siehst du? So ist Sarah eben. Sobald sie neugierig wird, setzt sie alle Hebel in Bewegung, um ihre Neugier zu stillen. Die Frau ist eine Naturgewalt, Bro. Wenn die sich erst mal was in den Kopf gesetzt hat … Ich will nicht, dass sie versehentlich die Aufmerksamkeit des Clubs noch stärker auf sich zieht und sich in zusätzliche Gefahr bringt. Vielleicht genügt dem Club ein simpler Einbruch das nächste Mal nicht mehr.«

»Hab es verstanden, ehrlich. Aber es könnte uns nun einmal niemand besser dabei helfen, erste Schlüsse zu ziehen und Verbindungen herzustellen, als sie. Wir sollten sie immerhin fragen.«

»Nein. Keine Widerrede, Josh. Wir halten sie da raus. Ich werde sie mit allen Mitteln beschützen, selbst wenn das bedeutet, dass wir sie nicht mitspielen lassen.«

Josh seufzt. »Jonas.«

»Nein. Ich will sie weder in körperlicher noch in psychischer Hinsicht gefährden.« Ich senke meine Stimme. »Sie hatte eine schwere Kindheit. Ihr Vater war ein richtig gewalttätiger Wichser.« Ich atme tief ein, um beim Gedanken daran nicht auszuflippen. »Sarah hat erzählt, dass sie und ihre Mutter vor ihm geflohen sind. Arschloch. Wenn er hier wäre, würde ich ihn windelweich prügeln.«

Josh sieht mich nervös an.

»Sie hat in ihrem Leben schon genug Angst gehabt, da muss sie sich nicht auch noch mit diesem Bullshit rumschlagen.«

Josh reibt sich die Schläfen. »Na gut, Bro. Dann machen wir es so, wie du es sagst.«

Na also! Mein Baby muss nur zu ihren Seminaren gehen, in ihren Jurabüchern lesen und sich das Stipendium schnappen, das sie so gern bekommen möchte. Dann soll sie ihrer Mom noch dabei helfen, sich um die misshandelten Frauen zu kümmern, und sich daheim im Bett von mir verwöhnen lassen. Ich will, dass sie entspannt, glücklich und sorglos ist – und nicht die ganze Zeit verängstigt darauf wartet, dass ihr etwas passiert. Außerdem ist es mir auch aus egoistischen Gründen lieber, wenn sie sich nicht mehr mit dem

Club beschäftigt. Dann kann sie nämlich all ihre sexuelle Neugier auf mich konzentrieren – schließlich will ich ihre ungeteilte Aufmerksamkeit!

Das Blut rauscht in meinen Ohren, und ich ziehe mein Club-iPhone aus der Hosentasche, um es auf den Küchentisch zu pfeffern. »Außerdem brauchen wir Sarahs Input überhaupt nicht. Ich hab immer noch die Schlüssel zum Königreich des Clubs in der Hand – die Arschlöcher haben mich noch nicht deaktiviert.«

Jonas

»Wow.« Josh starrt auf das iPhone. »Das ist ja ein Ding, dass sie dich nicht deaktiviert haben! Scheinbar wissen sie wirklich nicht so genau, ob du Freund oder Feind bist. Vielleicht hast du recht, und sie sind tatsächlich nicht über alles im Bilde, was zwischen Sarah und dir gelaufen ist.«

»Ja, und ich werde dafür sorgen, dass sie genau wissen, auf welcher Seite ich stehe, bevor sie meinen Account lahmlegen! Die werden schon sehen, wie wütend ein Kerl werden kann, den man um zweihundertfünfzigtausend Dollar betrogen hat.«

Josh stößt einen leisen Pfiff aus. »O Mann, Jonas! Du hast dich für ein ganzes Jahr angemeldet?!«

Shit. Das wusste er ja noch gar nicht.

»Das ist ja 'ne richtig harte Nummer, Mann!«

Tja, da hat er recht. Ich zucke mit den Achseln.

»Ha!« Er schüttelt grinsend den Kopf. »Das rehabilitiert mich ja total! Wer von uns ist denn nun der Playboy, hm?«

Plötzlich muss auch ich lachen. Eigentlich hatte immer Josh das Image eines Herzensbrechers, wahrscheinlich weil er seine Beziehungen und exzessiven Partybesuche immer sehr öffentlich ausgelebt hat. Dabei habe auch ich nie etwas anbrennen lassen.

»Oh, da fällt mir was ein. Kat hat eine Nachricht für dich. Sie hat übrigens von dir als ›Playboy‹ gesprochen.«

Josh sieht mich enttäuscht an. »Sie ist schon weg?«

»Ja, sie musste zur Arbeit. ›Das Leben geht weiter‹, hat sie gesagt. ›Grüß den kleinen Playboy schön von mir. Vielleicht sehen wir uns die Tage ja noch mal – falls er von seiner Jagd nach Micky-Mouse-Achterbahnen irgendwann die Schnauze vollhat.‹«

Josh schnaubt, und ich lache. »Hey, das hast du dir wirklich selbst zuzuschreiben! Du hast den ganzen Micky-Mouse-Mist vom Stapel gelassen, oder etwa nicht?«

Josh sieht mich verdattert an.

»Du magst sie, stimmt's?«

»Na, du hast sie doch gesehen!«

»Sie ist genau dein Typ.«

»Sie ist vermutlich jedermanns Typ.«

»Nur leider hält sie dich für die absolute Arschgeige.«

Josh presst die Lippen aufeinander. »Sie war auch ganz schön frech. Das mag ich.«

»Du bist wirklich selbst schuld.«

»Du kannst mich mal, du Perversling. Wer hat sich denn hier die einjährige Mitgliedschaft besorgt, hm?«

Punkt für ihn.

»Für welche deiner Vorlieben musstest du denn bloß ein ganzes Jahr buchen?«, erkundigt er sich.

»Ist doch egal. Wie gesagt, ich war zu dieser Zeit nicht ganz Herr meiner selbst. Worum ging es denn in *deiner* Bewerbung?«

»Geht dich nichts an.« Josh sieht mich plötzlich sehr ernst an. »Hey, ich hatte keine Ahnung, dass ... es dir so schlecht ging. Ich dachte, du lässt es einfach krachen. Aber ich wusste nicht, dass du dich in ... Na, du weißt schon ...«

»In Dad verwandelst, meinst du?«

Josh läuft rot an.

»Ist schon okay. Ich habe das ja selbst nicht bemerkt. Irgendwie kann ich mir wirklich verdammt gut was vormachen.«

»Schön, dass das vorbei ist«, sagt Josh leise.

»Absolut«, bestätige ich. Ein ganzer Strom von Bildern aus dem vergangenen Jahr zieht an meinem inneren Auge vorbei. »Aber dann kam ja sowieso Sarah und hat mir den Marsch geblasen. Wow, und wie! Die Frau ist ein wandelnder Lügendetektor – einer, der auch bei Selbsttäuschung ausschlägt.«

»Klingt so, als wäre sie genau das, was du gebraucht hast.«

»Und das, was ich noch immer brauche.«

»Aber wenn es dir das nächste Mal schlecht geht, sprichst du bitte trotzdem mit mir, ja? Ich will nicht, dass du dich je ... Du weißt schon ...«

»Es wird kein nächstes Mal geben.«

»Ich will einfach nicht, dass du Dummheiten machst.«

»Mach ich nicht. Nie wieder. Ehrenwort.«

»Ich werde dir immer den Rücken freihalten. Das weißt du. Ich will auf keinen Fall, dass du –«

»Werde ich nicht.«

Josh atmet tief aus. »Ich kann nicht fassen, dass du dem Club eine Viertelmillion in den Rachen gestopft hast. Das passt gar nicht zu dir.«

Er hat recht. Eigentlich verpulvere ich nicht leichtfertig Geld. Ich muss wirklich ziemlich neben der Spur gewesen sein.

»Weiß Sarah, dass du für ein ganzes Jahr beigetreten bist?«

»Ja, sie hat schließlich meine Bewerbung bearbeitet.« Ich seufze, werde fast ein bisschen sentimental. *Meine bezaubernde Aufnahmeassistentin.* Schon nach ihrer ersten E-Mail war ich ihr verfallen.

»Krass. Sie weiß, dass du total pervers bist, und will dich trotzdem?«

Ich nicke.

»Was hast du nur für einen Dusel, du Mistkerl.«

»Ich weiß.«

»Ist sie auch über den ganzen Rest im Bilde? Über ...« Josh weiß plötzlich nicht mehr weiter.

Ich lege den Kopf schief und warte ab, aber von ihm kommt nichts mehr. Josh schluckt nur hart.

»Ob sie über die geistige Umnachtung Bescheid weiß?«

Josh nickt.

Plötzlich wird mir klar, dass Josh der einzige Mensch ist, der über die geistige Umnachtung – ein Euphemismus für die Zeit, in der ich den Verstand verloren habe – im Bilde ist. Dieser Abschnitt meines Lebens war zwar nicht besonders komisch, aber ich habe mir angewöhnt, Witze darüber zu reißen. Wahrscheinlich weil ich dadurch Abstand zu den Ereignissen gewinne und die Erinnerung weniger schmerzhaft ist.

Mittlerweile bin ich ziemlich gut darin, diesen Mist in einer luftdichten Box in meinem Gehirn zu lagern. Und jetzt, wo ich wieder gesund bin und meine Gedanken, meinen Körper und meine Seele wieder im Griff habe; jetzt, wo ich weiß, dass mein Vater fehlbar war und nicht Gott, bin ich wie neugeboren. Ich habe begriffen, dass sein Abschiedsbrief einfach nur bösartig war und die Wahrheit verzerrt hat. Und weil ich immer die Ideen im Blick behalten und nach Exzellenz gestrebt habe, bin ich ein vollkommen anderer Mensch geworden. Und zwar ein Mann, ein »Tier von einem Mann«, wie Josh stets zu sagen pflegt – kein stummer, erstarrter Junge im Schrank oder ein Weichei, das auf ewig auf Vergebung seitens seines Vaters hofft, die niemals kommen wird. Ich bin jetzt stark. Und das verdanke ich auch meiner Sarah.

Ich lege den Muffin ab, in den ich eben beißen wollte. »Ich hab ihr erzählt, was passiert ist, als wir Kinder waren«, sage ich leise. Die Leichtigkeit unserer Unterhaltung ist wie weggeblasen. Natürlich weiß er, wovon ich spreche, immerhin hat dieser Tag unser Leben für immer verändert – besonders meines. Seitdem haben wir beide versucht, über diesen Tag hinwegzukommen.

Josh sieht mich überrascht an. Kein Wunder, schließlich spreche ich nie über das, was ich beobachten musste, als ich mich wie der letzte Feigling im Schrank versteckt habe. Auch meinen Exfreundinnen habe ich diese Geschichte nie anvertraut.

»Ich habe ihr auch von Dad erzählt. Nur die Basics allerdings, keine Details.«

Josh nickt und beißt die Zähne aufeinander. Sein Blick ist plötzlich hart geworden.

»Aber sie weiß nichts von dem, was direkt danach mit mir passiert ist.«

»Von der geistigen Umnachtung. Dem Wahnsinn.«

Ich nicke. Für diese Zeit schäme ich mich fast genauso sehr wie für die Tatsache, dass ich meiner Mutter damals nicht geholfen habe.

»Das ist gut, Jonas. Das geht keinen was an.«

»Jepp.« Ich atme tief aus. »Spielt keine Rolle mehr, oder? Ich bin jetzt anders. Ich habe mich selbst besiegt.«

»O ja, absolut. Du bist jetzt ein richtiger Macher, Bro. Sieh dich an! Ein Tier von einem Mann!«

Ich unterdrücke die Gefühle, die in mir aufsteigen, und überlege, wie ich mich am besten ausdrücken soll.

»Josh, ich habe Sarah Dinge erzählt, die niemand sonst weiß. Nicht einmal du.« Weil ich sie liebe, denke ich, sage es aber nicht laut.

»Wow«, sagt Josh. »Das ist gut.« Er begreift es. Das weiß ich.

»Sie versteht mich.« Gedankenverloren streiche ich über das Tattoo auf meinem rechten Unterarm. *Halte dir stets die Ideen vor Augen.*

»Manchmal sogar besser, als ich das selbst könnte.« Ich denke daran, wie Sarah meinen Arm gestreichelt hat, und bin sofort wie elektrisiert. »Ich habe so etwas noch nie empfunden«, sage ich leise. *Ich liebe sie. Josh, ich liebe diese Frau.* Mein Herz hämmert wie verrückt.

»Ja, das kann ich mir vorstellen. Ich habe dich noch nie so mit einer Frau erlebt.«

Weil ich sie liebe.

»Vermassel es nicht.«

»Werde ich nicht.« Hoffentlich.

Josh atmet tief aus und verpasst sich selbst eine leichte Ohrfeige. »Alles klar, Sportsfreund. Du weißt, was zu tun ist?«

Ich gebe mir ebenfalls einen Klaps auf die Wange, schnaufe ein Mal laut. »Aber hallo, Sportsfreund!« Josh und ich haben uns immer schon selbst Ohrfeigen verpasst, wenn wir aus heiterem Himmel über Gefühle gesprochen haben.

Die Ohrfeige ist unser Signal, dass jetzt Schluss ist mit der Gefühlsduselei. Ich deute auf das Club-iPhone. »Ich weiß genau, was wir jetzt machen.«

Josh runzelt die Stirn.

»Hey, wir wollten doch Verbindungen herstellen. Und der einzige Ausgangspunkt, den ich habe, ist Stacy.«

»Jonas …«

»Ich will doch nicht mit ihr schlafen, Josh!« Allein von dem Gedanken dreht sich mir schon der Magen um. »Vertrau mir.«

Josh fühlt sich offensichtlich unwohl.

»Ich werde nur bei dieser App einchecken, damit ich mit ihr reden kann. Ich streiche ihr Honig ums Maul und sorge dafür, dass sie mich zu ihrem Chef führt. Wir hangeln uns an den Infos entlang, die wir haben. Das hatten wir doch gesagt, oder?«

Josh zieht eine Grimasse.

»Wieso schaust du mich so an, als hätte ich dir eben einen Einlauf verpasst? Ich spreche hier nur von einem Drink und einer schnellen Unterhaltung in einer überfüllten Bar. Ganz simpel.«

Josh schüttelt den Kopf. »Mach dir doch nichts vor! So einfach wird das nicht werden.«

»Na klar wird es das! Stacy geht es doch nur um die Kohle. Wenn das die einzige Motivation einer Person ist, dann ist der Rest ein Kinderspiel.«

Josh seufzt. »Und was ist mit Sarah?«

»Was soll denn mit ihr sein?«

»Für sie ist das vielleicht alles etwas komplizierter.«

Ich starre ihn an.

»Na, ihr wird das vielleicht nicht so gut gefallen, wenn du dich mit der Frau triffst, mit der du vor Kurzem geschlafen hast. Und wenn's auch nur auf einen Drink und ein Pläuschchen ist! Freundinnen sind in dieser Hinsicht eben manchmal ein bisschen komisch.«

»Ich muss ihr ja nichts davon erzählen.«

Josh verdreht entnervt die Augen. »Ja, genau, Jonas. Das macht deine fantastische Idee natürlich noch viel besser! Was soll's. Vergiss, dass ich je was dazu gesagt habe.«

»Jetzt mal im Ernst! Was bringt es denn, wenn ich ihr davon erzähle? Ich treffe Stacy heute Abend in der Pine Box. Ich erzähle ihr irgendwas, das sie gern hören will, und kriege auf diese Weise Infos zu den eigentlichen Strippenziehern. Dann komme ich nach Hause. Fertig. Kinderspiel.«

Josh fühlt sich offensichtlich unwohl und schüttelt den Kopf.

»Vertrau mir. Das ist überhaupt kein Problem.«

»Pass einfach auf.«

»Bei Stacy?« Ich lache. »Ich habe wirklich keine Angst vor ihr!«

»Nein, du Dumpfbacke. Ich meine, du sollst aufpassen, was Sarah angeht. Ich fürchte wirklich, dass du die Situation falsch einschätzt.«

Ich verdrehe die Augen. »Tue ich überhaupt nicht!«

Warum macht er sich nur solche Sorgen? Ist doch ein super Plan! Klar, in einer perfekten Welt würde sein Hackerkumpel die Wichser ebenso schnell ausfindig machen, wie er damals Sarah gefunden hat. Dann müsste ich Stacy nie wiedersehen. Aber darauf sollte ich mich nicht verlassen, das hat Josh selbst gesagt. Ich muss also an Plan B arbeiten und meine eigenen Schlüsse ziehen. Wie sagt man so schön? Der Zweck heiligt die Mittel.

»Na, Jungs, was treibt ihr Schönes?«

Shit. Wie lange ist Sarah schon hier?

Sie hat geduscht und sich angezogen und sieht wie immer fabelhaft aus.

»Hey, Baby«, sage ich und schließe ruckartig den Laptop, um dann aufzustehen und sie zu begrüßen. »Wir arbeiten nur an unserem Plan, die Welt zu retten.« Ich lächle.

Sie linst zu meinem zugeklappten Laptop, dann zu mir, und ich kann es in ihrem Kopf regelrecht rattern hören.

Ich umarme sie. »Die letzte Nacht war absolut unglaublich, Baby. Episch, würde ich sagen.« Ich küsse sie und spüre das altvertraute Kribbeln im ganzen Körper. Sie riecht aber auch zu gut.

»Der Frauenflüsterer schlägt erneut zu!«, wispert sie und erwidert meinen Kuss. »Ich bin schon wieder total geil, Baby. Allein vom Gedanken an die vergangene Nacht.« Ihr Blick wandert zu Josh, und sofort geht sie auf Abstand.

Mann, ich bin ja echt froh, dass mein Bruder hier ist – aber gerade würde ich ihn am liebsten auf den Mond schießen.

»Guten Morgen, sehr geehrte Miss Sarah Cruz!«

»Guten Morgen, Mr Faraday«, erwidert Sarah höflich und wendet sich wieder an mich. »Danke, dass du meine Wäsche gewaschen hast! Wow. Du hörst einfach nicht auf, mich zu überraschen.« Sie zwinkert mir zu, und ich weiß, dass sie sich nicht nur auf die Wäsche bezieht.

»Sehr, sehr gern geschehen! War mir ein großes Vergnügen.«

»Du bist besonders gut darin, Kleidung zusammenzulegen, weißt du das? Wunderbar scharfe Falten!«

Ich grinse.

»Wenn's als Businessmogul nicht klappt, kannst du immer noch bei Gap anfangen.«

Josh lacht, und ich funkle ihn an. Wieso ist der Kerl denn immer noch hier?

»Hast du meine Sachen sogar gebügelt? Sie sehen wie neu aus!«

»Na logisch!«

»Baby, das ist doch verrückt. Steckt in Wahrheit eine Hausfrau aus den Fünfzigern in dir?« Sarah schiebt mein T-Shirt hinauf und betrachtet selig meine Bauchmuskeln, um dann ganz leicht mit ihren Fingerknöcheln darüberzustreichen. Allein davon kriege ich schon Gänsehaut.

Josh lacht wieder. Was für eine Nervensäge er sein kann!

»Na, ich strebe halt in jeder Hinsicht nach Exzellenz!« Sie lächelt mich an, zieht mein T-Shirt wieder hinunter und lässt ihre Hand darauf liegen. O Mann, es fällt mir echt nicht leicht, sie nicht sofort auf den Küchentisch zu bugsieren und ihr sämtliche Kleider vom Leib zu reißen.

»So«, sagt sie, »mal abgesehen von der Vollkommenheit der Wäsche im Reich der Ideen – was hast du heute Morgen sonst noch so getrieben? Ich vermute mal, du warst schon sehr aktiv?« Wieder sieht Sarah zum Laptop, und jetzt hat sie garantiert auch mein Club-iPhone entdeckt. *Fuck*. Sofort lässt sie mein T-Shirt los und durchbohrt mich mit ihren Blicken.

»Was hast du da gemacht?« Ihre Stimme ist plötzlich kühl.

»Ach, wir haben einfach ein paar Ideen gesammelt.«

»Und wieso hast du dann so panisch den Laptop zugeklappt, als ich reinkam?«

Ich zögere, und sie fixiert wieder das iPhone.

»Was hast du mit dem Ding vorgehabt?«

Klar, sie kommt natürlich wieder direkt zur Sache. Nervös trete ich von einem Fuß auf den anderen. Ich würde sie zu gern anschwindeln, aber ich habe ihr nun mal versprochen, immer ehrlich zu sein. Ich seufze.

»Ich will nicht, dass du in die Sache mit reingezogen wirst. Josh und ich entwickeln gerade eine Strategie – keine Angst, wir haben alles im Griff!«

Josh wirft mir einen warnenden Blick zu. Bestimmt will er, dass ich ihn da rauslasse.

Sarah beißt sich auf die Unterlippe, als sie Josh ansieht. Der bemüht sich nach Kräften um ein Pokerface, aber er bekommt es nicht sonderlich gut hin. Jetzt funkelt Sarah mich an, und ich lächle ihr beruhigend zu. Wenn sie wütend ist, sieht sie wirklich absolut anbetungswürdig aus!

»Na klar.« Ihre Stimme klingt jetzt eisig, obwohl ihr Gesicht glüht. »Ich hab sowieso noch eine Menge zu tun. Kannst du mich zu meiner Wohnung bringen?« Wieder blickt sie auf den Tisch, und immer noch scheint ihr Gehirn auf Hochtouren zu arbeiten. »Die Polizei kommt in weniger als einer Stunde zu mir. Ich muss noch Anzeige wegen des Einbruchs erstatten.«

»Wie bitte? Moment mal. Ich bin mir nicht sicher, ob wir uns jetzt schon an die Polizei wenden sollten. Die können doch eh nichts machen, und ich habe noch nicht entschieden, ob –«

Sie unterbricht mich. »Ich muss Anzeige erstatten, damit ich Anspruch auf meine Hausratsversicherung habe. Ich habe schon bei meiner Versicherung angerufen, und sie haben gesagt, dass ich meinen Laptop erstattet bekomme, sobald alles geklärt ist.«

Okay, da habe ich aber gute Neuigkeiten für sie! »Ich habe schon für Ersatz gesorgt, Baby.« Ich grinse breit und greife nach dem Laptop auf dem Tresen. Den ganzen Morgen habe ich auf diesen Moment gewartet! Der Laptop ist nämlich mit allem erdenklichen technischen Schnickschnack ausgerüstet.

Sarah ist offenbar ein wenig geschockt. »Wow.« Sie lächelt mich mitleidig an. »Aber nein. Besten Dank.«

Ich bin nicht weiter überrascht, schließlich hat auch Kat sich erst einmal geziert. »Bitte nimm ihn doch«, sage ich. »Das beruhigt mein schlechtes Gewissen ein wenig – immerhin bin ich für das ganze Chaos verantwortlich.«

Sie zuckt zusammen. »Das ist doch nicht deine Schuld, Jonas.«

»Sarah, mach dir nicht zu viele Gedanken. Dein Computer wurde geklaut, und ich habe hier einen neuen für dich. Basta.«

Sarah zieht ihre Augenbrauen hoch. Okay, das »Basta« war vielleicht ein bisschen zu viel des Guten. »Ich will nur sagen, dass du doch einen Computer brauchst und ich einen für dich habe. Ganz einfach. Oder?«

»Nein, weil du mir gegenüber generell viel zu großzügig bist! Es muss Grenzen geben, vor allem jetzt, wo ich bei dir wohne. Wenn du mich in ein schickes Baumhaus entführen willst, was ich mir selbst niemals leisten könnte, dann hab ich nichts dagegen. Ich will ja mit dir die Welt entdecken und all das erleben, was dir wichtig ist. Aber für meine Grundbedürfnisse darfst du nicht aufkommen, auf keinen Fall. Das ist zu viel. Ich kann doch nicht immer die Hand aufhalten, wenn ich etwas brauche. Ich bin deinetwegen hier, Jonas, nicht wegen deiner Knete.«

Gott, ich hasse es, wenn sie solchen Mist redet. Das erinnert mich immer daran, wie verkorkst sie ist. Klar, es geht ihr nicht um mein Geld. Aber wenn ich ehrlich bin, hatte ich mir ein paar Freudenschreie erhofft. Oder immerhin ein aufrichtiges Danke.

Für diesen Kram habe ich jetzt leider nicht genug Geduld. Ich will einfach, dass sie ein einziges Mal das tut, was ich sage. Es ist Zeit für den letzten Trumpf.

»Sarah, ich *bestehe* darauf.«

»Oh, du bestehst darauf?!« Sie kichert. »Na, ich auch.«

Wie bitte? So steht das aber eigentlich nicht im Drehbuch.

Josh prustet, als er versucht, sein Lachen zu unterdrücken, und Sarah gibt mir einen Kuss.

»Vielen, vielen Dank, mein süßer Jonas. Du kümmerst dich wirklich immer wahnsinnig gut um mich. Aber in diesem Fall bin ich schon versorgt.« Sie wirft einen Blick auf ihre Armbanduhr. »O Mann, ich muss los, um die vertrauenswürdige Campuspolizei zu treffen!«

»Die Campuspolizei?« Josh lacht. »Na, die haben den Fall bestimmt im Handumdrehen gelöst!«

»Ja, nicht wahr?«, sagt Sarah kichernd. »Die werden mich bestens vor den Club-Schurken beschützen.«

Die beiden krümmen sich vor Lachen, und ich verfluche Josh innerlich.

»Natürlich werde ich nur den Einbruch an sich erwähnen und außerdem noch den Diebstahl des Computers. Über den Club werde ich kein Wort verlieren! Die müssen nicht wissen, dass ich für ein Bordell gearbeitet habe.« Sie schüttelt den Kopf. »Ich bin ganz und gar nicht scharf darauf, das herumzuerzählen. Ich weiß nicht mal, wie meine ethische Beurteilung ausfallen wird, wenn das rauskommt.« Plötzlich sieht sie sehr besorgt aus.

Shit. Daran habe ich überhaupt nicht gedacht. Könnte die Sache mit dem Club ihre Karriere als Anwältin zerstören? Garantiert zerbricht Sarah sich die ganze Zeit den Kopf deswegen. Alles klar, ich werde wirklich vorsichtig vorgehen müssen.

»Ich lasse die Polizei einfach einen kurzen Bericht verfassen, dann wird das mit dem Versicherungsanspruch sicher funktionieren.« Schon hält meine Sarah wieder die Zügel in der Hand.

»Danach habe ich ein Seminar in Vertragsrecht, und dann will ich zum Lernen in die Bibliothek.« Sie keucht auf. »Mist, ich muss mich ja auch noch um das Chaos in meiner Wohnung kümmern!«

»Ich habe schon einen Reinigungsservice engagiert, der dir dabei hilft.« Irgendetwas muss sie ja mir überlassen!

»O Jonas«, seufzt sie, presst sich an mich und stöhnt leise auf. »Du bist wunderbar, weißt du das? So süß.« Sie legt ihren Mund an mein Ohr. »Du hast gerade dafür gesorgt, dass ich ganz feucht werde!«

Sofort habe ich eine Erektion.

»Aber weißt du«, fährt sie mit lauterer Stimme fort, »in meiner Mieterversicherung ist auch ein Reinigungsservice mit inbegriffen – für ebensolche Fälle. Das habe ich bereits überprüft.« Sie lächelt mich an. »Ist also schon alles geregelt!«

Wie bitte?

»Na ja …«, setze ich verwirrt an. Irgendwie bin ich schon wieder so angeturnt, dass ich keinen klaren Gedanken fassen kann. Warum macht sie bloß nie, was ich ihr sage? »Ich glaube nicht, dass ich den Computer zurückgeben kann«, brabble ich.

Sie lacht. »Klar kannst du das! Das ist doch Quatsch.«

»Vielleicht nicht.«

»O Jonas.« Sie küsst mich sanft auf den Hals, und meine Erektion wird noch gewaltiger.

»Ich schätze mal, dass du ihn dann einer Schule spenden musst. Oder der Hilfsorganisation meiner Mom. Oder, hey, wie wäre es mit Trey? Der würde sich doch sicher wahnsinnig freuen!« Sie drückt ihre Lippen auf meine. »Danke, dass du so aufmerksam bist!« Sie streicht durch mein Haar. »Ja, ich bin auf jeden Fall feucht«, flüstert sie mir dann ins Ohr.

Meine Erektion ist auch nicht von schlechten Eltern!

Aber warum macht sie alles so wahnsinnig kompliziert?

Wieder küsst sie mich auf den Hals.

Ich küsse sie auf den Mund, und Josh erhebt sich und verlässt wortlos den Raum.

Ich will sie. Sofort. Auf dem Küchentisch. Jetzt.

Sie lehnt sich zurück.

»Wie wäre es mit einem kleinen Ausflug in meine Wohnung, mein Großer? Ich weiß plötzlich ziemlich genau, wie der nächste Punkt auf meiner To-do-Liste lautet!« Sie sieht mich verschmitzt an und zwinkert mir zu. »Wollen wir doch mal sehen, ob wir die Campusbullen zu mir locken und uns in flagranti erwischen lassen können. Hast du Lust?«

Sarah

In fünf Minuten beginnt mein Vertragsrechtseminar. Ich nehme auf einem der Sitze Platz, und weil heute »Tag der offenen Tür« ist (zumindest laut Jonas Faraday), lässt sich mein Freund gerade neben mir nieder. Komisch.

Ich verbringe natürlich irre gern Zeit mit ihm, aber gerade sollte er sich lieber um seine brandneuen Kletterhallen kümmern oder ein Unternehmen anwerben – irgendetwas tun, was zu einem Businessmogul passt. Und nicht hier in der Uni meinen Babysitter spielen. Hier prallen zwei Welten aufeinander, und das ist nicht unbedingt angenehm. Ehrlich gesagt bin ich nicht mal sicher, ob dieses ganze Beschützerding überhaupt nötig ist. Das würde ich so zwar nie zu ihm sagen, weil er dann wahrscheinlich wieder ausflippen würde, aber ich glaube doch, dass er ein bisschen überreagiert.

Klar, als ich meine Wohnung gesehen habe, habe ich einen riesigen Schreck bekommen – und erst recht, als ich herausgefunden habe, dass sie sich auch Kat vorgeknöpft haben. Seit aber der erste Schock überwunden ist und ich die Situation ein bisschen überblicke, bin ich mir nicht sicher, ob der Club tatsächlich eine Bedrohung darstellt und ob er mir gegenüber je handgreiflich werden würde. Wenn diese Kerle Gewaltverbrecher wären, hätten sie mir doch direkt auflauern und mich für immer zum Schweigen bringen können. Ich vermute, dass es ihnen hauptsächlich um die Informationen auf meinem Computer ging und sie hinterher beschlossen haben, meine Wohnung zu verwüsten. Das sind doch alles nur Cyberzuhälter. Und die sind normalerweise nicht gewalttätig – oder?

Ich muss Jonas auf jeden Fall noch sagen, was ich von der Situation halte. Heute Morgen gab es dafür einfach nicht den richtigen Moment, vor allen Dingen nicht nach dem Krach mit Josh gestern. Vielleicht packe ich das Thema morgen in aller Ruhe an – und bis dahin packe ich *ihn*. Ja, das werde ich machen, sobald sich die Chance dazu bietet. Vorhin hat es nämlich leider nicht mehr geklappt.

Eigentlich hatte ich vor, Jonas in meiner Wohnung zu verführen, wo wir ja permanent mit den Polizisten hätten rechnen müssen. Ich habe gehofft, die Stimmung wäre so ähnlich wie in meinem exhibitionistischen Traum. Ich wollte sogar die Tür einen Spaltbreit offen lassen, damit der Campusbulle die Chance hat, uns in flagranti zu erwischen. Die Vorstellung, dass Jonas und ich mitten im wildesten, verschwitztesten Gerangel ertappt werden, fand ich gar nicht so schlecht. Als Erstes hätten wir gehört, wie sie durch mein Wohnzimmer stiefeln.

»Ms Cruz!«, hätten sie besorgt gerufen. »Polizei!«

In diesem Moment hätten Jonas und ich panisch voneinander abgelassen, um nicht auf frischer Tat ertappt zu werden. Mich erregt allein der Gedanke daran!

Leider hat die Polizei uns schon in meiner Wohnung erwartet. Der Hausmeister hatte sie hineingelassen, weil er Angst gehabt hatte, dass mir etwas zugestoßen sein könnte. Und nachdem die Polizei ihren knappen und bedeutungslosen Bericht verfasst hatte, war es höchste Zeit, in die Uni zu flitzen.

Ich werfe einen Blick auf meine Uhr. In wenigen Minuten geht es los.

Jonas legt den Laptop, den er für mich besorgt hat, vor mir auf den Tisch. Er hat das kleine Köfferchen schon die ganze Zeit mit sich herumgeschleppt. Wollte er ihn nicht zurückgeben?

»Das ist deiner«, sagt er leise, aber bestimmt. »Ich habe ihn für dich besorgt, weil ich in jeder Hinsicht für dich sorgen will.«

Noch ehe ich etwas erwidern kann, fährt er schon fort.

»Falls du deinen Computer erstattet bekommst, kannst du das Ding hier von mir aus spenden. Aber der Laptop gehört dir.«

Er sieht mich genauso an wie damals, als er uns in Belize die Freundschaftsbänder umgebunden hat. Unwillkürlich blicke ich auf mein Handgelenk und dann auf das von Jonas. Und schmelze sofort dahin.

»Danke«, sage ich leise und gebe ihm einen Kuss. Jonas wirkt sichtlich erleichtert. Als er seine Zunge in meinen Mund schiebt, stehe ich sofort in Flammen. Er steckt mir den Daumen in den Mund, und mir wird heißer und heißer. Und dann auch noch die Erinnerungen an die vergangene Nacht, in der ich zu Orgasma mutiert bin! Verdammt, ich könnte schon bei der leichtesten Berührung abgehen wie eine Rakete!

»Ms Cruz?« Die Stimme meiner Professorin hallt im Saal wider.

Sofort reiße ich mich von Jonas los und wische mir den Mund mit meinem Handrücken ab. Jedes einzelne Augenpaar ist auf mich gerichtet, das meiner Professorin inklusive. Ich spüre, wie ich puterrot anlaufe.

»Mit wem haben wir denn heute das Vergnügen?«, erkundigt sie sich und wirkt überhaupt nicht amüsiert.

»Entschuldigung, Professor Martin. Das ist Jonas«, sage ich. »Er wird heute am Seminar teilnehmen, wenn das in Ordnung ist.«

»Na, dann herzlich willkommen, *Jonas*.« Ihre Stimme klingt, jetzt, wo sie ihn genauer unter die Lupe genommen hat, schon viel versöhnlicher. Kein Wunder, sie ist schließlich eine Frau. »Sie interessieren sich also brennend für die Geheimnisse der Verträge, ja?«

Eigentlich habe ich fast damit gerechnet, dass Jonas vollkommen eingeschüchtert von meiner Professorin ist, aber er reagiert erstaunlich gewandt.

»Das tue ich tatsächlich«, erwidert er. »Vielen Dank, dass ich heute zu Gast sein darf.«

»Alles klar«, sagt die Professorin und schmilzt tatsächlich vor meinen Augen dahin. »Wir sprechen uns hier mit dem Nachnamen an. Wie sollen wir Sie nennen, Sir?«

»Mr Faraday«, erwidert er so charmant wie möglich.

Der Groschen fällt bei meiner Professorin sofort. »Jonas Faraday – der von Faraday & Sons?«

»Genau der.«

»Was für eine nette Überraschung, Mr Faraday. Willkommen.«

»Danke.«

»Wahrscheinlich könnten Sie dieses Seminar spielend leicht selbst halten, nicht wahr? Bestimmt haben Sie schon den ein oder anderen Vertrag ausgehandelt?«

Jonas schenkt ihr ein verschmitztes Lächeln. »Einen oder zwei bestimmt, ja.«

Sie wendet sich strahlend an die gesamte Studentenschaft.

»Wenn Mr Faraday einverstanden ist, dann bekommen Sie heute die wunderbare Möglichkeit zu lernen, wie Verträge in der Realität funktionieren.« Sie dreht sich lächelnd zu Jonas um. »Wären Sie so nett, uns heute ein paar Fragen zu beantworten?«

»Ich werde mein Bestes geben!«

Jetzt kichert Professor Martin doch tatsächlich! Dass ich das noch erleben darf.

»Wunderbar«, sagt sie und sprüht förmlich vor Begeisterung. »Warum kommen Sie dann nicht zu mir nach vorn?« Sie klopft auf den Stuhl neben sich.

Wow, jetzt geht es also richtig los. Das spüre ich. Jonas schlendert nach vorn. Sein Hintern sieht in der Jeans zum Anbeißen aus, das T-Shirt spannt über seinen breiten Schultern, und ich merke, dass die Hälfte der Studierenden, egal ob Männlein oder Weiblein, zu schmachten beginnt. Als er auf dem Stuhl Platz nimmt und sich unter dem Shirt seine Oberarmmuskeln abzeichnen, verfällt ihm auch die andere Hälfte der Studenten.

Die nächste Stunde über beantwortet Jonas jede Frage der Professorin und der Studenten – elegant, kunstvoll und beeindruckend selbstbewusst. Mit funkelnden Augen, schief gelegtem Kopf und einem gelegentlichen Lecken über die Lippen erklärt er, wie Verträge in der Welt der komplexen Geschäftsvorgänge tatsächlich funktionieren – wie sie aufgesetzt und verhandelt werden und was passiert, wenn sie verletzt werden (das läuft noch einmal ganz anders ab, als wir es aus unseren Lehrbüchern kennen). Er erklärt uns, welche Rolle seine eigenen Anwälte spielen, wenn es um millionenschwere Deals geht, und warum er sich dennoch oft gegen ihre »unpraktischen und den Vertrag gefährdenden« Ratschläge entscheidet und seinen eigenen Weg geht.

»Als Unternehmer trete ich gern mal aufs Gas, um einen Deal abzuschließen. Die verflixten Anwälte hingegen tendieren dazu, mich in dieser Hinsicht zur Vorsicht zu mahnen und mich zu bremsen. Ich glaube allerdings, dass im Business Vernunft und Vorsicht total überschätzt werden. Die Leute, die ein Risiko auf sich nehmen, werden meistens belohnt – je höher das Risiko, desto höher der Gewinn.«

Dass Jonas mein Lieblingswort »verflixt« benutzt, bringt alle zum Lachen, besonders mich. Aus seinem Mund klingt dieses Wort aber auch zu komisch!

Jedenfalls ist das heutige Vertragsrechtseminar das interessanteste und befriedigendste, das in diesem Saal je gehalten wurde. Und das heißeste. Dieser Mann ist umwerfend.

Unwiderstehlich. Männlich. Brillant. Der gesamte Raum ist ihm absolut verfallen, selbst in unserer Professorin ist der Groupie erwacht.

»Was für eine spannende Perspektive, Mr Faraday«, lobt Professor Martin ihn. »Sie haben alles wunderbar auf den Punkt gebracht! Vielen Dank, dass Sie das Seminar besucht haben. Das nenne ich glückliche Fügung!« Bei dem Wort »glücklich« wirft sie mir einen Blick zu, und ich erröte.

Wahrscheinlich würde sie sofort Ja sagen, wenn Jonas sie abschleppen würde. Ohne zu zögern.

»Sie sind jederzeit wieder in diesem Seminar willkommen«, gurrt Professor Martin.

»Vielen Dank für die Gastfreundschaft!«, erwidert Jonas mit seinem charmantesten Lächeln.

Als er durch den Gang zurück zu mir läuft, bricht im ganzen Saal spontaner Beifall aus. Ein paar neidische Blicke bekomme ich auch.

Warum ausgerechnet sie?

Was macht sie so besonders?

Ich kann nicht fassen, dass sie mit einem Mann schlafen darf, der so aussieht!

Beinahe kann ich diese Sätze hören.

Er gehört mir!, erwidere ich in Gedanken. Mir, mir, mir, mir!

Wie es wohl wäre, wenn wir jetzt sofort meinen Traum vorn auf dem Tisch der Professorin nachspielen würden?

»Du warst großartig«, sage ich zu Jonas, als er wieder bei mir ist. »Irre bewandert. Selbstbewusst und selbstironisch zugleich.« Ich strahle ihn an. »Und unfassbar charmant.«

»Danke. Ich fand's ganz schrecklich.« Er lässt sich neben mir nieder.

»Ach was, das bildest du dir nur ein.«

Er verdreht die Augen. »Geht's jetzt wieder darum, dass ich selbst nicht genau weiß, was ich will?«

»Du warst doch total in deinem Element. Das kann man nicht vortäuschen.«

»Ich hätte viel lieber hier neben dir gesessen.« Er sieht mich todernst an. Verdammt, diese Augen! Damit bringt er mich jedes Mal wieder zum Dahinschmelzen.

»Lass uns in die Bibliothek gehen«, flüstere ich. »Ich muss da dringend was erledigen.«

»Klar«, erwidert Jonas. »Was auch immer du willst, Baby. Ich gehöre ganz dir.«

Sarah

»Erzähl mir von deinem Traum«, bittet Jonas mich leise. »Der, bei dem du im Schlaf gekommen bist.«

Wir stehen in der riesigen Jurabibliothek, tief verborgen in einem Labyrinth aus Regalen. Jonas drückt mich gegen ein Metallregal, das bis an die Decke reicht und mit dicken Wälzern beladen ist.

Er küsst mich auf den Hals. »Erzähl mir alles, Baby.« Seine Erektion wölbt sich unter seiner Jeans, und er fährt mit seiner Hand über meinen Oberschenkel, unter meinen Rock und bis hinauf zu meinem nackten Po. Er packt mich und stöhnt leise auf. »Gott, ich liebe diesen Po!«

Ich zittere vor Verlangen, und er saugt zärtlich an meinem Ohrläppchen. »Erzähl mir, was dich so angeturnt hat, dass du im Schlaf gekommen bist!«

»Ich bin jetzt ein großes Mädchen, stimmt's? Ich kann schon ganz allein kommen!«

»Allerdings! Ein schönes, sexy, unwiderstehliches Mädchen.«

Seine Hand liegt jetzt auf dem kleinen Stoffstück des Stringtangas, das meinen Schritt bedeckt, und er liebkost mich sanft. Ich hebe ein Bein und lege es um ihn, lade ihn ein. Er schiebt den Stoff meines Höschens beiseite und streichelt mich, streichelt mich immer weiter, und als ich ihm mein Becken entgegenschiebe, lässt er seinen Zeigefinger langsam in mich hineingleiten.

Ich seufze. Stöhne leise auf.
»Gefällt dir das?«
»Mhm.«

Das gefällt mir sogar sehr! Genau wie die begehrlichen Blicke, die die Frauen Jonas eben zugeworfen haben. Und es gefällt mir noch viel mehr, dass sie ihn nicht haben können, weil er mir gehört. Dass er noch im Hörsaal mein Gesicht mit seinen Händen umschlossen und mich vor allen anderen geküsst hat, um dann meine Hand zu nehmen und an seinen Mund zu führen.

Einen Gang weiter laufen zwei Studenten vorbei und unterhalten sich leise. Ich linse zwischen den Buchreihen hindurch. Nein, sie haben uns nicht bemerkt.

Jonas' Finger setzen ihr magisches Spiel fort. Als mir beinahe ein lautes Stöhnen entfährt, beiße ich stattdessen in seinen Hals.

»Au!«, sagt Jonas überrascht. »Warum denn so brutal?«

Ich unterdrücke ein Kichern und sehe wieder jemanden durch den Gang huschen. Er hustet leise. Wir erstarren beide und grinsen uns dann an wie Kinder, die heimlich die Süßigkeitenschublade leer räumen.

»Komm schon, umwerfende Sarah. Sag mir, was dich so angemacht hat.«

Ich knöpfe seine Jeans auf.

»Es war der erotischste Traum, den ich je hatte.«
»Ich mag das Wort.«
»Erotisch?«

Er nickt.

»Erotisch ... erotisch ... erotisch.« Nach jedem Wort küsse ich ihn auf den Hals. »*Un sueño ... erótico.*«

Er stöhnt leise. Jonas liebt es, wenn ich Spanisch spreche.

Ich fahre mit meiner Zungenspitze sanft über die Stelle, in die ich gerade gebissen habe.

»Erzähl es mir.«

Ich schildere ihm meinen Traum und auch, warum er mich so erregt hat – zumindest versuche ich es. Denn es ist gar nicht so leicht, sich zu konzentrieren, weil Jonas mich immer fordernder streichelt und gleichzeitig seine warmen Lippen auf meinen Hals drückt.

Als ich zu Ende erzählt habe, ist er mindestens genauso angeturnt wie ich.

»Dieser Rotwein war also überall, ja?«

»Mhm.«

»Auch auf deiner Klit?« Seine Stimme ist rau.

»Mhm.«

»Und ich habe ihn abgeleckt?«

»Du warst überall gleichzeitig.«

»Ich habe dich überall gleichzeitig geleckt?« O ja, er ist wahnsinnig erregt.

»Du hast mich geküsst, mich berührt, mich geleckt, mich genommen, nahezu verschlungen! Alles auf einmal.«

Er packt meinen Hintern und zieht mich an sich. »Klingt paradiesisch.«

Sein Finger bearbeitet mich immer weiter, während er mit seinen Lippen zart über mein Gesicht streift.

Ich keuche. »Das warst aber trotzdem du. Jeder Mund, jeder Penis und jeder Finger hat dir gehört. Das war es ja, was mich so verrückt gemacht hat.« Nicht, dass er mich falsch versteht: Das Letzte, was ich will, ist eine Orgie! Selbst in meinen Träumen will ich nur ihn – meinetwegen auch in vervielfachter Form, wie ein Poltergeist eben. Hauptsache, es ist er. Jonas Faraday.

Ich lege meine Hand auf seinen Ständer, und er keucht auf. Die Wölbung unter seiner Jeans ist enorm. Ich ziehe seine Hose und seine Boxershorts nach unten und befreie seinen steifen Penis, der mir sofort entgegenspringt.

»Du mit deinem kleinen Springteufel.«

»Der springt nur wegen dir!«

Ich beiße ihn leicht in die Schulter, um nicht laut loszuprusten, und er küsst mein Ohrläppchen.

»Zurück zu deinem Traum, Baby.« Er liebkost mich immer weiter. »Es hat dich also angeturnt, dass wir beobachtet wurden?«

»Mhm!« Mehr kriege ich nicht raus, weil sein Finger genau die Stelle entdeckt hat, die mich beinahe durchdrehen lässt. Ich bin kurz davor, mitten in der Bibliothek aufzuschreien. Mittlerweile winde ich mich regelrecht in seinen Armen.

»O Jonas«, murmle ich, während meine Erregung immer größer wird. »Ja.«

Eine junge Frau betritt den Gang, in dem wir uns versteckt haben. Sie bleibt abrupt stehen, erstarrt und macht dann auf dem Absatz kehrt.

Jonas und ich prusten los.

»Der haben wir den Schreck ihres Lebens eingejagt, Sarah!«

»Ich möchte wirklich nicht an ihrer Stelle sein.«

Jonas' Finger gleitet immer wieder über meinen Kitzler und dann in mich hinein.

»Dir gefällt das?«

Ich nicke. »Mhm!«

»Dir gefällt die Vorstellung, beobachtet zu werden, meine ich.«

Ach, darum geht es. »Mhmmmmm.« Ich fahre mit der Hand an seinem Schwanz auf und ab. An der Spitze ist er schon feucht.

»Warum?«, stöhnt er und küsst mich, um kurz darauf unter meinem T-Shirt den Verschluss meines BHs zu öffnen. Dann zieht er mein Oberteil nach oben und umschließt meinen Nippel mit seinen Lippen. Sofort pocht es noch heftiger zwischen meinen Beinen.

Ich stöhne, halte es nicht länger aus. »Jetzt«, flüstere ich.

Wie immer ignoriert er mich. Stattdessen zieht er mein T-Shirt hinunter und packt wieder meinen Po.

Ich stemme mich ihm entgegen. »Jetzt!«, flüstere ich.

»Warum hat es dir gefallen, dass die Leute uns gesehen haben?«

Ich schlinge mein Bein noch fester um ihn. »Los, Jonas. Lass es uns jetzt gleich tun.«

»Geduld, Baby.« Er saugt an meiner Unterlippe, und alles in mir zieht sich aus Verlangen nach ihm zusammen. »Du wirst es nie lernen, oder?«

Ich schüttle den Kopf.

»Zuerst sagst du mir, warum du gern Publikum hast. Wenn du es mir erklärst, schlafe ich mit dir.«

Ich bin mittlerweile richtig verzweifelt und habe große Lust, mich einfach vor ihn hinzuknien und seinen Penis in meinen Mund zu nehmen.

»Weil sie dich alle wollten. Jede einzelne.« Ich bearbeite seinen Schwanz immer schneller und fester, und er stößt einen leisen, urzeitlichen Laut aus. Dann reißt er mir meinen String runter, sodass ich vor Vorfreude aufstöhne. Ich halte es nicht mehr aus.

»Schluss mit dem Vorspiel, Jonas«, wispere ich. »Mach es jetzt.«

Er spreizt meine Beine mit seinem Oberschenkel und bringt sich in Position.

»Wen kümmert's, ob sie mich wollen?« Er hebt mich hoch und presst mich gegen das kühle Regal. »Sag mir, warum es dich anturnt, und dann schlafe ich mit dir.«

Die Spitze seines Penis drückt gegen meine Klit.

Ich werfe den Kopf zurück und mache mich für ihn bereit. Ich will ihn in mir spüren. Zittere und keuche.

»Warum interessiert es dich, ob die anderen mich wollen? Es geht doch nur darum, dass du auf mich stehst.«

Er neckt mich immer weiter, und ich verzehre mich schon

so sehr nach ihm, dass ich jeden Moment explodiere. Mein Becken zuckt unkontrolliert vor Erwartung.

»Nimm mich. O Gott, Jonas, bitte.«

»Sag es mir.«

Ich stöhne. »Sie wollten dich, aber sie konnten dich nicht haben. Es war schön, ihnen zu zeigen, dass du mir gehörst, Jonas. Nur mir.« Ich seufze. »Mir.«

Plötzlich setzt er mich auf dem Boden ab und richtet sich ruckartig auf.

»Was ist das denn?«, flüstert er und schlüpft rasch wieder in seine Jeans.

Sofort glühen meine Wangen vor Scham. Ich dachte, dass es ihm gefällt, wenn ich das sage. Ich will mich schon entschuldigen, aber dann merke ich, dass er mit zu Schlitzen verengten Augen durchs Regal späht. Ich sehe in dieselbe Richtung, kann aber nichts entdecken.

Er packt mich an den Schultern und sieht mich nervös an. »Du bleibst hier. Rühr dich nicht von der Stelle!« Ohne ein weiteres Wort stürmt er den Gang hinab und knöpft im Laufen seine Jeans zu. Am Ende des Gangs biegt er rechts ab und verschwindet aus meinem Sichtfeld.

Mir steht der Mund offen. Was ist denn jetzt los? So schnell ich kann, schließe ich zitternd meinen BH und ziehe mein Höschen hoch.

Zwei Minuten warte ich darauf, dass er zurückkommt – na ja, vielleicht auch nur eine Minute. Oder weniger. Ich muss rausfinden, was passiert ist.

Langsam laufe ich den Gang entlang bis zu der Stelle, an der Jonas abgebogen ist. Mein Herz hämmert in meiner Brust, und ich habe beinahe Angst, um die Ecke zu spähen. Aber ich sehe nur ein paar Studenten, die sich leise unterhalten. Kein Jonas in Sicht. Zögerlich gehe ich weiter und merke, wie schwer mir das Atmen fällt.

Als er mir gesagt hat, dass ich mich nicht von der Stelle

rühren soll, hatte er einen seltsamen Blick. Tatsächlich habe ich ihn in diesem Moment kaum wiedererkannt. Er wirkte ... besessen. Wahnsinnig.

Und immer noch keine Spur von Jonas.

Ich schleiche bis ans Ende des Regallabyrinths und habe am ganzen Körper Gänsehaut. Wo steckt er nur? Schließlich erreiche ich das kleine Fenster, von dem aus man den Parkplatz überblicken kann. Ganz hinten steht noch sein BMW – er ist also immerhin nicht abgehauen.

Da spüre ich plötzlich eine Hand an meiner Schulter und schnappe nach Luft.

»Ich hab dir doch gesagt, dass du dich nicht von der Stelle bewegen sollst, Sarah!« Er ist wütend und hat schon wieder diesen wilden Blick.

»Ich ... Was ist passiert?«

»Wir müssen hier weg. Ich muss dich heimbringen!«

»Was ist denn los? Was hast du gesehen?«

»Wenn ich dir sage, dass du dich nicht rühren sollst, dann tu es auch nicht, verdammt noch mal! Von jetzt an hörst du auf mich! Das hier ist kein Spiel.«

»Was ist denn nur los?«

»Als ich vorne im Hörsaal saß, kam dieser etwas tollpatschig wirkende Typ durch die Hintertür herein und stand ein paar Minuten herum. Er sah aus wie John Travolta in *Pulp Fiction*, als trüge er ein Ganovenkostüm an Halloween. Das absolute Klischee!«

Ich zucke mit den Schultern. Keine Ahnung, was er mir damit sagen will.

»Er sah nicht gerade aus wie ein Jurastudent.«

Ich verstehe ihn immer noch nicht.

Auf jedem Campus laufen garantiert eine Menge dubiose Kerle herum – Studenten, Partner, Väter, Hausmeister, Mechaniker, Stalker, Vergewaltiger, Mörder und komische Typen. Das muss doch nichts mit dem Club zu tun haben!

»Jonas ...«, setze ich an.

»Ich hatte den Eindruck, dass er dich anstarrt, aber ich war mir nicht sicher. Hab gedacht, dass ich mir das vielleicht einbilde. Aber dann habe ich denselben Mistkerl dahinten gesehen«, er deutet auf die Regale. »Und dieses Mal war ich mir hundertprozentig sicher, dass er uns beobachtet.«

Plötzlich stehen mir sämtliche Härchen im Nacken zu Berge.

»Als ich ihn entdeckt habe, ist er sofort losgerannt.« Jonas ballt seine Hände zu Fäusten. »*Fuck!*«

»Vielleicht war's nur ein Student? Oder ein Voyeur?«

Er fährt sich mit der Hand durchs Haar. »Gibt es in deinem Vertragsrechtseminar – oder überhaupt auf der Fakultät – jemanden, der wie ein Auftragskiller aus einem Tarantino-Film aussieht?«

Ich schüttle den Kopf. »Nicht, dass ich wüsste. Ein paar Bill-Gates- und Ashton-Kutcher-Doppelgänger schon. Tanzende Heroinabhängige mit Pferdeschwanz eher weniger.«

»Das hier ist kein Witz, Sarah!«

»Ich weiß.«

In seinen Augen blitzt etwas Animalisches auf, und ich muss sagen, dass er mir gerade fast ein bisschen Angst macht.

Ich seufze, weil ich nicht mehr beurteilen kann, ob Jonas paranoid ist oder ob wirklich eine Horde übler Typen hinter mir her ist. Aber wäre es nicht ziemlich ungeschickt, am helllichten Tag im Hörsaal aufzutauchen?

»Und du bist dir ganz sicher, dass es beide Male derselbe Typ war?«

»Absolut. Warum zum Teufel zweifelst du daran?« Er presst die Zähne aufeinander.

»Ich ...« Okay, er hat recht. Macht sich da wieder mein grundsätzliches Problem bemerkbar, jemandem zu vertrauen? Ich glaube nicht. Schätze ich die Situation einfach falsch ein? Wohl kaum. Oder denke ich tief in mir drin eben doch, dass mein wunderschöner Freund einen kleinen Knall hat (nicht, dass ich was dagegen hätte) – und dass sein Urteilsvermögen aufgrund seiner traumatischen Erfahrungen in solchen Augenblicken ein wenig … eingeschränkt ist? Ich beiße mir auf die Unterlippe. Jepp. Das ist es wahrscheinlich. Mist.

Ich sehe in seine wunderschönen Augen. Und er sieht mich an, als wäre ich ein seltener Schatz – die Mona Lisa zum Beispiel –, den er gerade aus den Händen eines Kunsträubers gerettet hat. Er zieht mich an sich und drückt mich.

»Wenn ich dir sage, dass du dich nicht von der Stelle rühren sollst, dann mach das bitte auch nicht.«

»Okay«, sage ich und drücke ihn ebenfalls an mich.

Plötzlich kommt mir ein Gedanke, von dem mir sofort flau im Magen wird: Was hatte das Club-iPhone heute Morgen auf deinem Küchentisch zu suchen, Jonas? Ich weiß nicht, warum ich genau jetzt daran denken muss. Aber scheinbar hat mein Unterbewusstsein einen Zusammenhang zwischen den beiden Situationen hergestellt.

Er vergräbt sein Gesicht in meinem Haar und atmet tief ein.

»Jag mir nie wieder so einen Schrecken ein, Sarah.« Er gibt mir einen zärtlichen Kuss. »Komm. Lass uns gehen.«

Jonas

Ich sehe auf meine Uhr. Viertel vor sieben. In einer Viertelstunde sollte Stacy die Fakerin hier sein.

»Ein Heineken bitte«, sage ich zum Barkeeper und sehe mich um. Hoffentlich nimmt Stacy es mir nicht krumm, dass ich mein Purpurarmband heute nicht trage. Ich weiß, dass ich das bei einem Check-in eigentlich tun müsste, aber ich habe es damals sofort in den Mülleimer gepfeffert, nachdem ich mit Stacy geschlafen hatte. Außerdem würde ich es sowieso nicht mehr tragen. Schließlich gehöre ich jetzt Sarah.

Ich streiche über das bunte Freundschaftsband, das ich in Belize gekauft habe. Eines für mich, eines für Sarah. Als ich es ihr umgebunden habe, hat sie mich auf eine so verletzliche und aufrichtige Art und Weise angesehen, dass ich sofort ganz sicher wusste, dass ich sie liebe.

Quatsch, ich wusste es doch vorher schon! Und zwar in dem Moment, in dem sie in der Höhle den Sprung in den Abgrund gewagt hat. Sie hatte eine Heidenangst davor, hat es aber trotzdem gemacht, weil ich unten im dunklen Wasser auf sie gewartet habe. Sie wusste, dass ihr nichts passieren kann, wenn ich da bin. Ein riesiger Vertrauensbeweis von ihrer Seite. Ich lächle.

Sie war nicht einmal sauer, dass ich sie in diese Situation gebracht habe, sondern hat es verstanden. Sie versteht mich immer.

Als sie sich im kalten Wasser an mich geklammert und

vor Aufregung und Erleichterung heftig gezittert hat, da wusste ich, dass ich nicht ohne sie leben kann. Ich habe die Umklammerung ebenso heftig erwidert, vielleicht sogar noch verzweifelter als sie.

Und ich werde mir immer bewusster darüber, dass ich sie brauche – deswegen werde ich sie auch nicht mehr loslassen und klammere vielleicht fast ein bisschen zu sehr.

Der Barkeeper stellt das Bier vor mir ab. Ich bezahle und nehme sofort einen tiefen Schluck.

Gott sei Dank habe ich mein iPhone nicht gleich mit in den Müll geworfen. Ich war kurz davor, aber dann fiel mir ein, dass ich einfach alles löschen und das Ding Trey schenken könnte. War schließlich ein perfekt funktionierendes Gerät. Also habe ich es erst einmal in der Küchenschublade verstaut. Aus den Augen, aus dem Sinn. Dass ich es überhaupt noch habe, ist mir erst heute Morgen wieder eingefallen.

Ehe ich aufgebrochen bin, hat Joshs Hacker angerufen und uns eröffnet, dass die Mails, die Josh und ich ihm geschickt haben, sich nicht zurückverfolgen lassen. Josh war nicht weiter überrascht, aber ich war richtig geknickt, weil es bedeutet hat, dass ich Stacy heute tatsächlich treffen muss. Was blieb uns denn für eine andere Möglichkeit? Sie ist meine einzige Verbindung zum Club, und irgendwie muss ich diesen Schurken ja das Handwerk legen, um meine Sarah zu beschützen.

Es sind ziemlich viele gut aussehende Gäste in der Pine Box. Darauf kann man sich in dieser Bar eigentlich immer verlassen, deswegen war sie früher ja auch eines meiner liebsten Jagdreviere. Nicht zuletzt deshalb, weil sie bei mir um die Ecke liegt. War natürlich praktisch! Keine Diskussionen darüber, mit wessen Auto wir zu mir fahren würden. Es war immer ihres, weil ich zu Fuß gekommen war. Und das bedeutete, dass sie am Morgen danach schön schnell wieder verschwinden konnte. Shit, die Zeiten, in denen ich jede Nacht mit einer anderen geschlafen habe, wirken Lichtjahre entfernt. Ich bin wirklich nicht mehr derselbe. Sarah hat mein Leben genauso schnell umgekrempelt, wie ich es vermutet und auch gehofft hatte.

Ich nehme noch einen Schluck und kippe anschließend den Rest auf ex hinunter. Dann winke ich dem Barkeeper mit der leeren Flasche zu, und er nickt. Mein Knie zuckt wie verrückt vor Nervosität, aber ich schaffe es irgendwie, es still zu halten.

Eine Brünette mit Pixiehaarschnitt und großen Kreolen im Ohr lächelt mir zu, aber ich sehe weg. Klar, früher wäre ich direkt zu ihr gegangen. Sie ist heiß. Wunderschönes Gesicht. Selbstbewusste Ausstrahlung, das fand ich schon immer attraktiv. Aber es ist mir scheißegal, weil ich bloß an Sarah denken kann. Ich will nur sie und kann es kaum erwarten, wieder zu ihr nach Hause zu kommen.

Als ich vorhin gesagt habe, dass ich noch was zu erledigen hätte, hat sie nicht mit der Wimper gezuckt.

»Kein Ding, Baby«, meinte sie. »Ich muss sowieso noch jede Menge lernen.«

Sie ist wahnsinnig gewissenhaft und sehr erpicht darauf, am Ende des Jahres das Stipendium zu bekommen. Das gefällt mir so an ihr. Sie setzt sich ein Ziel und tut dann alles, um es zu erreichen.

»Wird auch nicht lang dauern. Ich bin so bald wie möglich wieder da«, versicherte ich ihr.

»Lass dir Zeit! Du kannst ja nicht ständig meinen Babysitter spielen. Ich bleibe hier«, erwiderte sie. »Habe schließlich eine Menge zu tun.«

Mir ist wirklich noch nie eine Frau begegnet, die überhaupt nicht eifersüchtig ist. Sarah vertraut mir blind. Ja, das tut sie. Und ich sitze hier und warte auf Stacy.

»Wie gesagt: Ich bin nicht lange weg!«, meinte ich vorhin noch, ehe ich aufbrach. »Und Josh wird die ganze Zeit über hier sein.«

»Oki-doki.« Sarah hatte die Nase bereits wieder in einem Buch vergraben.

»Versprich mir, dass du hierbleibst!«

Sie sah von ihrem Buch auf und verdrehte die Augen. »Jonas, benimm dich bitte nicht wie ein Psycho! Ich hab dir doch gesagt, dass ich lernen will. Verflixt noch mal, ich bin total im Rückstand! Vertrau mir, ich werde nirgendwo hingehen!«

»Versprich es mir. Sag: Ich verspreche es, Jonas.«

»Himmel«, meinte sie und zog die Nase kraus. »Das ist ganz schön gruselig!« Als sie sah, wie eindringlich ich sie anguckte, verdrehte sie erneut die Augen. »Okay, Lord-Gott-Meister, ich verspreche es dir. Du behauptest immer, ich wäre herrisch, aber in Wahrheit bist du viel schlimmer!«

Ich sah sie nervös an. »Ich bleibe hier, Jonas. Tu, was du nicht lassen kannst, Mister Mogul. Dank dir und unserem heißen Sexleben bin ich total im Rückstand, was die Lektüre der Strafgesetze und Delikte betrifft. Ich werde ohne Pause die Bücher durchackern.«

»Warte mal 'ne Sekunde!«, erwiderte ich und schlug ihr Buch zu. »Ich will nicht, dass du die *ganze* Nacht lang lernst! Schließlich darf unser heißes Sexleben nicht zu kurz kommen!«

»Hm. Wenn du drauf bestehst.« Sie lachte und küsste mich. »Das versteht sich doch von selbst! Sex mit dir ist ein Grundbedürfnis! So wie essen, schlafen und pinkeln.«

Ich lächle in mich hinein. Meine umwerfende Sarah!

Ein Blick auf meine Armbanduhr verrät mir, dass es jetzt Punkt sieben ist. Stacy müsste jede Minute hier sein! Wieder beginnt mein Knie zu zucken, und dieses Mal kann ich nichts dagegen tun. Mein Magen schlägt Flickflacks. Ich habe Stacy nachlässig und hart durchgefickt, und sie hat so getan, als würde sie pure Ekstase erleben. Ekelhaft. Und wie sie Sarah auf der Toilette bedroht hat ... Schluss damit. Wenn ich mich jetzt über sie aufrege, wird es gleich schwer werden, den Charmebolzen zu spielen.

Da ist sie! Pünktlich auf die Minute kommt sie in einem kurzen schwarzen Kleidchen und meterhohen High Heels in die Bar stolziert. Ich hebe den Arm und winke ihr zu. Sie nickt und strahlt mich an, und selbst aus der Ferne kann ich sofort das Purpurarmband an ihrem Handgelenk erkennen. Von diesem Anblick wird mir ein wenig übel, aber ich zwinge mich trotzdem zu einem Lächeln.

»So schnell sieht man sich wieder«, begrüßt sie mich. »Jonas.«

»Hi, Stacy!« Ich strecke ihr rasch meine Hand entgegen, als sie mich zur Begrüßung umarmen will. Kurz ist es uns beiden unangenehm, aber ich rette die Situation, indem ich sie kurz an mich drücke. Jepp, es ist wahrscheinlich wirklich seltsam, jemandem die Hand zu geben, mit dem man geschlafen hat. Ich muss dringend mein Gehirn einschalten und so tun, als wäre es eine riesige Freude, sie zu sehen.

»Chardonnay?«

»Du hast ja ein gutes Gedächtnis! Gern, danke.«

Ich bestelle ihren Drink und kann nur eines denken: *Sarah*.

Was ich hier mache, ist total bescheuert und fühlt sich auch richtig falsch an. Ich darf nicht vergessen, warum ich das tue. Es geht lediglich um einen Drink mit Stacy, die dummerweise die Prostituierte ist, mit der ich geschlafen habe. Ich beschaffe mir rasch alle Infos, die ich brauche, und verschwinde dann nach Hause, um die Pussy meiner Süßen extra hingebungsvoll zu lecken und ihr einen Orgasmus nach dem anderen zu bescheren, wenn alles gut läuft.

»Lass uns doch Platz nehmen«, schlage ich vor.

»Wie wäre es mit dem da drüben?«

Stacy deutet auf eine Sitznische – genau die, von der aus Sarah und Kat mich bei meinem ersten Treffen mit Stacy beobachtet haben.

Wie ein Geist erscheint Sarah vor meinem inneren Auge – an jenem Abend habe ich von ihr nicht viel mehr als ihre Arme und Hände gesehen, weil sie sich hinter einer Speisekarte versteckt hat. Und dann natürlich ihr langes dunkles Haar, das über ihre Schultern fiel. Damals hatte ich noch nicht einmal ein richtiges Foto von ihr gesehen, aber meine Seele hat sie trotzdem sofort erkannt.

Stacy durchbohrt mich mit ihren Blicken. Will sie mir mit der Wahl dieser Sitznische irgendetwas mitteilen? Ist das ein Test?

»Nein, nicht diese Nische«, erwidere ich und weiß, dass mein Blick eiskalt ist. »Nehmen wir doch die da.« Ich führe sie an die andere Seite der Bar, und wir setzen uns.

Stacy nimmt einen Schluck Wein und mustert mich. »Es ist schön, mal wieder von dir zu hören, Jonas. Freut mich wirklich, dass du nach mir gefragt hast. Ich habe es ja kaum zu hoffen gewagt …«

Ich nicke. »Freut mich ebenfalls! Danke, dass du gekommen bist.«

»Natürlich! Ich hatte schließlich eine Menge Spaß mit dir. Da habe ich sehr gehofft, dass du Lust auf eine zweite Runde hast!«

Einen Moment lang schweigen wir, und ich seufze.

»Lass uns Klartext reden, ja?«

Sie zieht die Augenbrauen hoch.

»Ich hatte ein kleines Techtelmechtel mit meiner Aufnahmeassistentin – mit der Frau, die meine Bewerbung bearbeitet hat.«

»Oh«, sagt Stacy und wirkt ganz so, als hätte sie eine Erleuchtung. »Das war sie also?«

Stacy scheint ganz schön weit unten auf der clubinternen Karriereleiter zu stehen, wenn sie bis heute nicht wusste, wer Sarah ist.

Ich lehne mich zu ihr, als würde ich ihr ein Geheimnis anvertrauen. »Ich bin eben ein Adrenalinjunkie. Auf diese verbotenen Nummern stehe ich total, weißt du?«

Sie lächelt. Na, endlich sprühe ich wieder vor Charme.

»Welche war es denn? Die Blonde oder die Brünette?«

»Die Brünette. Mit Blondinen habe ich es nicht so.«

Stacys Augen funkeln. Brünette Frauen hören so etwas gern, das weiß ich.

»Und bei Brünetten mit blauen Augen werde ich sowieso sofort schwach.«

Okay, jetzt trage ich ein bisschen dick auf, aber ich habe ja nicht den ganzen Tag Zeit! Ich will hier so schnell wie möglich weg und zurück zu meiner braunäugigen Sarah.

»Wer war denn dann die Blonde? Auch eine Aufnahmeassistentin?«

»Nein, nur eine Freundin von ihr. Die Blonde hat keine Ahnung vom Club. Sie dachte, dass sie mit ihrer Freundin jemanden ausspioniert, den sie bei Tinder kennengelernt hat.«

Wäre super, wenn diese Info ihren Weg bis zu den Chefs finden würde und Kat dadurch aus dem Schneider wäre.

Stacy kichert. »Das ist ja witzig. Ich dachte ...« Sie hält inne, weil sie sich nicht sicher ist, wie viel ich weiß.

»Du dachtest, die zwei wären neue Kolleginnen, die auf deinem Territorium wildern?«

Stacy verzieht den Mund und nickt.

»Ja, davon habe ich gehört. Deswegen wollte ich dich auch treffen.«

Stacys Augen verengen sich zu Schlitzen. »Ach ja? Warum das denn?«

»Nun, ich will ehrlich sein – es war wirklich nett mit der Aufnahmeassistentin. Sie ist super, aber jetzt ist es vorbei. Sie hat sich zu einer richtigen Klette entwickelt, du kennst das ja sicher. Nicht zum Aushalten.«

»Ich finde so was auch unerträglich.«

»Siehst du, das habe ich mir schon gedacht. Du bist eben ein Profi, Stacy. Und das mag ich.«

Sie macht große Augen.

Ich nehme einen Schluck Bier. »Meine Aufnahmeassistentin hat mir von eurer Begegnung in der Sportsbar erzählt. Da hattest du ein gelbes Armband an, kein purpurfarbenes.« Stacy blickt reflexartig auf ihr Armband, ganz so, als könnte sie sich nicht genau daran erinnern, welches sie heute trägt. »Und ich muss dir sagen, dass mich das ziemlich angeturnt hat.«

»Wirklich? Warum das denn?«

»Ist das dein Ernst? Das heißt doch, dass du emotional überhaupt nicht involviert bist! Du hast dein Territorium verteidigt und ihr gezeigt, dass mit dir nicht zu spaßen ist. Du machst deinen Job eben verdammt gut. Ich respektiere das, du bist ein Profi. Verflucht cool eben.«

Bei diesem Kompliment errötet Stacy. Die kauft mir aber auch alles ab!

»Danke!« Sie legt den Kopf schief und lächelt mich an. »Du magst also coole Mädchen, ja?« Sie langt über den Tisch und streichelt meine Hand. Ich ziehe sie sofort weg. O Gott, mir läuft ein Schauer über den Rücken. Schnell tue ich so, als hätte ich nur nach meinem Bier greifen wollen.

»Offen gestanden war ich erleichtert, als ich die Wahrheit über den Club erfahren habe. Schließlich bin ich nur beigetreten, weil ich jegliche Form von Bindung vermeiden wollte. Frauen sind immer so ... emotional. Das verdirbt mir den ganzen Spaß. Das war auch das Problem mit der Aufnahmeassistentin. Sie ist echt richtig süß, aber sie wurde anhänglich und konnte Sex nicht mehr von irgendeiner Märchenfantasie unterscheiden.«

»Du brauchst wirklich einen Profi!« Sie zwinkert mir zu.

»Ganz genau. Eine Frau, bei der ich total ehrlich sein kann, weißt du?«

Stacy hebt wissend eine Augenbraue. »In Bezug auf was möchtest du denn ehrlich sein, Jonas?«

Ich leere meine Flasche und schenke ihr mein bezauberndstes Lächeln.

»In Bezug auf das, was wir *wirklich* wollen.«

Sie lehnt sich zu mir und wirkt gespannt.

»Dir geht es ums Geld«, sage ich. »Und das ist gut so. Ich wiederum bin scharf auf Sex. Basta. Ich will einfach jederzeit mit einer heißen Frau schlafen, wenn mir danach ist, und zwar ohne Verpflichtungen und anderen Bullshit.«

Stacy zieht einen Mundwinkel nach oben. »Na, das klingt doch gut.« Sie erhebt sich. »Wie wäre es, wenn wir verschwinden würden?«

Shit. »Hey, Moment. Mir schwebt da was Größeres vor als nur eine Nacht. Setz dich, und ich erkläre es dir.«

Stacy nimmt wieder Platz und leckt sich die Lippen.

Einen Moment lang muss ich an mein Gesicht zwischen ihren Beinen denken, und mir wird übel.

»Zuerst einmal möchte ich dir sagen, dass ich nicht *glauben* kann, wie toll du im Bett bist.«

Sie senkt die Augen. »War mir ein Vergnügen. Du warst auch großartig.«

»Was du nicht sagst«, meine ich und muss beinahe grinsen. Diesen Satz benutzt Sarah nämlich immer, um mir zu zeigen, dass ich etwas besonders Trotteliges von mir gegeben habe. »Nein, du warst wirklich der absolute Wahnsinn, Stacy. Wie du so schnell und heftig gekommen bist ... nicht zu *glauben*!«

»Tja, das war deinetwegen.«

»Ich liebe es, Frauen zum Höhepunkt zu bringen – hast du denn meine Bewerbung gelesen?«

Sie zuckt mit den Schultern und schenkt mir ihr verführerischstes Lächeln. »Ist schon eine Weile her. Hilf mir doch auf die Sprünge.«

Ich kann mir gut vorstellen, dass sie seitdem eine ganze Menge anderer Bewerbungen gelesen hat. »Es turnt mich wahnsinnig an, Frauen einen Orgasmus zu verschaffen, denn das ist gar nicht so leicht. Ich mag die Herausforderung. Manchmal dauert es einen ganzen Monat, bis es mir bei einer Frau gelingt.« Ich gluckse. »Ihr seid ziemlich komplizierte Wesen.«

Sie lacht und nickt. »Auf jeden Fall!«

»Aber normalerweise gelingt es mir nach ein bisschen Übung. Bei dir hat es allerdings sofort geklappt! Unglaublich. Ich kann seitdem kaum an etwas anderes denken.«

Stacy lächelt. »Jepp. Es war toll.«

»Die Aufnahmeassistentin ist einfach nicht wie du. Sie ist das genaue Gegenteil von dir. Und ich habe gemerkt, dass ich mit einer Frau zusammen sein will, die ihre eigenen Sehnsüchte auslebt, die weiß, was sie will, die sich fallen lassen und ihre Lust genießen kann, ohne sich selbst zu bremsen.« Anders gesagt: Ich will Sarah.

Stacy strahlt. »Klingt doch super!«, sagt sie. »Warum legen wir nicht direkt los?« Anscheinend versucht sie höflich, die Sache ein bisschen zu beschleunigen. Vielleicht hofft sie, später noch einen zweiten Check-in bedienen zu können, wenn ich mich jetzt beeile.

»Warte. Ich habe einen Vorschlag.«

Sie legt den Kopf schief und sieht mich abwartend an.

»Ich würde dich gern für einen längeren Zeitraum am Stück buchen.«

»Oh.« Sie lächelt. »Was schwebt dir denn vor?«

»Zwei Wochen.«

Ihr Grinsen wird noch breiter. »Du willst eine BE.«

»Eine was?«

»Eine Beziehungserfahrung.«

Pah. Die einzige Frau, mit der ich eine BE will, ist Sarah!

»Stimmt«, zwinge ich mich zu sagen. »Eine BE. Ich würde

dir natürlich eine tolle Bezahlung anbieten, viel mehr, als der Club von mir bekommt. Wäre ja nur fair, wenn ich dich exklusiv buche. Ich will einfach mein Purpurarmband nicht mehr tragen und mir über Check-ins Gedanken machen. Stattdessen würde ich dich eine Zeit lang aus dem Clubkarussell herausholen und hätte dich ganz für mich allein. Ich würde dem Club dafür natürlich eine Prämie zahlen. Etwa in der Höhe eines monatlichen Beitrags.«

»Wie teuer ist der denn?«

»Das weißt du nicht?«

»Nein, ich werde pro Job bezahlt.«

»Wie viel bekommst du da?«

Sie zögert kurz. »Fünfhundert.«

Mann, ist die vielleicht gerissen! Sie hat garantiert ordentlich was draufgeschlagen. Was soll's. Selbst mit diesem Betrag ergibt sich eine simple Rechnung: Auch wenn ein Mitglied dreißig Tage lang jeden Tag einen Check-in hat und man alle Gehälter berücksichtigt, die der Club sonst noch an seine Mitarbeiter zahlt, verdient die Organisation mindestens um die fünfzehntausend Dollar pro Monat und Mitglied. Und sie haben bestimmt Zehntausende davon! Mann, die verdienen sich ja dumm und dämlich.

»Die Mitgliedschaft kostet dreißigtausend Dollar pro Monat.«

Stacys Augen glänzen verdächtig, auch wenn sie unbeeindruckt tut.

»Vielleicht könnte ich mit deinem Boss ja einen Deal aushandeln, bei dem du besser verdienst als sonst? Ich könnte mit ihm ein Gespräch unter vier –«

»Mit *ihr*.«

Mein Herz rast. Endlich ein Hinweis!

»Ach, echt? Du hast eine Chefin?«

»Ja.«

»Und die ist genauso gewieft wie du?«

»Das ist die Untertreibung des Jahrhunderts.«

Ich lächle. »Wie heißt sie denn?«

»Oksana.«

»Oksana«, wiederhole ich und spüre, wie alles an mir kribbelt. »Ist sie eine Russin?«

»Sie kommt aus der Ukraine. Wir nennen sie die verrückte Ukrainerin.«

Ich lache. »Okay, dann werde ich mich also so bald wie möglich mit der verrückten Ukrainerin unterhalten und ihr anbieten, ihr dreißigtausend Dollar extra dafür zu bezahlen, dass sie dich die nächsten Wochen exklusiv für mich reserviert. Und weil die Bezahlung unabhängig von meiner Mitgliedschaft stattfindet, werde ich sagen, dass sie die Hälfte davon dir geben müssen. Wie findest du das?«

Stacy wirkt so erregt, als stünde sie kurz vorm Orgasmus. »Oh«, sagt sie, die Wangen gerötet. »Wieso sollten wir uns überhaupt mit Oksana herumschlagen? Du kannst mich doch auch direkt bezahlen, sie muss nichts davon erfahren! Gib mir einfach das Geld, und ich gebe dir mein Wort – und stehe dir zwei Wochen lang Tag und Nacht zur Verfügung, jede Minute. Ich werde es dir so gut besorgen, dass du dir wünschen wirst, die zwei Wochen würden nie enden.«

Huch, ich habe ein Déjà-vu! Sagt Julia Roberts zu Beginn von *Pretty Woman* nicht etwas ganz Ähnliches?

»Nee, das würde nicht funktionieren. Wenn du plötzlich zu keinem anderen Check-in mehr erscheinst, werden sie den Braten doch sofort riechen.«

Sie nickt zögernd. »Ja, wahrscheinlich. Aber du könntest mich auch einfach jeden Tag anfordern und mir das Geld dann direkt geben. Wäre doch eine Win-win-Situation, oder?«

Shit. »Hm. Das Ding ist aber, dass ich auf den ganzen formellen Kram keinen Bock mehr habe. Außerdem bin ich sicher, dass du dich vor Anfragen kaum retten kannst. Du bist doch bestimmt der Star im Club, oder?«

Sie grinst. »Kann man so sagen, ja.«

»Ich will wirklich nicht riskieren, dass ich dich am Ende doch teilen muss. Außerdem könnte der Schuss nach hinten losgehen, wenn sie es rausfinden. Du könntest deinen Job verlieren, und der Club könnte mich noch vor Ende meiner Mitgliedschaft rauswerfen. Dieses Risiko kann ich auf keinen Fall eingehen. Ich brauche den Club, Stacy.« Ich setze die irrste Miene auf, die ich zustande bringe.

Stacy scheint zu überlegen, wie sie das Maximum aus dem Deal herausschlagen kann. »Ich werde einfach ein paar Wochen Urlaub beantragen – um einen kranken Verwandten zu besuchen oder so.«

»Wie wäre es, wenn ich dir garantiere, dass du dreißigtausend Dollar für zwei Wochen bekommst, ganz egal, wie es läuft?«

Sie nickt verdattert.

»Ich würde es trotz alledem gern legal abwickeln. Ich werde dem Club alles zahlen, was nötig ist. Klingt das nach einem Plan?«

Sie strahlt. »Perfekt!«

O Mann. Stacy sollte künftig meine Businessdeals für mich aushandeln. Sie ist ein wirklich harter Hund.

»Glaubst du, Oksana wird sich darauf einlassen? Ist sie diejenige, die die Entscheidungen trifft, oder gibt es noch eine höhere Instanz?«

»Warum sollte sie dieses Angebot ausschlagen? Ihr geht es grundsätzlich nur um die Kohle – und ja, sie entscheidet. Und sie ist mit allen Wassern gewaschen.«

»Super. Wie soll ich sie kontaktieren?«

»Gib mir deine Nummer. Ich sage ihr, dass sie dich anrufen soll.« Sie zückt ihr Smartphone.

»Nein, ich würde mich lieber selbst bei ihr melden. In solchen Fällen habe ich gern die Kontrolle über die Dinge. Na, eigentlich immer.«

Zum Spaß schenke ich ihr einen weiteren Psychoblick.

»Ich darf ihre Nummer nicht rausgeben.«

»Ist sie in Seattle?«

»Nein, in Las Vegas.«

Hui. Oksana, die verrückte Ukrainerin, in Las Vegas.

»Wie heißt sie mit Nachnamen?«

»Warum fragst du?«

»Na, weil ich sie im Telefon speichern will. Ist das nicht erlaubt?«, spiele ich den Dummen.

Kurz schweigt sie.

»Du brauchst den Namen nicht.«

Ich habe es zu weit getrieben. »Sorry, das war mir nicht klar. Ist eben alles Neuland für mich, ich hatte noch nie eine BE. Weißt du was? Ich muss sowieso geschäftlich nach Las Vegas. Am besten schlage ich zwei Fliegen mit einer Klappe und statte Oksana persönlich einen Besuch ab. Dann kann ich sie in Cash bezahlen, und sie kann dir direkt das Geld geben. Hast du ihre Adresse?«

Da war das magische Wort. *Cash.* Ihre Augen glänzen.

»Ich kenne von ihr nur ein Postfach in Vegas. Ich gebe dir ihre E-Mail-Adresse, dann könnt ihr alles Weitere abmachen.«

»Toll!«

Sie fischt einen Stift aus ihrer Handtasche. »Hast du einen Zettel?«

»Du hast Oksana schon mal persönlich kennengelernt, nehme ich an?«

»Jepp, ich habe anfangs in Vegas gearbeitet. Da habe ich zum allerersten Team der Mädchen gehört, später haben sie dann in die anderen Städte expandiert.«

Noch eine Information. Las Vegas ist also die Keimzelle.

»Ich war definitiv das Top-Girl in Vegas. Das mit den meisten Anfragen.« Sie lächelt mich stolz an. »Als sie expandiert haben, durfte ich mir die Stadt aussuchen.«

»Und du hast dich für Seattle entschieden?«

»Ich hatte diese trockene Hitze so satt.«

»Tja, dieses Problem hast du hier definitiv nicht mehr, würde ich sagen!«

Sie lächelt. »Ich habe auch Familie in Seattle, also ...«

Einen Moment lang starren wir uns an, und es herrscht eine unangenehme Stille. Plötzlich sieht sie so viel jünger aus als noch vor ein paar Augenblicken.

»Oksana?«, erinnere ich sie sanft.

»Oh, klar«, sagt sie. »Moment.«

Mir ist schlecht, ich fühle mich, als würde ich Sarah betrügen. Und es macht auch keinen Spaß, Stacy über den Tisch zu ziehen. Ich will die Sache einfach nur zu Ende bringen und dann nach Hause zu Sarah.

»Okay.« Sie scrollt sich durch die Kontaktliste auf ihrem Smartphone.

Ich gebe Oksanas Namen in mein Handy ein und sehe auf. »Okay, ich bin bereit!«

»Jonas?«

O Gott, nein.

Sofort bricht die Panik in mir aus.

Mein schlimmster Albtraum wird wahr.

Und es ist alles meine Schuld.

Vor mir steht Sarah.

Sarah

Ich werfe einen Blick auf die Uhr. Fünf vor sieben. Ich weiß, dass ich das nicht tun sollte. Aber ich kann nicht anders.

Meine Nasenspitze ist kalt und von der frostigen Abendluft gerötet. Ich schlinge die Arme um mich und gehe schnellen Schrittes auf die Pine Box zu. Mein Herz hämmert in der Brust. Das hier ist keine gute Idee. Aber ich marschiere trotzdem weiter.

Nachdem Jonas aufgebrochen ist, habe ich Kat angerufen, um sicherzugehen, dass sie keinen Besuch von tanzenden Auftragskillern hatte.

»Mir geht's fabelhaft«, sagte sie. »Ich gehe jetzt gleich Abendessen mit meinem Bodyguard.« Und schon begann sie, den *Bodyguard*-Titelsong von Whitney Houston zu schmettern.

»Wovon sprichst du?«, erkundigte ich mich lachend.

»Hat Jonas dir nichts davon erzählt? Er hat einen richtigen Bodyguard für mich angeheuert, der jetzt auf mich aufpasst. Richte ihm doch bitte meinen Dank aus, ja? Meiner ist nämlich viel süßer als Kevin Costner.«

Wow, dachte ich, Jonas denkt wirklich an alles. Aber irgendwie machte es mich auch nervös, dass er es für nötig hielt, einen Bodyguard anzuheuern.

»Habt ihr Lust, mit uns zu essen?«

»Heute nicht. Ich muss lernen, und Jonas ist unterwegs.«

»Was macht er denn?«, fragte Kat. »Geht's um die Arbeit?«

»Keine Ahnung. Er hat nur gesagt, dass er noch was zu erledigen hat.«

Kat gab einen missmutigen Laut von sich, der Bände sprach. Sie traute Jonas noch immer kein Stück über den Weg.

»Was ist?«, fragte ich.

»Nichts.«

»Jonas und ich hängen jetzt aufeinander, seit er mich zu unserem Trip nach Belize abgeholt hat. Und nun meint er auch noch, mich vor irgendwelchen fiesen Typen beschützen zu müssen. Der arme Kerl braucht wahrscheinlich einfach eine kleine Verschnaufpause.«

Kat antwortete nicht, und ich seufzte frustriert. »Verflixt, Kat, spuck es schon aus. Was denkst du wirklich?«

»Na ja, vergiss bitte nicht, dass der Kerl sich vor nicht allzu langer Zeit in einem Sexclub angemeldet hat. Wenn er mein Freund wäre, wüsste ich schon gern, was er treibt. Das ist alles.«

»Du kennst ihn eben nicht«, beruhigte ich sie. »Er ist nicht der Hallodri, für den du ihn hältst.«

»Das meine ich doch gar nicht! Aber ein Unschuldsengel ist er eben auch nicht. Ich sage nur, dass ich nicht so entspannt drauf wäre wie du.«

Zwei Minuten später hielt ich auch schon das Club-iPhone in der Hand, als wäre es eine Granate, die jeden Moment hochgehen könnte. Es hatte in der drittuntersten Küchenschublade gelegen. Eigentlich hatte ich bis heute Morgen gedacht, dass Jonas es längst entsorgt hätte. Warum zum Teufel hat er es noch? Natürlich durchsuchte ich dieselbe Schublade auch direkt nach dem Purpurarmband. Zum Glück war es nicht da, er hatte es also weggeworfen – oder trug er es gerade? Von diesem Gedanken wurde mir sofort übel.

Als ich das iPhone nicht aktivieren konnte, weil es passwort- und fingerabdruckgeschützt war, warf ich es vor lauter Zorn in die Mülltonne. Das war der Moment, in dem ich entdeckte, dass Jonas' Wagen noch in der Garage stand, mit abgekühltem Motor. Tja, das machte mich noch wütender. Entweder hatte ihn jemand abgeholt, oder er war zu Fuß aufgebrochen. Keine der zwei Möglichkeiten gefiel mir – besonders nicht, als ich mich an unser Gespräch in Belize erinnerte.

Wir hatten gerade miteinander geschlafen und lagen nebeneinander im Baumhaus. Irgendwie waren wir in Plauderstimmung und erzählten uns lachend unsere peinlichsten Erlebnisse und Geheimnisse. Es gab kein Tabu. Irgendwann ging es darum, wie wir einst unsere Unschuld verloren hatten. Um unsere Exfreunde und Exfreundinnen. Ich erzählte ihm von meinen One-Night-Stands und davon, wie schlecht ich mit der darauffolgenden Zurückweisung klargekommen war. Jonas wollte sich die Kerle sofort vorknöpfen und sie mir zuliebe windelweich prügeln, was ich dankend ablehnte. Und dann erzählte er mir ein paar Anekdoten aus seinem Leben als Aufreißer.

»Aber wo hast du all diese willigen Frauen nur gefunden?«, erkundigte ich mich ungläubig. »Musstest du nur mit dem Finger schnippen, und schon kamen sie angekrochen?«

»Kann man so sagen, ja – meistens kamen sie tatsächlich auf mich zu. Und wenn nicht, dann musste ich nur einen kleinen Ausflug in die Pine Box machen. Da hatte ich quasi freie Auswahl. Und dass die Bar gleich um die Ecke von meinem Haus liegt, ist für einen raschen Abschied auch immer praktisch gewesen.«

»Wow, was warst du nur für ein Arschloch!«

»Ich bevorzuge die Bezeichnung ›widerlicher, dreister Mistkerl‹.«

»Keine Widerrede.«

Ich habe gelacht und ihm einen Kuss gegeben, ehe wir zum Geschrei der Brüllaffen wieder miteinander geschlafen haben.

Jetzt beschleunige ich meinen Schritt und zittere vor Kälte.

Hätte ich doch nur meine *Northface*-Jacke aus meiner Wohnung mitgenommen, als wir heute Morgen da waren! Mist.

Er wird nicht in der Bar sein, versichere ich mir selbst. *Du verschwendest wirklich deine Zeit, wenn du dich wie eine klammernde, unsichere Irre benimmst, obwohl du eigentlich dringend lernen solltest.*

Ich weiß.

Wahrscheinlich ist er einfach nur Klettern gegangen, um ein bisschen Dampf abzulassen.

Und warum hatte er dann keine Sportklamotten an?

Vielleicht lag die Sporttasche ja schon im Auto.

Aber das steht doch noch in der Garage!

Vielleicht hat er auch einfach nur einen Drink gebraucht.

Im Kühlschrank steht ein Sixpack Bier.

Hör jetzt auf, so paranoid zu sein, Sarah! Du liebst ihn, und er liebt dich. Madness, weißt du noch?

Ja, na klar. Ich denke Tag und Nacht daran. Ich liebe ihn so sehr, dass es wehtut. Und er liebt mich, da bin ich mir ganz sicher.

Warum zum Teufel läufst du dann jetzt zur Pine Box?

Warum zum Teufel hat er das iPhone noch?

Hm, keine Ahnung.

Wäre es demzufolge nicht logisch, dass er auch das Armband aufgehoben hat?

Logisch schon, aber nicht sehr wahrscheinlich.

Aber was will er denn noch mit dem iPhone?

Los, geh schneller!

Okay, jetzt ist es offiziell. Ich bin schizophren.

Fünfzehn Meter von der Bar entfernt bleibe ich stehen. Stacy die Fakerin steht in einem kurzen schwarzen Kleidchen vor der Bar und wirft Münzen in die Parkuhr. Ich bin mir ganz sicher, dass sie es ist, ich würde sie überall sofort erkennen.

Ich kann nicht mehr atmen. Als sie fertig ist, dreht sie

sich um und stöckelt auf ihren turmhohen High Heels in die Bar.

Ich flitze zu einem kleinen Fenster, von dem aus man die Bar überblicken kann, und suche die Menge ab.

Vielleicht ist er nicht da. Vielleicht ist das nur ein verrückter Zufall. Vielleicht ist Stacy mit einem anderen Mitglied des Clubs verabredet. Vielleicht –

Und schon verpuffen all die Vielleichts auf einen Schlag. Denn an der Bar steht Jonas und trinkt Bier. Mein süßer Jonas, der vielleicht doch nicht ganz so süß ist, wie ich dachte.

Stacy geht auf ihn zu, und Jonas umarmt sie ein wenig unbeholfen.

Mir dreht sich der Magen um.

In meinem Kopf wirbelt alles durcheinander. Das ergibt doch keinen Sinn! Jonas liebt mich. Ich kapiere das einfach nicht! Schon steigen mir Tränen in die Augen, und in meinem Hals formt sich ein riesiger Kloß.

Jonas gibt dem Barkeeper ein Zeichen, und der nickt. Was soll das alles bedeuten? Jonas hat mir erzählt, dass er die ganze Zeit an mich gedacht hat, als er mit Stacy geschlafen hat. Dass er sich vorgestellt hat, ich wäre sie, obwohl er noch nicht einmal wusste, wie ich aussehe.

Und jetzt will er wieder mit ihr ins Bett? Obwohl sie ihren Orgasmus *gefakt* hat?

Plötzlich dämmert mir etwas. Etwas Schreckliches.

Stacy hat ihren Orgasmus vorgetäuscht.

O mein Gott.

Was hat Jonas noch mal in seiner Bewerbung geschrieben, als es um die Frau ging, die so getan hat, als würde sie kommen?

»Ich wollte ihr eine Lektion in Sachen Ehrlichkeit und Wahrheit erteilen. Aber noch mehr wollte ich erlöst werden.«

O nein. Ich übergebe mich gleich!

Ich beginne so heftig zu weinen, dass ich Jonas und Stacy

nur noch verschwommen erkennen kann. Ich wische mir über die Augen und sehe, wie sie auf einen Tisch zusteuern. Sofort sprinte ich zu einem anderen Fenster, um sie besser im Blick zu haben.

Stacy hat den Orgasmus vorgetäuscht, und jetzt kann er ihr nicht mehr widerstehen. Er ist ein Süchtiger, und sie ist das Heroin in einer Spritze, die bereits direkt über seiner Vene schwebt. Und deswegen muss er sich das Zeug in die Adern spritzen, ganz egal, ob er mich liebt oder nicht.

Wäre er tatsächlich heroinabhängig, würde es dann irgendetwas ändern, dass er mich liebt? Nein. Ein Abhängiger braucht nun einmal seinen Stoff, da haben die, die ihn lieben, Pech gehabt. Und das hier ist Jonas' Stoff. Ich wusste es von Anfang an, aber ich habe mir eingeredet, dass ich ihn heilen, seine Retterin sein könnte. Er hat sich so lange zurückgehalten, wie er konnte. Er hat es versucht.

Die Tränen strömen mir nur so übers Gesicht, und ich raufe mir das Haar. Ich bin völlig außer mir. Nie zuvor habe ich mich so verloren, allein und betrogen gefühlt. Weil mir nie zuvor das Herz auf diese Weise gebrochen wurde.

Als Jonas Stacy gefickt und sich gewünscht hat, sie wäre ich, da fand ich die Vorstellung ziemlich heiß. Aber jetzt, nach allem, was zwischen uns vorgefallen ist, habe ich dabei das Gefühl, als würde ich bei lebendigem Leib verbrannt werden.

Meine Brust hebt und senkt sich.

Und mein Verstand verabschiedet sich, aber nicht auf die Weise, die Jonas immer als erstrebenswert angepriesen hat, sondern eher in dem Sinne, dass ich wahnsinnig werde. Ich stelle mir vor, wie ich in die Bar renne, Jonas eine gewaltige Ohrfeige verpasse und ihm sage, dass er sich zum Teufel scheren soll. Aber die Vorstellung macht mich nur noch trauriger. Wir lieben uns doch. Oder?

»Ich habe eine schwere Geisteskrankheit«, hat er gesagt.

Einen Scheiß hast du, Jonas Faraday! Nach allem, was wir zusammen erlebt haben, hebst du dieses iPhone auf, um jederzeit mit sämtlichen Prostituierten schlafen zu können!

Plötzlich habe ich einen Geistesblitz. Moment. Das ergibt doch wirklich überhaupt keinen Sinn.

Jonas würde niemals mit einer Prostituierten schlafen.

Ich habe seine Reaktion im Flugzeug doch gesehen, als er erfahren hat, wer Stacy wirklich ist. Ihm ist richtig übel davon geworden. Er hat sich geschämt, fühlte sich gedemütigt. War wütend. Diese Reaktionen waren nicht vorgetäuscht. Und als er mir in Belize von der selbstzerstörerischen Obsession seines Vaters mit den Prostituierten erzählt und in meinen Armen geweint hat, hat er betont, dass er das Verhalten seines Vaters ekelhaft fand.

Ich zittere und spüre, wie das Adrenalin nur so durch meine Adern schießt. Jonas würde niemals Sex mit einer Nutte haben. Sex ist der ultimative Ausdruck von Ehrlichkeit für ihn. Eine Frau dafür zu bezahlen, dass sie so tut, als würde sie sich ihm hingeben, ginge ihm also gehörig gegen den Strich. Es würde ihn abstoßen, nicht anmachen.

In der Bar versperren zwei große Typen meine Sicht auf Jonas und Stacy. Ich haste zum nächsten Fenster, gerade noch rechtzeitig, um zu sehen, wie Stacy die Augen niederschlägt, als Jonas etwas zu ihr sagt. Ob er ihr ein Kompliment gemacht hat? Was ist denn bloß los? Irgendetwas hat er vor, das ist klar. Aber ich glaube nicht, dass er mich mit Stacy betrügen will.

Denk, Sarah. Versetz dich in Jonas hinein!

Stacy legt ihre Hand auf die von Jonas. Er zieht sie sofort weg und tut so, als würde er nach seinem Bier greifen. Ha, es ist sonnenklar, dass er nicht von ihr berührt werden möchte.

Ich lächle. Mein süßer Jonas. Dummer, schwindelnder Jonas. Das gibt Ärger. Aber treu bist du, da bin ich mir sicher.

Was er wohl zu ihr sagt?

Konzentrier dich, Sarah. Na los.

Das iPhone lag auf dem Tisch, während er sich mit Josh unterhalten hat. Und er hat mir gesagt, dass er die Sache ohne mich und nur mit Josh regeln möchte.

Ich verdrehe die Augen. Er ist natürlich hier, um Informationen aus Stacy herauszuquetschen! Er umgarnt sie, sagt ihr, was sie hören will, und sammelt unterdessen fleißig Hinweise, die ihn bei seiner Mission weiterbringen. Ich reibe mir die Augen. Er versucht, mich zu beschützen, dieser kleine Trottel.

Ich bin unendlich erleichtert!

Und gleichzeitig stinksauer. Okay, er betrügt mich nicht, aber ein Idiot ist er trotzdem! Er hat mich angelogen, anstatt mich von Anfang an mit einzubeziehen. Was denkt er denn – dass ich zu dumm oder zu zerbrechlich bin, um mit der Situation klarzukommen?! Dass ich mich nicht im Griff habe? Ich habe die vergangenen drei Monate immerhin professionell Leute beobachtet und jede Menge Nachforschungen angestellt! Wer hat Jonas denn heute Abend aufgespürt, als wäre es ein Kinderspiel? Ich! Und obendrein habe ich für den Club *gearbeitet*; wieso ist er da nicht auf die Idee gekommen, dass ich zwei, drei Dinge über diese Organisation wissen und ein paar gute Ideen haben könnte?!

Ich hole tief Luft und beobachte die Szene mit angelegten Nasenflügeln.

Was auch immer er gerade zu ihr sagt, sie nimmt es ihm definitiv ab. In diesem Moment nickt sie eifrig, steht auf und lächelt ihn an, als wäre sie sich sicher, dass er sich ebenfalls gleich erheben wird.

Er aber rührt sich nicht von der Stelle.

Und sie setzt sich verwirrt wieder hin.

O Jonas.

Ich lächle.

Nein, er will garantiert nicht mit ihr schlafen. Wenn das seine Absicht gewesen wäre, wären sie längst aufgebrochen. Mein Jonas mag alles Mögliche sein, aber er ist gewiss nicht zögerlich, wenn es um Sex geht. Ich kann ein lautes Auflachen nicht unterdrücken. Dafür, dass er so klug ist, verhält er sich manchmal echt wie ein Trottel.

Jonas

Ihre Augen sind rot und feucht. Tränen strömen über ihre Wangen.

»Sarah!« Mehr kriege ich nicht raus. Dieser Albtraum darf einfach nicht wahr sein!

Stacy hebt das Weinglas an ihre Lippen und lächelt.

»Sarah«, sage ich. »Bitte –«

»Es gibt nichts zu sagen! Ich weiß genau, was für ein mieses Spiel du spielst!«

»Nein. Bitte, hör mir zu!« Ich werfe Stacy einen Blick zu. Mittlerweile grinst sie übers ganze Gesicht.

»Das ist also deine dringende Erledigung, ja?«

Es hat mir die Sprache verschlagen.

»Du musst Sarah sein«, mischt Stacy sich ein. »Jonas hat mir gerade davon erzählt, wie anhänglich –«

»Halt die Schnauze, Stacy«, faucht Sarah da auch schon und durchbohrt uns mit ihren Blicken, aber Stacy grinst nur gelassen.

»Stacy, würdest du uns eine Minute lang entschuldigen?«, frage ich und klinge viel ruhiger, als ich es eigentlich bin.

»Nein, bleib doch bitte hier, Stacy«, sagt Sarah. »Ich möchte, dass du auch zuhörst.«

Ich stehe auf und packe Sarah am Arm. »Sarah, lass es mich dir erklären!«

Sie reißt sich los. »Setz dich! Ich habe euch beiden was zu sagen.«

Ich starre sie mit offenem Mund an und weiß, dass ich jeden Moment einen Herzinfarkt haben werde. Ich darf sie nicht verlieren. Nicht so! Bitte nicht.

»Nein, hör zu, ich –« Wieder greife ich nach ihr, wieder reißt sie sich los. »Wenn du mich noch ein Mal anfasst und dich nicht sofort hinsetzt, Jonas, dann verschwinde ich auf der Stelle!«

Shit. Mir ist richtig schwindlig, als ich mich setze.

»Alles, was ich von dir höre, ist Stacy hier, Stacy da. Von Anfang an«, beginnt Sarah zu wettern.

Was? Was zur Hölle redet sie denn da? Klar, bei unserem ersten Telefonat habe ich ihr von dem schrecklichen Sex mit Stacy erzählt, aber ...

»Was für einen scharfen Körper sie hat ...«

Gott, nein. Das ist doch völliger Irrsinn. Sicher, ich habe das gestern Abend gesagt, aber doch nur, um rauszufinden, ob Josh und ich von derselben Frau sprechen!

»Ich höre immer nur *Stacy*! Wie toll sie im Bett ist und so weiter.«

Wie bitte?!

Sarah funkelt Stacy an. »Weißt du eigentlich, wie oft ich das zu hören bekommen habe? ›Warum kann der Sex mit dir nicht so sein wie der mit Stacy?‹«

In diesem Moment legt die Welt eine Vollbremsung hin, und Sarah schenkt mir ein überlegenes Grinsen.

Sie weiß es! Und sie versteht es! Wie hat sie das herausbekommen? Woher wusste sie, dass ich heute Abend hier bin? Und warum weiß sie genau, was für eine Nummer ich gerade mit Stacy abziehe? Beinahe fange ich an zu lächeln, aber ich unterdrücke es im letzten Moment. Sie ist die tollste Frau der Welt. Meine absolute Traumfrau.

Sarah wirbelt herum und durchbohrt Stacy erneut mit ihren Blicken. »Pass mal auf, meine liebe Stacy, Cassandra, oder wie auch immer du heißen magst. Du hast dich mit der

Falschen angelegt! Jonas Faraday gehört *mir* – mein Kunde, mein Gebiet, mein Territorium, klar? Ich brauche keine Reservetussi.« Ihr Gesicht ist jetzt direkt vor Stacys, und sie hat ihre Augen zu schmalen Schlitzen verengt. »Leg dich nicht mit mir an, *Bitch*!«

Wow! Sie ist einfach umwerfend.

Stacy springt auf, ganz offensichtlich krawallbereit.

Und ich springe auf, um notfalls dazwischenzugehen.

Sarah aber weicht nicht zurück, sondern fletscht stattdessen die Zähne.

»Ich habe einen detaillierten Bericht über den Club verfasst, den ich an das FBI, an die Staatsanwaltschaft und wegen des höchst interessanten Mitgliederverzeichnisses auch noch an den Geheimdienst schicken werde.«

Stacy macht große Augen. Sarah hat ordentlich geblufft, da bin ich mir sicher.

»Setz dich, Arschloch.«

Stacy und ich setzen uns, und ich bin nicht ganz sicher, wen sie gemeint hat. Sarah lässt sich neben mir nieder und lehnt sich über den Tisch.

»Ich habe eine Nachricht an die Leitung des Clubs, wer auch immer das sein mag. Und ich will, dass du sie überbringst.«

Stacy presst die Lippen aufeinander.

»Sag ihnen, dass ich erst einmal nicht vorhabe, den Bericht loszuschicken. Ehrlich gesagt ist es mir egal, was der Club treibt, und es geht mir auch nicht darum, die Mitglieder oder deren Familien bloßzustellen. Aber wenn mir, Kat oder diesem Mann hier etwas passieren sollte – oder sonst irgendjemandem, der mir nahesteht –, dann werden sämtliche Vollzugsbehörden sofort diesen Bericht erhalten. Ich habe schon sämtliche Vorkehrungen getroffen, es ist alles bestens vorbereitet.«

Stacy lehnt sich mit roten Wangen zurück.

»Mein Bericht hat es ganz schön in sich, das kann ich dir sagen. Es geht hier um Hunderte Fälle von Prostitution, Geldwäsche – sowohl auf Staats- als auch auf Landesebene –, Internetbetrug, Überweisungsbetrug, organisierte Kriminalität. Himmel, ein guter Bundesanwalt könnte wahrscheinlich schon allein in Bezug auf Korruption und organisierte Kriminalität um die hundert Anklagepunkte finden! Diebstahl und Betrug nicht zu vergessen.«

Sarah holt tief Luft.

»Es dürfte schwierig für dich sein, diese Botschaft *en detail* an den Club zu übermitteln. Gib doch einfach die Kernaussage an deine Chefs weiter und sag ihnen, dass sie mich anrufen sollen. Ich erkläre es ihnen dann gern in aller Ruhe und Ausführlichkeit.«

Ich bin wie gebannt. Wow. Nie habe ich eine solch erotische Mischung aus Macht, Schönheit und Köpfchen erlebt. Sie ist umwerfend, eine richtige Superheldin. Orgasma die Allmächtige – tatsächlich.

»Und dann habe ich noch eine persönliche Botschaft an dich, Stacy. Von Mädel zu Mädel quasi. Fick dich ins Knie.« Sarah lächelt. »Ganz egal, was Jonas und du abgesprochen habt: Es wird nicht passieren. Weil er *mir* gehört.« Sie sieht mich an. »Sag ihr, dass es so ist.«

»Ich gehöre ihr.«

»Ich werde dich nicht fertigmachen, Stacy. Von irgendwas musst du ja leben. Du kannst von mir aus jeden haben außer Jonas, jeden alten, reichen Sack in Seattle und Umgebung. Ach, von mir aus kannst du auf der ganzen Welt Männer flachlegen. Ist mir scheißegal. Mir geht es nur um diesen Mann hier. Verstanden?«

Stacy schluckt, bringt aber kein Wort heraus. Ihr Blick ist hart.

Sarah streicht sich eine Strähne aus dem Gesicht und reckt ihr Kinn in meine Richtung. »Jonas?«

»Ja, Sarah?«

»Ich werde dir jetzt die Seele aus dem Leib vögeln, und du musst mich nicht mal dafür bezahlen.«

»Danke!«

»Ich werde es natürlich nicht so machen wie Stacy.«

»Klar.«

»Aber ich werde mein Bestes geben!«

Ich platze beinahe vor Lachen.

»Jonas?«

»Ja?«

»Sag Stacy auf Wiedersehen.«

»Auf Wiedersehen, Stacy.« Ich stehe auf und ziehe mein Portemonnaie aus der Hosentasche, um dann sechs Hundertdollarnoten auf den Tisch zu werfen.

»Dein normales Gehalt plus Trinkgeld«, erkläre ich höflich und zwinkere ihr zu, woraufhin Stacys Augenlider zu zucken beginnen. Ich greife nach Sarahs Hand und ziehe sie hinaus. »Los geht's, Baby. Vögeln wir uns die Seele aus dem Leib.«

Sarah

»So. Verflucht. Heiß. So. Verflucht. Heiß. So. Verflucht. Heiß.« Jedes seiner Worte wird von einem heftigen Stoß begleitet.

Jonas vögelt mir die Seele aus dem Leib, während er mich an die schmuddelige Wand der Männertoilette drückt. Ich bin so wütend auf ihn, dass ich nicht mit ihm sprechen will. Aber mit ihm schlafen? Sofort!

Es war aber auch zu heiß, als er vor Stacy zu mir gesagt hat: »Los geht's, Baby. Vögeln wir uns die Seele aus dem Leib.« Diese Gelegenheit konnte ich nicht ungenutzt verstreichen lassen! Manchmal muss man sich eben ein bisschen wütenden Versöhnungssex gönnen. Es gibt nichts Besseres!

»O Baby, das war echt der Hammer!«, stöhnt er. »Es war so. Verflucht. Heiß!« Seine Stöße werden immer härter und entschlossener. »Hast du ihr Gesicht gesehen, als du ihr mit dem Bericht gedroht hast? Das war so. Verflucht. Clever!« Wieder wird jeder Satzteil von einem Stoß unterstrichen. »So. Irre. Clever. Oh. Mein. Baby.«

Ich bin kurz davor, zu kommen und auf eine extrem versaute Weise durchzudrehen. Aber andererseits bin ich viel zu wütend und verletzt und fühle mich wahnsinnig betrogen. Deswegen werde ich aus Rache nicht kommen! Eigentlich sollte es auch nicht schwer sein, mich davon abzuhalten. Schließlich sind diese Toilettenräume wirklich widerlich.

Was zum Teufel mache ich hier bloß? Ich bin wirklich ein böses, böses Mädchen, richtig verdorben! Wow, das turnt mich irgendwie an. Schmutzig. O Gott, ja, ja, ja, ja, ja! Ich bin ein versautes, versautes Mädchen. Autsch. Mein Kopf ist an die Wand geschlagen.

»Alles okay, Sarah?«

»Ja, klar! Hör bloß nicht auf! Ja, ja, ja!«, stoße ich hervor. »Und eins solltest du wissen: Das gibt noch richtig Ärger, Freundchen! Richtig, richtig Ärger!«

»Ich weiß«, erwidert er. »Ich war böse.«

»Sehr böse. Und jetzt gib alles.«

»Du willst, dass ich es dir so richtig besorge?«

»Nimm mich so hart ran, wie du kannst. Hast du nicht ein bisschen mehr drauf?« Ich unterdrücke einen Schrei, und er packt meine Brust, während er an meiner Lippe saugt. Sein Gesicht ist schweißbedeckt, und sein Körper glüht.

»Ich will, dass du kommst und ich nicht. Nur, um dich zu bestrafen. Du warst böse. So. Unglaublich. Böse. Ich. Werde. Nicht. Kommen.«

»O doch, das wirst du. *Fuck*, du fühlst dich so gut an! Magst du es, wenn ich dich ficke, Baby?«

»Mehr hast du wirklich nicht drauf?«

»Du willst mehr, ja?«

»Ich will alles, was du hast!«

»Gott, Sarah. Du bist so verflucht clever! So. Verdammt. Schlau. Ein Genie.«

»Und du bist ein Idiot!«

Er lacht und stöhnt gleichzeitig.

»Dreh dich um«, befiehlt er mir dann.

Ich gehorche nicht, deswegen dreht er mich brutal um und spreizt meine Beine. Notgedrungen presse ich die Hände an die schmutzige Wand, und er nimmt mich von hinten, während er gleichzeitig meine Klit reibt. Ich bin so unglaublich feucht ... Wow!

»Und du wirst also nicht kommen, ja?«, fragt er und beißt in meinen Nacken.

»Nein.« Ich erschauere und stöhne.

»Um mir eine Lektion zu erteilen, ja?«

Ich kriege keine Antwort raus, dafür stellt er mit seinen Fingern gerade viel zu herrliche Dinge an. Langsam, aber sicher befinde ich mich im Delirium!

Jonas stöhnt laut, und ich weiß, dass er kurz davor ist.

»Sag es«, presse ich hervor.

Er weiß genau, was ich will. »Ich gehöre dir!«

So hat er es auch vorhin zu Stacy gesagt. Als hätten wir es vorher geprobt. Und sie ist daraufhin knallrot angelaufen.

Gut so. Du kannst mich mal, Stacy! Er gehört mir. Mir, mir, mir, mir.

»Noch mal«, verlange ich. Manometer, ist diese Wand ekelhaft. Ich verdorbenes, verdorbenes Mädchen.

»Ich gehöre dir, Sarah.«

»Noch mal.« Ich kann kaum noch atmen.

»Ich gehöre dir. Dir. Dir. Dir. Dir. O Sarah. Nur. Dir.«

»Jonas!« Es reißt mich in zwei Hälften, und die Ekstase spült über mich hinweg wie ein Wasserfall. O ja, ich komme definitiv. Heftig. Sehr heftig. Ich kann nichts dagegen machen, das hier ist einfach viel zu heiß! Ich stoße einen ohrenbetäubenden Schrei aus, Jonas folgt mir und bricht schwitzend auf meinem Rücken zusammen.

Mann, das war heiß. So. Unglaublich. Heiß.

Und ich bin so wütend auf ihn, dass ich heulen könnte. Gut möglich, dass ich das gleich tun werde. Ich ziehe mein Becken von ihm weg, um ihn aus mir hinauszudrängen, und drehe mich um.

Jonas grinst wie eine Katze, die eben den Kanarienvogel verschluckt hat.

»Du bist irre scharf«, sagt er. Ich ziehe schweigend mein Höschen hoch, schiebe den Rock hinunter und schrubbe Hände und Arme im Waschbecken sauber. Nachdem ich alles abgetrocknet habe, rausche ich ohne ein weiteres Wort aus der Toilette, und Jonas folgt mir schweigend.

Vor der Tür steht ein Typ, der scheinbar darauf wartet, hineingehen zu können.

»Es ging ihr nicht gut, Mann«, erklärt Jonas im Vorbeigehen. »Sorry.«

»Stimmt genau. Es ging mir nicht gut, weil ich so lange darauf warten musste, dass dieser Mistkerl mich endlich fickt«, sage ich und weiß selbst nicht genau, was in mich gefahren ist.

Der Typ bricht in Gelächter aus, und auch Jonas prustet los.

»Schön für dich, Mann«, sagt der Kerl zu Jonas.

Ich marschiere zur Bar und linse in die Nische, in der wir mit Stacy saßen. Sie ist natürlich längst weg. Gut so. Hoffentlich rennt sie direkt zu ihrem Boss und bindet ihm alles auf die Nase, was ich gesagt habe. *Bitch!*

»Zwei Tequila«, sage ich zum Barkeeper und deute auf Jonas und mich.

Jonas starrt mich grinsend an.

»Jonas?«, frage ich, während der Barkeeper die Gläser füllt.

»Ja, Sarah.«

»Bezahl die Drinks.«

Jonas zieht sein Portemonnaie hervor, und ich kippe den Tequila hinunter wie eine Medizin, um gleich darauf in die Limette zu beißen und Jonas trotzig anzustarren. Ich bin so wütend auf ihn, dass ich gerade nicht mal mit ihm sprechen möchte.

»Du bist so unglaublich heiß«, sagt er und leert ebenfalls sein Glas.

Ich blicke zum anderen Ende der Bar und schnappe nach Luft. Da steht ein Typ und starrt mich an – und er sieht aus wie John Travolta. Okay, nicht wie in *Pulp Fiction*, sondern eher wie in *Kuck mal, wer da spricht*, aber trotzdem. Ich klammere mich an Jonas, und er legt sofort beschützend seinen Arm um mich.

»Jonas, schau mal«, flüstere ich und nicke in die Richtung des Mannes.

»Was ist denn, Sarah?«

»Ist er das? Der John-Travolta-Typ?«

Jonas erstarrt, drückt mich fest an sich und versucht zu sehen, wovon ich da rede. Sein Griff ist so fest, dass es beinahe wehtut.

»Da drüben. Blaues Hemd.«

Jonas mustert den Mann gründlich und lockert dann seinen Griff. »Sarah, komm schon. Der Typ sieht doch überhaupt nicht aus wie Vincent Vega.«

»Wer zum Teufel ist Vincent Vega?« Ich schüttle den Kopf. »Ist das der Kerl aus der Vorlesung?«

»Wow. Kann es sein, dass du nie *Pulp Fiction* gesehen hast? Dann wüsstest du nämlich, wer Vincent Vega ist!«

»Natürlich kenne ich den Film. Und außerdem bin ich gerade so stinksauer, dass ich nicht einmal mit dir reden kann.« Plötzlich merke ich, dass es mir hundeelend geht. Dieser Abend war einfach nur beschissen und verwirrend. Ohne ein weiteres Wort mache ich mich von ihm los und stürme aus der Bar.

Sarah

Jonas johlt, während wir durch die kalte Nachtluft laufen, und springt immer wieder in die Höhe, als würde er einen Freudentanz aufführen.

»Du warst umwerfend, Baby! Wow! Ein echtes Genie! Und so scharf!«

Meine Knie zittern. Ich bin immer noch ein richtiges Nervenbündel und obendrein ziemlich wütend. »Ich bin nicht in Feierlaune«, murmele ich, die Hand auf meine Brust gedrückt.

Er hebt mich hoch und drückt mich an sich, genau wie damals, als ich in Belize den Wasserfall hinuntergesprungen bin.

»Ich habe dich«, sagt er und küsst mich übermütig auf die Wange. »Du warst echt toll da drin. Orgasma die Allmächtige hat wieder einmal zugeschlagen!« Er lacht und fängt an zu pfeifen, aber ich will jetzt nicht mit ihm schmusen.

»Lass mich runter! Ich bin sauer.«

Er lacht.

»Jonas, ich meine es ernst! Lass mich runter. Ich bin wirklich, wirklich wütend. Und verletzt.«

Er setzt mich ab und sieht plötzlich gar nicht mehr fröhlich aus. Ich laufe voraus und versuche mich zu sammeln.

»Du weißt, dass ich Stacy nur getroffen habe, um Informationen –«

»Ja, weiß ich.«

»Du kannst doch nicht wirklich denken, dass ich –«

»Tue ich nicht!« Ich beschleunige meinen Schritt.

»Sarah, ich würde doch nie –«

»Jonas, lass mich einfach kurz in Ruhe. Ich bin so wütend auf dich, dass ich mich gerade nicht unterhalten kann. Also sei bitte still!«

Ich merke, dass es ihm schwerfällt, aber er respektiert meine Bitte – zumindest vierzig Sekunden lang.

»Sarah«, sagt er schließlich, »ich halte das nicht aus. Bitte sprich mit mir!«

Ich bleibe stehen und drehe mich mit Tränen in den Augen zu ihm um.

»O Baby«, setzt er an und streckt den Arm nach mir aus.

»Ich sollte jetzt gerade lernen!«, rufe ich. »Nur die zehn besten Studenten bekommen ein Stipendium!« Ich breche in Tränen aus. »Ich brauche dieses Stipendium, Jonas, und wegen dir habe ich schon eine ganze Woche nicht gelernt!« Wie komme ich gerade jetzt darauf? Eigentlich geht es mir doch um etwas ganz anderes ... Ich unterdrücke einen Schluchzer.

Erneut will Jonas mich trösten, aber ich weiche zurück.

»Nicht! Ich bin so wütend, dass ich gar nicht mehr klar denken kann.«

Er öffnet schon den Mund, um etwas zu erwidern, entscheidet sich dann aber dagegen.

»Ich bin eine erwachsene Frau, Jonas. Ich bin stark. Und schlau. Du hättest mir sagen sollen, was du vorhast. Ich kann damit umgehen, und vor allen Dingen kann ich helfen! Aber du hast mir nicht genug vertraut, um mir die Wahrheit zu sagen.«

»Es geht hier doch nicht um Vertrauen. Ich habe es dir nicht erzählt, weil ich dich schützen wollte.«

»Bullshit!«

Er zieht die Augenbrauen hoch.

»Du hast es mir nicht erzählt, weil du Angst hattest, ich könnte deine blöde Strategie durchkreuzen!«

Er verdreht die Augen. »Nein, Sarah. Das war es nicht.«

»Wenn es heute Abend andersrum gewesen wäre, dann wärst du jetzt genauso wütend wie ich. Wahrscheinlich sogar noch wütender.«

»Du interpretierst da viel zu viel hinein.«

»Echt? Denk mal drüber nach. Wenn ich mich in die Club-App eingeloggt und mich heimlich mit einem Kerl getroffen hätte, mit dem ich mal gevögelt habe, was würdest du dann bitte schön machen, hm?«

Jonas' Kiefer verkrampft sich.

»Du würdest ausflippen, meinst du nicht? Oder dich zumindest fragen, warum zum Teufel ich dir nichts davon erzählt habe!«

Er atmet tief aus.

»Was, wenn ich dich damit zu beruhigen versucht hätte, dass ich nicht vorhatte, mit ihm zu schlafen? Sondern ihm nur vorspielen wollte, dass es noch passieren würde? Geile Strategie!«

Er funkelt mich an.

»Lass uns das Szenario doch noch ein bisschen weiterspinnen: Was wäre, wenn ich das letzte Jahr über jede Nacht mit einem anderen Typen geschlafen hätte – und zwar bis zu dem Zeitpunkt, an dem ich dich kennengelernt habe? Und dann renne ich in eine Bar, um meine letzte Bettgeschichte auf ein Gläschen Weißwein zu treffen: Willst du mir wirklich weismachen, dass du dich nicht fragen würdest, was zum Teufel ich vorhabe, wenn ich abends abhaue, weil ich ›noch was Dringendes zu erledigen‹ habe?«

Er presst die Lippen aufeinander.

»Verstehst du mich jetzt?« Meine Brust hebt und senkt sich. Er hat wirklich keine Ahnung, dass er heute Abend um ein Haar mein Herz in tausend Stücke gerissen hätte.

Einen Moment lang schweigen wir beide.

»Ich bin ein Vollidiot«, sagt er schließlich.

»Total bekloppt«, stimme ich ihm zu.

Er sieht niedergeschlagen aus.

»Das Problem ist doch nicht, dass du Stacy getroffen hast. Ich weiß ja ungefähr, was du erreichen wolltest. Das Problem ist, dass du mir nicht genug vertraut hast, um mit mir darüber zu sprechen.«

Er seufzt.

»Meine Fantasie hat mir heute Abend einen ziemlich bösen Streich gespielt, Jonas.« Ich seufze ebenfalls. »Deswegen bin ich überhaupt in die Bar gekommen.« Tränen steigen mir in die Augen. »Ich war total paranoid. Als ich gesehen habe, dass dein Auto noch in der Garage steht, habe ich mich daran erinnert, dass du immer gern zu Fuß in die Pine Box gegangen bist. Wenn du auf der Jagd warst.« Ich wische mir die Tränen aus dem Gesicht.

»Du hast gedacht, dass ich heute Abend eine Frau flachlegen will?!«

»Ich habe es in Betracht gezogen, ja.«

»Wie konntest du das auch nur eine Sekunde lang glauben?«

Ich sehe ihn mit hochgezogenen Augenbrauen an.

»Nach allem, was ich …« Er schüttelt den Kopf. »Nach Belize? Nach letzter Nacht? Das denkst du also von mir, ja?«

Ich sehe zur Seite.

»Ich würde so etwas nie tun! Sieh mich an. Ist dir denn nicht klar, dass ich verdammt noch mal dir gehöre?«

»Du hast das Club-iPhone aufgehoben.«

»Ja, weil ich es Trey schenken wollte.«

»Und heute Morgen lag es auf dem Tisch.«

»Ja, ich habe überlegt, wie wir dem Club das Handwerk legen können. Um mein wunderschönes, kostbares Baby zu beschützen. Nur darum geht es mir. Ich gehöre allein dir.«

»Hör auf, das zu sagen. Du bist doch nicht mein Besitz.«

»Doch.«

»Nein. Denn dann hättest du mir gesagt, was du vorhast.«

Jonas sieht mich unglücklich an.

»Jonas, dieser Abend war einfach schrecklich. Es hat mir wirklich um ein Haar das Herz aus der Brust gerissen. Ich habe mir ausgemalt, dass du nicht widerstehen konntest, Stacy eine Lektion in Sachen Ehrlichkeit zu erteilen – dass du erlöst werden wolltest.«

Seine Augen glühen. »Wie konntest du das nur denken?!«

»Mann! Vielleicht, weil ich euch zwei in der Bar gesehen habe und du mir nichts davon erzählt hast!«

Er wirft wutentbrannt die Hände in die Luft. »Meine Güte!«

»Aber dann hatte ich einen Geistesblitz. Moment mal, dachte ich. Jonas würde niemals mit einer Prostituierten in die Kiste steigen.«

Er nickt bekräftigend, weil ich endlich etwas Logisches gesagt habe.

»Aber genau da liegt doch das Problem. Ich hätte mich nicht damit beruhigen sollen, dass du niemals freiwillig eine Prostituierte anfassen würdest. Sondern mit der Gewissheit, dass du niemals fremdgehen würdest!«

Er fährt sich mit der Hand durchs Haar. »Ich dachte, das Thema hätten wir abgehakt. Erinnerst du dich daran, worüber wir in Belize gesprochen haben? Volle Kraft voraus und so? Nicht bis in alle Ewigkeit einen Schritt vor und zwei zurück? Keine Vertrauensprobleme mehr? Das hast du mir versprochen.«

»Ja, und dabei bleibt es auch. Ehrenwort. Ich habe dir ja total vertraut, bis du mir Anlass gegeben hast zu zweifeln.«

Er schüttelt den Kopf.

»Geheimnisse schaffen Räume in einer Beziehung, Jonas,

dunkle Räume. Wenn eine Person diese Räume kreiert, dann füllt die andere sie mit ihren Ängsten und Unsicherheiten.«

»Klingt logisch.«

»Danke. Hab ich mir gerade ausgedacht.«

»Es gefällt mir. Macht Sinn.« Er lächelt mich an. »Du bist wirklich verdammt schlau, weißt du das?«

Ich zucke mit den Schultern und könnte jeden Augenblick wieder anfangen zu weinen.

»Sarah, ich vertraue dir. Mehr, als ich je einer Frau vertraut habe. Ich habe dir Dinge erzählt ...« Er seufzt. »Ich habe mich dir auf eine völlig neue Art und Weise geöffnet.«

Ich zittere vor Kälte. »Lass uns weiterlaufen. Mir ist irre kalt.«

Er legt einen Arm um mich, und wir gehen weiter. Seine Nähe wärmt und beschützt mich, und Jonas riecht wahnsinnig gut, obwohl wir gerade Schmuddelsex auf der Männertoilette hatten. Seine körperliche Nähe tut bei all dem Chaos in meinem Kopf so gut, dass ich am liebsten »Schwamm drüber« sagen und ihn dann küssen würde. Aber meine Gefühle jetzt zu unterdrücken ist keine Lösung. Sie würden später nur mit voller Wucht herausbrechen. Wir müssen dieses Gespräch jetzt leider zu Ende bringen.

»Du hast mich dazu gebracht, diesen verdammten Wasserfall runterzuspringen, Jonas«, sage ich. »Und das, obwohl ich furchtbare Höhenangst habe.«

Er grinst. »Ich weiß.«

»Bis jetzt ging es immer nur um mich. Dass ich loslassen, mich hingeben soll. Und was ist mit dir?«

Er erwidert nichts.

»Du bist doch genauso verkorkst wie ich.«

»Definitiv!«

»Na, und was ist dann dein Wasserfall? Wann springst du für mich in die Tiefe?«

Eine Weile laufen wir schweigend weiter, bis er plötzlich

abrupt stehen bleibt, mich an sich zieht und mich küsst. Seine Nase ist eiskalt, aber seine Lippen sind warm.

»Das hier«, sagt er und umschließt mein Gesicht mit seinen Händen. »Jede einzelne Minute, die ich mit dir verbringe, springe ich innerlich einen Wasserfall hinunter. Verstehst du das?« Seine Augen glühen. »Du hast Höhenangst? Fein. Mir macht *das hier* Angst. Das zwischen uns. Es kommt mir vor, als stünde ich permanent auf einer Felskante und muss springen, immer und immer wieder. Ich weiß nicht, wie das geht, okay? Es ist alles so neu für mich, und ich kriege es nicht besonders gut hin. Na schön, manchmal vermassele ich es total. Aber ...« Er schluckt hart, ist offensichtlich tief bewegt. »Aber jedes Mal, wenn ich dein wunderschönes Gesicht sehe, deine zarte Haut streichle, dich küsse oder mit dir schlafe – o Gott –, jedes Mal, wenn ich mit dir spreche, lache oder dir meine geheimsten Geheimnisse erzähle, will ich am liebsten immer höher klettern und immer wieder springen. Wieder und wieder. Wegen dir.« Er zittert. »Und mit dir.«

Jetzt strömen die Tränen doch über meine Wangen.

»Weil ich dir gehöre, Sarah.«

Er küsst meine feuchten Wangen und übersät dann mein ganzes Gesicht mit kleinen Küsschen. Ich erwidere seine Liebkosungen, und wir halten uns aneinander fest.

»Einen Moment lang hatte ich solche Angst, dass ich dich heute Abend verlieren werde«, wispert er.

»Das hättest du auch beinahe.«

»Bitte verlass mich nicht, Sarah!« Er küsst mich leidenschaftlich. »Hab ein bisschen Geduld mit mir. Ich gebe mein Bestes.«

Ich schiebe eine Hand unter sein T-Shirt und fahre über seinen warmen Bauch, der ein bisschen klebrig vom Schweiß ist. Ich kann spüren, wie seine Muskeln sich leicht zusammenziehen.

»Ich weiß, Baby. Ich weiß. Und du machst das schon unglaublich gut.«

»Verlass mich nicht.«

Ich schmiege mich an ihn. »Keine Geheimnisse mehr, Jonas.«

»Versprochen.« Er lehnt sich zurück und sieht mir in die Augen. »Ich springe von jedem Wasserfall, den du dir aussuchst, Baby. Aber bitte gib mich noch nicht auf.«

Ein leichter Regen setzt ein, Tropfen fallen auf unsere Gesichter und den Gehweg. Ach, Seattle. Lass dir doch mal was Neues einfallen!

Ich nicke. »Lass uns heimgehen«, sage ich. »Mir ist gerade noch ein weiterer Punkt für meine To-do-Liste eingefallen.«

Seine Miene erhellt sich.

»Du wirst heute noch einen Salto rückwärts vom Wasserfall für mich machen, Baby. Ob es dir gefällt oder nicht.«

Jonas

Als wir zur Tür hereinkommen, sieht Josh vom Fernseher auf. Wir sind ganz nass von dem Nieselregen und gleichzeitig total überdreht. Josh wiederum sitzt gemütlich auf der Couch, schaut ein Basketballmatch und trinkt Bier.

»Also, so was! Du bist ganz schön ausgefuchst, Miss Sarah Cruz. Machst es einem wirklich nicht leicht, dich im Auge zu behalten! Sorry, Bro, sie ist mir glatt entwischt, ohne dass ich es gemerkt habe.«

»Ich bin losgezogen, um Jonas und die Nutte auszuspionieren«, erklärt Sarah.

»Ah, du hast Jonas' brillanten Plan also durchschaut, ja?«
»War nicht besonders schwer.«
»Und, warst du sauer?«
»Ach, nur ein kleines bisschen«, meint Sarah.
»Tja, Jonas. Ich habe dich gewarnt«, sagt Josh.
»Ja, ja, ich bin ein Trottel, ich weiß«, erwidere ich. »Du hättest sie sehen sollen. Sie hat einen fantastischen Auftritt hingelegt und sich der Sache sofort angenommen. Sie war toll.«

»Das überrascht mich nicht im Geringsten. Und ich meine mich daran zu erinnern, dass ich dir vorgeschlagen habe, sie von Anfang an um Rat zu bitten.«

Sarah lacht. »Du hättest Jonas' Gesicht sehen sollen, als ich reinkam. Der wäre umgefallen, wenn ich ihn auch nur angepustet hätte.« Sie sieht mich verschmitzt an. »Das hat mir gefallen.«

O Mann, ich muss diese unglaubliche Frau auf schnellstem Wege in mein Bett befördern.

»Josh, Mann, es tut mir leid, aber du musst heute Abend woanders schlafen. Nimm dir doch ein Hotelzimmer oder so«, sage ich. Ich drehe innerlich beinahe durch. Mein Baby hat irgendeine versaute Sache mit mir vor, und ich kann es nicht erwarten, dass sie ihren Plan in die Tat umsetzt. Allerdings habe ich keine Lust, dass Josh uns zuhört, während er in aller Ruhe Tortillachips futtert.

»Ein Hotel?« Er sieht uns an und versteht sofort, worum es geht. »Ach, komm schon! Ich gehe einfach in mein Zimmer, das ist doch weit genug weg. Meinetwegen höre ich Musik oder drücke ein Kissen auf meinen Kopf. Ich will mir heute einen gemütlichen Abend machen und das Spiel sehen. Ich hatte einen langen Tag.«

»Nein, du musst raus hier. Sorry.«

Er verdreht die Augen. »Na schön«, schnaubt er. »Dann rufe ich vielleicht das Wilde-Partygirl mit Bindestrich mal an. Kannst du mir ihre Nummer geben, Sarah?«

»Klar, aber sie hat heute schon was vor. Hängt mit ihrem neuen Bodyguard ab. Oh, sie richtet dir übrigens ihren Dank aus, Jonas. Sie findet ihn nämlich toll – noch süßer als Kevin Costner. Als sie davon erzählt hat, hat sie direkt eine wunderschöne Whitney-Houston-Performance hingelegt.«

Ich lache.

»Du hast ihr einen Bodyguard organisiert?!«, fragt Josh ungläubig. »Warum hast du nicht mich gefragt? Ich hätte einfach Zeit mit ihr verbracht und gleichzeitig aufgepasst, dass ihr nichts passiert.«

Ich zucke mit den Schultern. »Auf die Idee bin ich nicht gekommen. Schließlich hast du doch eine Menge zu tun, oder?« Ich strahle Sarah an. »Außerdem mache ich mir nach Sarahs Auftritt in der Bar keine Sorgen mehr um Kats Sicherheit.« Ich küsse Sarahs Nasenspitze. »Du bist so unglaublich clever, Baby.« Wir beginnen, uns leidenschaftlich zu küssen. Gott, wie ich sie mir gleich vornehmen werde! Zuerst schlafe ich ganz hingebungsvoll und formvollendet mit meiner bezaubernden Sarah. Und dann ficke ich Orgasma die Allmächtige um den Verstand.

Josh räuspert sich. »Leute, ich bin immer noch hier!«

Ich löse mich von Sarah und funkle ihn an. »Musst du denn nicht noch dringend irgendeinen Akquisebericht analysieren?« Ich lache. Was bin ich nur für ein Heuchler! Seit wir den Kletterhallen-Deal abgeschlossen haben, habe ich für unser Unternehmen keinen Finger mehr krumm gemacht.

»Ja, eigentlich wollte ich genau darüber kurz mit dir reden. Sarah, darf ich dir Jonas für fünf Minuten entführen?«

»Nicht jetzt«, sage ich schnell. »Ich muss heute noch für Sarah vom Wasserfall springen, um ihr meine unerschütterliche Hingabe zu beweisen.«

Sarah gibt mir einen Klaps auf die Schulter. »Jonas!«

»Was denn?« Ich lache und ziehe sie hinter mir her Richtung Schlafzimmer.

»Nein, wir müssen uns wirklich sofort unterhalten, Bro. Fünf Minuten!«

»Komm, sprich mit deinem Bruder«, sagt auch Sarah. »Ich brauche sowieso einen Moment, um den Wasserfall aufzubauen.« Sie grinst breit. »Ich warte auf dich, mein Großer! Sehen wir uns denn morgen noch, Josh?«

»Wahrscheinlich nicht.« Josh sieht mich mit versteinerter Miene an. Mist. Irgendetwas ist im Busch. »Aber ich werde sowieso bald wieder in Seattle sein. Jederzeit, wenn es nötig ist.«

Sarah geht zu ihm, umarmt ihn und flüstert ihm dann noch etwas ins Ohr. Er küsst sie auf den Scheitel, als wäre sie ein kleines Kind, und sie nickt mit rotem Kopf. Ehe sie den Raum verlässt, schenkt sie mir noch ein breites Grinsen.

Ich lasse mich neben Josh auf die Couch plumpsen. »Also, worum geht es?«

»Ich wollte dich gerade dasselbe fragen.«

Ich seufze, weil ich genau weiß, worauf er sich bezieht. »Ich weiß. Ich habe in letzter Zeit bei Faraday & Sons hauptsächlich durch Abwesenheit geglänzt. Sorry.«

»Sag es einfach geradeheraus. Was ist los?«

Ich atme tief aus und reibe meine Schläfen. »Es geht nicht mehr, Josh. In mir wurde irgendein Schalter umgelegt, und jetzt kann ich nicht mehr so tun, als ob. Ich kann keinen Anzug mehr anziehen und irgendeine Maske aufsetzen. Ich war nie diese Art von Mann, und ich will es auch nicht länger versuchen. Ich bin durch damit.«

»Bist du dir sicher?«, fragt Josh seufzend.

»Faraday & Sons hat mir nie was bedeutet, das weißt du. Und jetzt, wo wir die Kletterhallen haben und ich mit Sarah zusammen bin, habe ich keinen Nerv mehr für diesen Mist. Ich weiß jetzt, was ich will.«

»Ach ja? Und was ist das?«

»Ich will aus Climb and Conquer eine weltbekannte Kette machen. Nicht nur, was die Hallen an sich angeht, sondern die ganze Marke – es soll ein Lifestyle daraus werden. Klamotten, Schuhe, Ausrüstung. Vielleicht noch ein Blog oder ein Magazin. Climb and Conquer soll für Abenteuer, Fitness und das Streben nach Exzellenz stehen. Für die individuelle und zugleich universelle Herausforderung, die Idee seiner selbst zu finden. Die vollkommene Form sozusagen.«

Josh lächelt. »Klingt echt gut, Bro.«

»Ja, ich glaube, das ist es, wofür ich geschaffen bin. Was habe ich davon, wenn ich noch mehr Mist akquiriere? Ich habe doch sowieso schon so viel Geld, dass ich gar nicht mehr weiß, was ich damit anstellen soll. Was soll das also bringen?«

Josh nickt. »Okay. Was noch?«

»Ich will klettern. Logisch. Die höchsten Gipfel weltweit besteigen, und zwar mit dir.«

»Die zwei Musketiere.«

»Yeah. Die Faraday-Zwillinge.«

Er schenkt mir ein kleines Lächeln.

»Ich habe einfach die Nase voll von Bankern und Finanzberatern und Anwälten und Steuerberatern. Ich will Zeit mit Leuten verbringen, die mich verstehen – Menschen, die das Klettern genauso lieben wie ich.«

Josh nickt, wahrscheinlich hat er sich das längst gedacht. Ich habe nie wirklich in die Businesswelt gepasst. Natürlich hat man mir das nicht angemerkt, weil ich meine Sache ziemlich gut gemacht habe, aber ich habe mich immer fehl am Platze gefühlt. Josh weiß das, hat das immer gewusst. Aber die meisten anderen haben keine Ahnung, und ich will ihnen nicht länger etwas vorspielen.

Ich seufze. »Und vor allen Dingen will ich so viel Zeit wie möglich mit Sarah verbringen.« Ein Schauer läuft mir über den Rücken. »Um ein Haar hätte ich heute Abend alles kaputt gemacht. Einen Moment lang dachte ich wirklich, dass ich sie verloren habe.« Ich fahre mir mit der Hand durchs Haar. »Du hattest recht. Natürlich war das Ganze nicht so simpel, wie ich dachte.«

»Was für eine Überraschung! Hab ich dir doch gesagt, Schwachkopf.«

»Ich kann dir nicht widersprechen. Ich hatte solche Angst, dass sie mich verlässt.«

Josh grinst mich an. »Ich hab dir noch gesagt, dass du es nicht vermasseln sollst, und was machst du?«

»Ich weiß, ich weiß. Jede andere Frau hätte Hackfleisch aus mir gemacht. Ich habe großes Glück, dass Sarah so klug ist. Aber noch einmal kann ich mir so was nicht leisten!«

»Sie ist wirklich zu gut für dich, Bro! Ich mag sie.«

»Na, das tue ich auch.«

Josh atmet tief ein. »Das ist also alles, was du willst? Oder steht noch mehr auf der Liste?«

»Eine Sache noch.« Ich beiße mir auf die Unterlippe und überlege, wie ich es ausdrücken soll. »Ich würde gern weniger an mich selbst denken und stattdessen was Sinnvolles tun.« Kurz halte ich inne. »Vielleicht könnte Climb and Conquer ein paar Aufträge für Faraday & Sons betreuen und einen Teil aller Gewinne spenden – nicht aus PR-Gründen, sondern als Geschäftsmodell. Grundsätzlich geht es mir darum, die Welt zu einem besseren Ort zu machen. Jeden Tag.«

Josh sieht mich an, als hätte ich mich in einen Alien verwandelt. Und ich kann ihn verstehen. So etwas habe ich nie zuvor gesagt. Er ist derjenige von uns beiden, der sich für gute Zwecke starkmacht – trotz seiner Schwäche für schnelle Autos und anderes teures Spielzeug. Er kümmert sich darum, dass sich die Jugendliga oder Kinder mit Leukämie von unserer Loge aus Spiele ansehen können. Er ruft seine Promifreunde an und bittet sie darum, eine signierte Gitarre oder einen signierten Pullover an eine Charity-Auktion zu spenden.

Und er ist derjenige, den alle möglichen Leute als Erstes anrufen würden, wenn sie in einem Gefängnis in Tijuana gelandet oder ohne Benzin auf dem Highway gestrandet wären. Obendrein hat er mir jedes Mal geholfen, wenn ich Probleme hatte.

Plötzlich muss ich daran denken, wie wichtig es Sarah ist, zu helfen und die Welt zu verändern, und wie sie ihren Worten jeden Tag Taten folgen lässt. Josh und ich haben so viel Geld, und was fangen wir damit an? Sarah hingegen kommt aus einfachsten Verhältnissen und tut alles dafür, um ein Stipendium zu bekommen. Nur um hinterher einen Job anzunehmen, bei dem sie wieder nichts verdienen wird, dafür aber anderen Menschen helfen kann. Ja, ich will ihr zuliebe ein besserer Mensch werden.

»Ich werde ab heute zu dem Mann werden, der ich schon immer hätte sein sollen«, sage ich leise. »Zur Idee des Jonas Faraday. Ich will so werden, wie sie es sich gewünscht hätte.«

Josh reibt sich die feuchten Augen. Er weiß genau, wen ich mit »sie« meine – unsere Mom. Er räuspert sich, kriegt aber kein Wort heraus. Draußen gießt es jetzt in Strömen, und der Regen schlägt ans Fenster und prasselt aufs Dach.

Josh verpasst sich selbst die altbewährte Ohrfeige.

»Okay, Sportsfreund. Klingt nach 'nem guten Plan!«

Ich verpasse mir ebenfalls eine ordentliche Backpfeife. »Okay, Sportsfreund.«

»Ich bin stolz auf dich«, sagt Josh leise.

»Und ich auf dich.«

Kurz sehen wir uns an. Die Faraday-Zwillinge wurden nun einmal nicht dazu erzogen, »Ich liebe dich« zu sagen. Weder zueinander noch zu sonst jemandem. Aber auf unsere Weise haben wir einander gerade genau das mitgeteilt.

»Wann willst du eine Pressemitteilung zu deinem Ausstieg rausgeben?«

»Gib mir noch ein paar Tage Zeit. Ich werde sie selbst schreiben, damit nicht schon vor der offiziellen Bekanntgabe Infos durchsickern. Und ich will es auch Onkel William persönlich sagen, das bin ich ihm schuldig. Na, und mein Team soll es natürlich auch von mir erfahren. Ich will ihnen versichern, dass sie keine Angst um ihre Jobs haben müssen und dass das Team erhalten bleibt. Dass wir weiterhin Übernahmen tätigen werden, bla, bla, bla. Wir müssen uns auch noch Gedanken darüber machen, wer mein Team künftig leiten soll – ob wir intern oder besser landesweit nach jemandem suchen. Vielleicht wäre es auch sinnvoll, dass du die Leitung zusätzlich zu der deines eigenen Teams übernimmst? Du bist ja sowieso häufig in Seattle.«

Josh sieht mich versteinert an und sagt kein Wort.
»Was denkst du?«
Josh erwidert nichts.
»Josh? Fällt dir dazu irgendetwas ein?«
Er atmet tief aus. »Shit. Mir ist Faraday & Sons eigentlich auch total egal.«

Sarah

Ich vermute, dass Jonas im ersten Moment besorgt reagieren wird, vielleicht sogar ängstlich. Schließlich hat er als kleiner Junge miterleben müssen, wie seine Mutter gewaltsam gefesselt wurde.

Genau deswegen habe ich diese Aktion als eine Art metaphorischen Wasserfall für ihn ausgesucht. Mein Wasserfall war immerhin an die zehn Meter hoch, deswegen darf auch seiner keine Spazierfahrt sein. Ich hoffe nur, dass er diese Situation mithilfe meiner Überredungskünste und einer Menge Zärtlichkeit mit neuen Augen sehen kann – und die quälenden Erinnerungen aus seiner Kindheit durch schöne und vor allem erwachsene ersetzt werden können. Einen Versuch ist es wert!

Jonas' Bett hat ein ganz schlichtes Design, verfügt also über keine Bettpfosten. Dann muss ich wohl kreativ werden.

Mit Krawatten aus seinem Schrank bastle ich vier lange Fesseln, die ich an den Füßen des Bettes festbinde. Diese ultramoderne Konstruktion vollende ich an jedem Krawattenende mit einem schicken Knoten, den ich mir von YouTube habe beibringen lassen. Natürlich ist diese Variante nicht ansatzweise so praktisch wie das luxuriöse Bondagelaken mit weichen Klettverschlussfesseln, das jemand akribisch genau in einer Bewerbung für den Club beschrieben hat, aber die Idee zu dieser Art von Dämonenaustreibung kam mir eben erst vor einer Stunde. Wenn man bedenkt, wie wenig Zeit ich hatte, kann ich mit dem Ergebnis eigentlich sehr zufrieden sein. Ich stöbere in Jonas' Schrank nach ein paar anderen Kleidungs- oder Stoffstücken, mit denen ich ihn necken könnte, während er gefesselt ist, aber da ist nicht viel zu holen. Sein Schrank ist voller sorgfältig aufgehängter Anzüge und Hemden, perfekt gefalteter Jeans und T-Shirts und voller Schuhe, die in einer schnurgeraden Reihe stehen. Dann gibt es da noch eine Auswahl an modernster Sportbekleidung, Fleecepullis und Jacken. So ist Jonas' Geschmack eben: simpel, wohlgeordnet und wunderschön – und leider in keiner Weise für schmutzige Spielchen geeignet.

Dieser Kerl besitzt offenbar nichts, was Federn hat, fransig, plüschig oder mit Perlen bestickt ist. Und auch keine Peitschen, Ketten, Nippelklemmen, Buttplugs, Dildos oder Pferdetrensen. Gott sei Dank. Ich lächle. Mein Freund hat einen sehr schlichten Geschmack, und das mag ich an ihm. Selbst wenn direkt neben uns ein gigantischer Sexshop wäre, würde ich kein Spielzeug benutzen wollen – zumindest heute nicht. Zum einen habe ich noch nie welches verwendet und wüsste gar nicht, wie das geht. Aber vor allem turnt Jonas so etwas überhaupt nicht an. Und darum geht es schließlich heute: ihn anzuturnen und eine neue Art des Vertrauens in ihm wachsen zu lassen.

Ich dusche rasch, putze mir die Zähne und krieche dann ins Bett, um auf meinen Liebsten zu warten. Neben mir steht mein schicker neuer Laptop, und ich lasse »Sweater Weather« von The Neighbourhood laufen. Ich liebe diesen Song! Also schließe ich die Augen, strecke mich und atme tief ein und aus, während ich jede Sekunde des Liedes genieße. Irgendwann berühre ich mich selbst und denke an den Traum mit dem Poltergeist-Jonas. Ich stelle mir vor, wie der Rotwein über meinen Bauch und meine Schenkel gelaufen ist und wie Jonas meinen ganzen Körper abgeleckt hat, während uns all die anderen Gäste beobachtet haben. Als ich zu der

Stelle komme, wo Jonas mir vor versammelter Mannschaft seine Liebe gesteht, bin ich schon so erregt, dass ich mich wahnsinnig nach ihm sehne. Endlich geht die Tür auf. Ich sehe ihn an und fahre mir mit der Zunge erwartungsvoll über die Lippen. Er entdeckt die Krawatten am Bett, und sein Gesicht verfinstert sich.

»Nein, Sarah.«

Genau die Reaktion, mit der ich gerechnet habe. In seiner Bewerbung hat er ja ganz klar gesagt, dass alles, was in irgendeiner Weise mit Gewalt zu tun hat, für ihn tabu ist – also auch Fesselspiele. Allerdings war das, bevor er mich kennengelernt hat! Ehe uns diese schwere Geisteskrankheit befallen hat. Ehe ich seinetwegen einen Wasserfall hinabgesprungen bin. Ehe ich mich in Orgasma die Allmächtige verwandelt habe. Und ehe er sich hinter meinem Rücken mit Stacy der Fakerin verabredet und mich an ihm zweifeln lassen hat.

»O doch«, gurre ich. »Komm her, Baby.«

»Nein, das mache ich nicht. Sorry.«

Ich stehe auf, gehe auf ihn zu und greife nach seinen Händen, um ihn zum Bett zu ziehen. Aber er wehrt sich und rührt sich nicht von der Stelle.

»Ich habe so was auch noch nie gemacht. Aber ich will es mit dir ausprobieren.«

Ich fange an, seine Jeans aufzuknöpfen, und er tritt einen Schritt zurück. »Ich werde dich nicht fesseln, Sarah. Auf keinen Fall.«

Ich lächle. »O Baby, nein. Nicht *du* fesselst *mich*, sondern *ich* fessle *dich*!«

Er zieht scharf die Luft ein. Damit hat er nicht gerechnet. Auf einmal ist er kreidebleich.

Ich streiche vorsichtig über seine wunderschönen Lippen. »Du gehörst also mir, ja? Na, heute Nacht kannst du es mir beweisen.«

Seine Brust hebt und senkt sich schnell.

»Vertraust du mir?«

Er schließt die Augen. »Ich würde alles für dich tun. Aber nicht das.«

»Vertrau mir«, sage ich. »Komm schon.«

Er seufzt. »Ich habe keinerlei Interesse an dieser Sache, Sarah.«

»Und ich hatte keine Lust, in einer stockfinsteren Höhle in die Tiefe zu springen. Aber du hast mir keine Wahl gelassen – und es hat mein Leben verändert. Ich werde dir auch keine Wahl lassen. Das hier ist dein Wasserfall.«

Als er nichts erwidert, fahre ich fort. »Jonas, ich bin trotz meiner Angst schließlich gesprungen – im wörtlichen und übertragenen Sinne. Hinterher haben es mir sowohl mein Körper als auch meine Seele gedankt. Jetzt bist du an der Reihe.«

Er tritt von einem Fuß auf den anderen und schüttelt nachdenklich den Kopf.

Langsam reicht es mir. »Das hier ist die Strafe für das, was du heute Abend getan hast. Was mich angeht, führt nur dieser Weg aus der Sache heraus.«

Er sieht mich trotzig an. »»Wissen, das unter Zwang erworben wird, hat keinen Halt im Geiste.‹«

Das ist garantiert schon wieder der alte Platon. Drauf gepfiffen! »Ich habe auch extra ein Platon-Zitat für dich rausgesucht«, sage ich. »Pass auf.«

Er zwinkert mir zu.

»›Tapferkeit ist der Weg zur Erlösung.‹«

Jonas zieht einen Flunsch.

»Komm schon, Baby«, sage ich leise. »*Madness*. Versuch loszulassen. Hinterher wirst du mir dankbar sein.«

Er sieht gequält zum Bett. »Sarah …«

»*Madness*«, wiederhole ich.

Er seufzt und zieht schließlich zögernd sein Hemd aus. Sein muskulöser Brustkorb hebt und senkt sich bei jedem

Atemzug, und ich weiß, dass ich nie genug von seinem nackten Oberkörper bekommen werde. Ich berühre das Tattoo auf seinem linken Unterarm.

»»Der erste und beste aller Siege eines Menschen ist die Eroberung seiner selbst«, flüstere ich.

Er nickt. Ich ziehe an dem Bund seiner Jeans, und er zieht sie aus.

Als er nackt vor mir steht und ich seine Erektion sehe, wird mir klar, dass sein Körper längst bereit ist für das, wogegen sein Verstand sich noch immer vehement wehrt. Er ist so unglaublich schön.

»Lass mich noch kurz duschen«, sagt er und schluckt hart.

»Beeil dich.«

Als er weg ist, krieche ich wieder ins Bett, stelle einen anderen Song an (»Fall in Love« von Phantogram) und warte, während ich mir erneut meinen neuen Lieblingstraum vorstelle. Wein, Zuschauer, »Ich liebe Sarah Cruz«. Das Pochen zwischen meinen Beinen tut beinahe weh.

Plötzlich spüre ich seine warme Haut auf meiner. Seine Lippen auf meinen Brüsten. Seine Hand, die die Innenseite meines Schenkels hinaufwandert.

»Nein«, flüstere ich. »Dieses Mal bestimme ich.«

»Lass mich mit dir schlafen«, flüstert er und küsst sich an meinem Bauch hinab.

Die Vorstellung, einfach nachzugeben, ist sehr verlockend. Wie schön wäre es, mich jetzt verwöhnen zu lassen … Verdammt noch mal, nein! Ich habe mir mit den Krawatten schließlich richtig Mühe gegeben, da werde ich das Fesselspiel auch durchziehen!

Ich setze mich auf und schiebe ihn zurück. »Du machst das, was ich dir befehle. Von jetzt an zählt es nicht mehr, was du willst.«

Er presst die Lippen aufeinander.

»Ich meine es ernst.«

Er lässt seinen Blick an mir auf und ab wandern. »Du bist wunderschön«, flüstert er, und sein Schwanz beginnt zu zucken. »Können wir nicht einfach miteinander schlafen?«

»Jonas, ich habe doch schon gesagt, dass du ab jetzt nichts mehr zu melden hast. Also sag nichts, solange du nicht gefragt wirst.«

»Ich kann nicht anders, du bist so verführerisch. Göttin und Muse zugleich, Sarah Cruz.«

Ich ignoriere ihn und klettere aus dem Bett. »Komm her.«

Er verdreht die Augen, tut aber widerstrebend, was ich gesagt habe. Schließlich steht er unbeholfen vor mir, mit einer prächtigen Erektion und angespannten Muskeln.

»Von jetzt an sagst du nur noch etwas, wenn ich dich dazu auffordere. Mein Wille geschehe.«

Er seufzt.

»Wenn du durchdrehst oder so, dann höre ich sofort auf und binde dich los. Sag einfach, ähm …« Man merkt, dass ich so was noch nie gemacht habe. Ich bin wirklich eine miese Domina.

»Willst du mir jetzt etwa mit einem *Safeword* kommen?«, fragt er ungläubig.

»Jepp.« Ich streiche mit dem Finger über seine Bauchmuskeln, bis ich an seinem steifen Penis angekommen bin. Das Pochen zwischen meinen Beinen wird stärker, und als ich seinen Penis berühre, keucht Jonas auf.

»Sarah, komm schon. Lass mich dich kosten. Ich sorge dafür, dass du vor Verlangen vergehst, und dann gebe ich dir alles, was du willst, ja?«

»Nein. Ich kann nicht länger warten, Jonas. Du bist viel zu verlockend, und ich werde gerade schon wieder wahnsinnig feucht! Legst du dich jetzt bitte endlich hin und lässt dich fesseln?«

»Sarah«, seufzt er. »Ich mache kein Bondage. Du verstehst es nicht: Ich kann nicht!«

»Du denkst, dass du es nicht kannst – aber mit mir kriegst du es hin! Weil mit mir alles möglich ist.«

Er knurrt frustriert. »Du verstehst es nicht!«

Allmählich werde ich wütend. »Du schuldest mir einen verdammten Wasserfall, Jonas! *Einen* Wasserfall, mehr verlange ich nicht.« Ich verschränke meine Arme. »Aber auch nicht weniger. Das kann doch nicht so schwer sein. Jeder andere Mann würde juchzend vor Freude ins Bett hüpfen. *Juepucha, culo.*«

Er öffnet schon den Mund, um etwas zu erwidern, schließt ihn dann aber wieder. »Wenn ich das jetzt mache, dann bleibt es bei diesem einen Mal. Dann war es das mit diesem Fesselscheiß.«

Ich bin unerbittlich. Wir werden sehen.

»Sarah, das ist ... mein wunder Punkt. Verstehst du das denn nicht?«

Plötzlich stehen mir alle Nackenhärchen zu Berge. Vielleicht war das ja doch keine gute Idee. »Okay. Erklär es mir, Jonas.« Auf einmal bin ich unsicher.

»Ich ...« Er beißt die Zähne zusammen. »Ich mache es.« Er setzt sich aufs Bett, und seine Erektion, die ihn immer noch Lügen straft, steht wie eine Eins. »Lass uns loslegen.«

»Jonas?«

»Ist schon gut!«, sagt er angespannt. »Du willst einen Beweis. Da hast du ihn. Na los. Fessel mich und tu, was du nicht lassen kannst.«

So habe ich mir das nicht vorgestellt. Dass er ängstlich sein würde, habe ich mir gedacht – aber nicht, dass er so sauer sein würde.

»Okay«, sage ich schließlich langsam. Ich habe keine Ahnung, wie ich mit dieser Situation umgehen soll. »Wie lautet denn nun das *Safeword*?«

»So einen Mist brauche ich nicht. Was solltest du mir denn schon tun?«

»Das macht man eben so.«

»Wer sagt das?«

Ich werfe die Hände in die Luft. »Keine Ahnung – irgendwelche Blogs eben! Ich habe doch auch keine Erfahrung damit.« Ich schüttle den Kopf. »Wieso machst du es mir denn so schwer? Du bist wirklich der schlechteste Sklave, den die Welt je gesehen hat! Du zerstörst meine ganze schöne Fantasie. Manometer, dabei war ich so angeturnt!«

Er funkelt mich an. »Na schön«, sagt er schließlich, aber sein Blick ist immer noch hart. »Dann überlegen wir uns eben ein *Safeword*.« Er sieht grübelnd an die Decke.

»Platon?«

Das bringt ihn beinahe zum Lächeln, und sein Blick wird etwas weicher. »Gott, nein! Den halten wir mal schön raus aus unseren Fesselspielchen. Hab ein bisschen Respekt vor dem Urvater des modernen Denkens!«

Ich lächle ihn an. »In Ordnung. Dann lass es uns doch einfach halten ... Wie wäre es mit ›stopp‹?«

»Nein. Das sage ich immer, wenn du mich überfällst, aber dann meine ich es nicht wirklich so. Ich kann dir nicht widerstehen, das weißt du.« Er deutet auf eine der Fesseln. »Sieht man ja.«

»Gut, dann such du was aus. Es kann alles sein – Katze, Hund, Wassermelone, Ahoi-Brause, Dumbledore, was auch immer.«

Sein Grinsen wird breiter, auch wenn ihm das wahrscheinlich nicht passt. »Ich glaube eigentlich nicht, dass das wirklich nötig ist.« Plötzlich kommt ihm ein Gedanke. »Du hast doch nicht vor, mir wehzutun, oder? So richtig, meine ich.«

»Natürlich nicht! An Schmerz habe ich genauso wenig Interesse wie du. Ich muss mich nur ein bisschen abreagieren.«

»Musst du das, ja?«

»Jonas, das hier läuft überhaupt nicht so, wie ich es mir

vorgestellt habe!« Ich lasse mich neben ihm auf dem Bett nieder. »Ich versuche, dich in die Knie zu zwingen, dich dazu zu bringen aufzugeben und dich in den Wahnsinn zu treiben. Und du kooperierst überhaupt nicht!« Jetzt schmolle ich.

»Baby«, sagt er und umarmt mich. »Lass mich doch einfach deine Pussy lecken, dich zum Höhepunkt bringen und dir dadurch meine Hingabe beweisen. Dafür brauche ich doch keine Krawatte um meine Handgelenke! Du bist und bleibst meine Göttin.« Er schiebt eine Hand zwischen meine Beine. »Deine Pussy ruft wirklich wie eine Sirene nach mir. Ich kann sie beinahe schmecken.« Er schiebt sanft einen Finger in mich hinein und steckt ihn sich dann in den Mund. »Mhhhh.«

Ich zittere vor Erregung.

»Lass mich den Ärger von vorhin mit dem Orgasmus deines Lebens wiedergutmachen.« Er schiebt seine Hand erneut in meinen Schritt und küsst meinen Hals. »Ich spüre doch, dass du bereit für mich bist, Baby.« Er will mich erneut küssen, aber ich schubse ihn mit letzter Kraft weg und stehe auf.

»Verdammt, Jonas! Es geht immer nur darum, was du willst. Wenigstens manchmal muss es aber auch um meine Wünsche gehen!« Meine Wangen glühen. »Und ich will das hier. Jetzt.«

Er sieht mich fassungslos an. »Aber deine Wünsche haben doch immer oberste Priorität für mich! Dein Vergnügen ist zugleich meines. Immer.« Er steht mit ernster Miene vor mir.

»Na, und ich will jetzt eben diese Art von Vergnügen. Zumindest dieses eine Mal.« Ich recke mein Kinn. »Springst du jetzt von deinem ganz persönlichen Wasserfall oder nicht?« Mein Schritt pulsiert vor Lust. Ich werde jeden Moment über ihn herfallen und meinen eigenen Plan sabotieren.

Er seufzt. »Ja, ich springe. Weißt du doch. Ich kann dir einfach nicht widerstehen.«

»Alles klar. Dann lass uns jetzt endlich mal das Wort festlegen!« Ich schnappe mir mein Smartphone vom Nachttisch und lasse mich wieder auf der Bettkante nieder. Er setzt sich neben mich und linst über meine Schulter aufs Telefon.

»Um Himmels willen«, sage ich, als ich die Suchergebnisse von Google auf meine Frage *Was ist ein gutes Safeword?* sehe.

»Sie schlagen das Ampelsystem vor. Mal was ganz Neues!«

»Ah«, sagt Jonas. »Eine besonders ausgefuchste Methode!«

Ich pfeffere das Smartphone zurück auf den Tisch. »Okay, Grün steht für ›Volle Kraft voraus‹, Gelb für ›Ich find es nicht so toll, aber du musst nicht gleich damit aufhören‹ und Rot für ›Hör sofort auf, du Verrückte, sonst drehe ich durch!‹.«

Er lacht. »Du klingst wie ein Vollprofi!« Dann sieht er sich besorgt im Zimmer um. »Du hast doch hier nicht irgendwo einen riesigen Sack voller Dildos versteckt, oder? Das ist eine Sache zwischen dir und mir, ohne irgendwelche seltsamen Gegenstände, hoffe ich.«

Ich grinse. »Warte doch einfach mal ab. Du wirst schon sehen, was ich so mit dir anstelle.«

»Ehrlich?« Er schaut mich skeptisch an, und ich verdrehe die Augen. »Nein, Jonas. Ich werde dir weder einen riesigen Dildo hinten reinschieben, noch glühende Zigaretten auf deinem Arm ausdrücken oder auf dich draufpinkeln. Leg dich einfach hin und vertrau mir. Wann immer du willst, dass ich aufhöre, gibst du einfach Bescheid, und ich lasse dich sofort in Ruhe. Versprochen.« Ich sehe ihn erwartungsvoll an. »Aber wenn ich erst einmal angefangen habe, willst du garantiert nicht mehr, dass ich aufhöre.« Ich lächle, und Jonas seufzt.

»Sex sollte ein Vergnügen sein und nichts anderes. Vor allen Dingen kein Schmerz.«

»Ach nee, Jonas. Was du nicht sagst! Hab doch mal ein

bisschen Vertrauen, verdammt noch mal. Dein Vergnügen ist meines. Und nur darum soll es jetzt gehen – um dein Verlangen. Um dich und mich.«

Er atmet erneut aus und rutscht in die Mitte des Bettes. »Okay. Ich mache das hier für dich.«

»Danke, Heilige Maria Mutter Gottes!« Ich hebe dramatisch die Arme gen Himmel. »Okay, jetzt geht's los. Überlass alles mir.«

»Aber sei nett zu mir, Baby. Mehr verlange ich nicht.«

»Ich könnte doch niemals gemein zu dir sein!«

Jonas

»Ist das zu fest?«, erkundigt sie sich. Ich ziehe probeweise an den Schlaufen.

»Nein.«

Eigentlich kann ich nicht fassen, dass ich das zulasse. Wenn sie wüsste, wann ich zum letzten Mal so fixiert wurde, unter vollkommen anderen Umständen, dann würde sie das hier nie von mir verlangen. *Fuck.* Ich hätte nicht Ja sagen sollen.

»Hast du es bequem?«

»Nein.«

»Okay, lass es mich anders formulieren: Brauchst du in körperlicher Hinsicht noch irgendwelche Justierungen?«

»Nein.«

»Du bist ein furchtbarer Sklave, wie gesagt!«

Ich seufze. »Na, das will ich schwer hoffen!«

Sie zieht eine weitere Krawatte hervor und legt sie über meine Augen.

»Nein! Baby, bitte nicht. Es turnt mich so an, dich zu sehen. Deine Haut. Deine Augen. Dein Haar. Bitte.«

»Pst«, sagt sie. »Jetzt wird nicht mehr geredet.«

Der Song auf ihrem Laptop endet, und man kann nur noch das Prasseln des Regens an der Fensterscheibe hören.

Sarah knotet die Augenbinde fest, und ich kann überhaupt nichts mehr sehen. Ich beiße mir auf die Unterlippe und spüre, wie heftig mein Herz pocht. Mir dreht sich der

Magen um. Gleichzeitig steht mein Schwanz wie eine Eins. Verräter.

»Gelb«, flüstere ich.

»Ich hab doch noch gar nichts gemacht!«

»Ich meine die ganze ... Situation. Sarah, hör mir zu.«

Stille.

»Ich höre zu«, sagt sie dann leise. Das Prasseln des Regens ist mittlerweile heftiger geworden.

»Ich ...« Ich kann ihr nicht von der geistigen Umnachtung erzählen. Nicht jetzt, nicht in dieser Situation. Sie weiß zwar, dass ich verkorkst bin, aber nicht, dass es so übel ist. Wenn sie das wüsste, würde sie mich garantiert nicht mehr wollen. »Egal. Vergiss es.«

»Ist Josh weg?«, fragt sie.

»Bitte erwähne meinen Bruder jetzt nicht – wenn ich dabei nackt und gefesselt auf meinem Bett liege, wird mir davon wirklich schlecht!«

»Ich muss was aus der Küche holen und habe nichts an, du Schlaumeier.«

»Oh, langsam wird das was mit dem Dominagehabe! Ja. Er ist auf dem Weg zum Flughafen.«

»Bin gleich wieder da!«

Weg ist sie, und ich bin allein mit dem Regengeprassel. Warum habe ich ihr das nur erlaubt? Ich sehe nichts und liege mit gespreizten Armen und Beinen ans Bett gefesselt da – und all das mit einer gewaltigen Erektion. Es gibt definitiv keine andere Frau in dieser Galaxie, für die ich das machen würde.

Sie kommt wieder und setzt etwas auf dem Nachttisch ab. Klingt wie eine Tasse. Oder mehrere. Irgendetwas klackert. Eiswürfel vielleicht?

Sarah stellt »Magic« von Coldplay an. Ein guter Song, mit dem sie mir bestimmt etwas mitteilen möchte.

»Yellow«, flüstere ich, um ihre lyrische Botschaft zu erwidern. »Yellow« ist nämlich mein liebster Coldplay-Song. Darin möchte Chris Martin sein lebensnotwendiges Blut der Frau schenken, die er liebt. Ich würde mein Blut Sarah sofort geben, bis zum letzten Tropfen. Ich lasse mich ja sogar von ihr fesseln!

»Benutz das *Safeword* nur, wenn es dir wirklich ernst ist! Kein falscher Alarm, bitte.« Kurz hält sie inne. »Moment, war das eben schon ein Notfall?«

»Nein, das ist ein Coldplay-Titel. Dieses Lied würde ich für dich spielen, wenn ich an der Reihe wäre.« Oh, wie gern wäre ich jetzt diese Fesseln los und würde mit ihr schlafen. »Yellow. Nicht Gelb.« Mit diesem Song könnte ich ihr sagen, dass ich sie liebe, auch wenn ich es mit meiner eigenen Stimme nicht hinkriege. Und mein Körpereinsatz wäre der zusätzliche Beweis.

»Jonas!« Sie ist scheinbar schon wieder wütend auf mich. »Jetzt wird nicht mehr geredet, und mit den verflixten *Safewords* gehen wir auch vorsichtiger um, sonst wirken sie im entscheidenden Moment nicht mehr! Ich nehme meine Schwüre nun mal sehr ernst.«

»Deine Schwüre?«

»Meine ... Dominaschwüre, ja.«

Ich pruste los.

»Okay, Mistress, fahren Sie fort«, sage ich. »Ich hätte Ihre brillante Strategie nicht stören dürfen.«

»Wenn ich mir deine Erektion so ansehe, scheinst du nicht allzu viel gegen meine Strategie zu haben.«

»Mein Schwanz hat nun einmal seinen eigenen Willen. Kümmere dich nicht um den Mann hinter den Kulissen.«

Sie küsst mich. »Jetzt mal im Ernst: Ist alles okay bei dir?«

»Kannst du die Augenbinde nicht abmachen? Ich werde davon klaustrophobisch.«

Sie seufzt. »In dem Blog stand, dass es am besten ist,

wenn man nichts sieht. Dadurch werden die Sinneseindrücke verstärkt.«

Sie klingt so todernst, dass ich ihr nicht widerstehen kann. »Schön. Wie Sie wünschen, Mistress. Ich gehöre ganz Ihnen.«

Sie küsst mich auf den Mund und kichert. Als ich reflexartig nach ihr greifen will, schneiden die Fesseln in meine Haut. Sofort zieht meine Brust sich zusammen. Einprägsame Sinneswahrnehmungen lassen sich eben nicht so leicht verdrängen ... Beschissenes Déjà-vu! Sofort muss ich wieder an die Nacht denken, in der sie mich festgebunden haben. Als wäre ich King Kong. Eine ganze Armee von Krankenwärtern hat mich überfallen, als ich durchgedreht bin. Sie haben mich mit so vielen Medikamenten vollgepumpt, dass ich mich kaum an etwas erinnern kann, aber das Gefühl der Fesseln an meinen Handgelenken werde ich nie vergessen. Auch nicht, wie ich sie angefleht habe, mich loszubinden, damit ich dem Elend endlich ein Ende setzen kann. Wochenlang konnte man die Abschürfungen von den Fesseln auf meiner Haut sehen, als ich versucht hatte, mich loszumachen – in jener schrecklichen Nacht der geistigen Umnachtung.

Der Text von »Yellow« schießt mir durch den Kopf. Ja, ich würde Sarah wirklich jeden Tropfen Blut schenken, den ich in mir habe. *For you I'd bleed myself dry. Für dich würde ich verbluten.*

Ihre weichen Lippen sind jetzt an meinem Hals, meiner Brust und dann auf meinem Bauch. Ich will sie berühren, doch die Fesseln hindern mich daran.

Ich atme tief ein, um mich zu beruhigen, aber die Fesseln zerren mich zurück in den dunklen Film, der in meinem Kopf gerade abläuft. Der Film über jene Nacht, in der mein Verstand schließlich all dem Schmerz, der sich über Jahre hinweg angesammelt hatte, nicht mehr standhalten konnte.

Ein Eiswürfel, der über meine Brustwarze gleitet, holt mich zurück in die Gegenwart. Sarah lässt ihn auf meiner

Brust kreisen und schiebt ihn dann hinunter auf meinen Bauch. Gleichzeitig leckt sie mit ihrer warmen Zunge die Spur nach, die der Eiswürfel auf meiner Haut hinterlässt. Ich spüre etwas Zartes an meinem Penis – vielleicht ihren Nippel? – und erschaudere.

Ich will sie berühren. Ich muss sie berühren. Wieder scheitert mein Wunsch an den Fesseln, und mein Magen verknotet sich.

Schon als ich den Schuss in seinem Zimmer hörte und die Treppe hinaufeilte, wusste ich, dass mich das, was mich erwartete, endgültig in den Abgrund reißen würde. Trotzdem stieg ich die Stufen weiter hinauf, eine nach der anderen, langsam und zögerlich, unaufhaltsam meinem Untergang entgegen. Es war, als wäre sein Zimmer ein riesiger Magnet und mein Körper ein hilfloses Stück Metall.

»Gelb!«, flüstere ich.

»Was denn jetzt? Das Eis?«

»Nein.« Ich krächze, bin nah dran an einem Zusammenbruch, aber ich atme tief ein und aus und bringe mich unter Kontrolle. »Die Augenbinde. Bitte mach sie ab.«

Ihre Hände berühren mein Gesicht, dann löst sie die Augenbinde, und ich sehe, wie enttäuscht sie ist.

»Okay«, sagt sie. »Ich wollte nur was ausprobieren.« Sie sieht furchtbar traurig aus.

Was bin ich nur für ein Waschlappen. »Ist okay, Baby.« Ich seufze. »Binde sie mir wieder um. Mach dein Ding. Es tut mir leid.«

»Nein, schon in Ordnung. Es geht auch ohne Augenbinde, wenn du einfach deine Augen schließt.«

»Mache ich.«

»Versprochen?«

»Jepp.«

»Schwörst du es mir?«

»Jepp.«

Sie wirft die Krawatte auf den Boden, und ich schließe die Augen. Kurz darauf spüre ich, wie Sarah sich auf die Seite des Bettes rollt. Der Song endet, und der nächste beginnt.

Verdammt, es ist One Direction mit »What makes you beautiful«. Ich reiße die Augen auf.

»Nein!«, rufe ich. »Das ist ja schlimmer als ein Todesurteil!«

Sie funkelt mich an. »Schließ deine Augen wieder! Du hast es mir versprochen!«

Ich tue, was sie gesagt hat, und spüre sofort wieder ihre Lippen an meinem Ohr. »Mit diesem Song will ich dich für das bestrafen, was du heute Abend gemacht hast. Du warst ein böser, böser Junge. Hast mich angelogen und mir nicht vertraut. Und das hat dafür gesorgt, dass ich selbst misstrauisch wurde. Das ist überhaupt nicht gut für eine gesunde Beziehung! Jetzt werde ich zu den Klängen dieses Liedes an deinem Schwanz lutschen, um dir eine Lektion zu erteilen. Wenn du in Zukunft in der Supermarktschlange stehst und den Song hörst, bekommst du garantiert sofort einen Steifen!«

Okay. Wow. Diese Ansage in Kombination mit dem Stimmengewirr in meinem Kopf verschlägt mir vollends die Sprache, und Sarah hat meine ungeteilte Aufmerksamkeit.

Sie gluckst und entfernt sich von meinem Ohr. Der abscheuliche Song bereitet mir augenblicklich Kopfschmerzen und treibt mir beinahe die Tränen in die Augen. Ein Verbrechen an der Menschheit ist das, nicht weniger! Da spüre ich plötzlich ihre Zunge an meinem Penis. Sie leckt an ihm, als bestünde er aus köstlichster Eiscreme, und auf einmal ist mir die Musik vollkommen schnuppe. Als sie ihn ganz in den Mund nimmt, ist es plötzlich sehr, sehr warm. Und feucht. Sie hat eine Menge warmer Flüssigkeit im Mund, mit der sie jetzt meinen Penis umspült, als befände er sich in einem Whirlpool.

Ich stöhne, wünsche mir, sie jetzt sehen zu können. Aber versprochen ist versprochen.

Sie lässt von mir ab, und ich will instinktiv nach ihr greifen, damit sie weitermacht, aber … die elenden Fesseln hindern mich daran.

Als ich das Schreckensszenario, das mein Vater so sorgfältig für mich angerichtet hatte, schließlich erblickte, habe ich mit aller Kraft versucht, nicht den Verstand zu verlieren. Nein, ich wollte ihn nicht gewinnen lassen! Wenn ich mich doch nur in dem Moment umgedreht hätte und aus dem Zimmer gegangen wäre, wenn ich einfach all dem Hass, all seiner Gemeinheit und seinen Schuldzuweisungen den Rücken zugewandt und ihm nicht das letzte Wort gelassen hätte. Vielleicht wäre der Wahnsinn dann nicht gekommen, trotz dieses schrecklichen letzten Auftritts, den er nur für mich inszeniert hatte. Aber nein, ich bin nicht gegangen, um mich selbst zu retten. Stattdessen habe ich den Umschlag auf seinem Schreibtisch entdeckt, auf dem in sorgfältigen Buchstaben mein Name stand, und habe ihn geöffnet. Obwohl ich wusste, dass mein Verstand diesen finalen Schlag ebenso wenig aushalten würde wie sein Gehirn den Schuss aus der Pistole. Und trotzdem habe ich hineingesehen.

Sie nimmt meinen Schwanz wieder in ihren Mund, aber dieses Mal ist es in ihrer Mundhöhle eiskalt. Die Kälte reißt mich sofort aus dem Horrorfilm in meinem Kopf und zurück in das Zimmer zu meiner Liebsten. Seltsamerweise fühlt sich der Temperaturwechsel ziemlich gut an. Meine umwerfende Sarah!

Ich stoße einen urzeitlichen Laut aus.

»Magst du das?«, fragt sie mit ihrer rauen Stimme und klingt ebenfalls sehr erregt.

»Ja.«

Ein paar wundervolle Momente lang lässt mich ihr talentierter Mund alles vergessen, womit ich mich gerade gequält habe. Kurz bevor ich die Kontrolle vollkommen verliere und in ihren Mund spritze, löst sie ihre Lippen von meinem Schwanz und packt ihn mit ihrer Hand, während sie ihren nackten Körper an meinen presst und auf und ab rutscht.

»Ich will nicht, dass du kommst«, sagt sie keuchend und drückt dabei ihre Lippen an mein Ohr. »Deine Aufgabe ist es, für mich hart zu bleiben. Okay?«

»Ja«, presse ich hervor.

»Wenn du kurz davor bist zu kommen, musst du es mir sagen! Und wenn es wirklich fast zu spät ist, sagst du ›Limit‹.«

Ich nicke.

Erneut höre ich, wie auf dem Nachttisch etwas verschoben wird.

Ich zittere vor Erwartung.

Und wieder ist ihr Gesicht dicht an meinem, und ich rieche den Duft von Pfefferminzpastillen. Kurz berührt sie mit der Zungenspitze meinen Penis.

»Jetzt bekommt dein Schwanz eine ordentliche Erfrischung«, sagt sie heiser. Wow, ich würde alles darum geben, sehen zu können, wie sie mich von da unten mit ihren großen braunen Augen anschaut. Aber ich halte mich an mein Versprechen. Gleichzeitig darf ich mir diesen Anblick noch nicht einmal richtig vorstellen, weil ich ansonsten sofort in ihrem Mund kommen werde.

Da saugt sie plötzlich so heftig an meinem Penis, dass es mich nach oben reißt.

»Limit!«, rufe ich.

Schon spüre ich ihre warmen Lippen an meinem Bauchnabel, und ich höre sie stöhnen, spüre sie leicht zittern. Das hier turnt sie offensichtlich genauso an wie mich! Jetzt krabbelt sie auf mich und drückt meinen Penis an ihre feuchte Pussy. Ich stemme ihr mein Becken entgegen, versuche, in sie einzudringen, aber sie geht auf Abstand. Ich fühle mich wie ein Löwe in einem Käfig, dem man das Fleisch vor die Nase hält und es jedes Mal im entscheidenden Moment wegzieht. Und immer noch läuft der fürchterliche Song von One Direction.

Ich will ihr Haar berühren. Und ihre süße Pussy. Ich will sie zum Höhepunkt bringen, sie halten, mit ihr kuscheln, sie verwöhnen und nehmen, bis sie meinen Namen ruft.

Endlich endet das Lied.

»Du darfst deine Augen jetzt öffnen«, sagt sie, und ich schlage sie auf. O Gott, allein durch ihren bloßen Anblick könnte ich kommen. Ihre Wangen glühen, ihr Blick ist wild, und ihr Gesicht ist von einem leichten Schweißfilm überzogen. Sie ist schon total ekstatisch, obwohl ich sie noch nicht einmal berührt habe!

»Limit«, flüstere ich, und Sarah stellt »Do I Wanna Know« von den Arctic Monkeys an. Ein weiterer Grund, diese Frau zu lieben.

Sie setzt sich rittlings auf mich, neckt mich, indem sie ihre Hüften aufreizend kreisen lässt, und küsst mich auf den Mund.

»Du wirst mich jetzt lecken«, sagt sie.

»Dann binde mich los.«

»Nein.«

»Doch!«

»Probier es mal so aus. Vertrau mir!« Sie lächelt mich verführerisch an.

»Ich werde dich nicht lecken, wenn ich diese Dinger an mir dran habe. Du bist meine Religion, und dich zu lecken ist so, als würde ich in die Kirche gehen.« Ich ziehe an den Fesseln.

Sie versteht mich nicht. »Vertrau mir, Jonas.«

»Rot.«

Sie öffnet erschrocken den Mund.

»Rot«, sage ich wieder, und sie sinkt in sich zusammen.

»Du willst, dass ich gleichzeitig im Himmel und in der Hölle bin. Das geht nicht. Ich entscheide mich für den Himmel.«

Sie sieht mich bedrückt an, bindet mich aber los. Ich reibe meine Handgelenke und setze mich auf, um auch die Fußfesseln zu lösen. Als das geschafft ist, lege ich mich genau so hin, wie ich eben noch lag. Mit gespreizten Beinen und ausgestreckten Armen.

»Jetzt bin ich ein freier Mann – und entscheide mich trotzdem dafür, dein Sklave zu sein. Tu, was auch immer du tun willst, ich werde mich nicht rühren! Ich gehöre ganz dir.«

»Scheinbar nicht«, flüstert sie enttäuscht.

»Komm schon, Baby. Meine Hingabe bindet mich doch zehnmal mehr an dich als jede Fessel.«

Sarah sieht immer noch unglücklich aus.

»Ich bin doch in genau derselben Position wie gerade eben! Du hast einen freiwilligen Sklaven, das ist doch super! Komm schon.«

Sie rührt sich nicht von der Stelle, und ihr Gesichtsausdruck bricht mir das Herz.

»Grün«, flüstere ich. »Komm schon. Grün, grün, grün. Grün?«

Ihre Miene hellt sich ein wenig auf.

»Grün, grün, grün, grün. Volle Kraft voraus! Ich bin dir vollkommen ausgeliefert, Baby.«

Ihr Mund verzieht sich zu einem Lächeln, aber sie bewegt sich immer noch nicht.

»Komm schon. Du bist meine Religion, und dein Name ist mein Gebet. Sarah.«

Ihre Augen leuchten kurz auf.

»Grün«, flüstere ich. »Komm, mein süßes Baby.«

Sie nickt. Dann dreht sie sich um, kniet sich über mich, ein Knie an jeder Seite meines Kopfes, und lässt langsam das Becken sinken, bis sie auf meinem Gesicht sitzt. Mit einem lauten, dankbaren Stöhnen beginne ich, sie zu lecken. Halleluja! Es kostet mich viel Kraft, nicht einfach ihre Hüften zu packen, aber ich halte Wort und lasse meine Arme neben mir liegen, als hinge ich am Kreuz. In gewisser Weise tue ich das wahrscheinlich auch.

Sie lässt ihr Becken weiter kreisen, presst sich an meinen Mund. Während sie anfangs noch leise gestöhnt und sich vorsichtig bewegt hat, wippt sie jetzt heftig auf und ab und stößt hohe spitze Schreie aus. Irgendwann zittert sie am ganzen Leib, keucht und schwitzt und beugt sich dann nach unten, um meinen Penis in ihren Mund zu nehmen.

Sarah unsere im Himmel, geheiligt werde dein Name. Dein Reich komme. Dein Wille geschehe, wie im Himmel, so auf Erden. Ihre Laute sind die Orgelmusik, die meinen Gottesdienst begleitet. Mit einem letzten, durchdringenden Schrei bricht sie auf mir zusammen.

Als ich merke, wie ihr Orgasmus langsam verebbt und ihr Körper schlaffer wird, springe ich auf, lege sie über die Bettkante, um dann sofort in sie einzudringen. Himmel, sie ist unendlich feucht. Und ich nehme sie hart, bis sie meinen Namen ruft. *Denn dein ist das Reich und die Kraft und die Herrlichkeit. In Ewigkeit, Amen.*

Sarah

Erst kam Jonas mir mit den *Safewords*, und dann hat er mir die Seele aus dem Leib gevögelt. Jetzt liegt er stumm neben mir. Unsere gemeinsame Katatonie ist nur einen Wimpernschlag entfernt, und schon herrscht tiefes Schweigen. Ich sehe zu ihm hinüber. Jepp, er ist wach. Irgendwie habe ich das Gefühl, dass er mir eine Erklärung schuldet. Aber scheinbar ist er da anderer Meinung.

Warum hat er genau in jenem Augenblick »Rot« gesagt? Klar, er ist total verstört, und das kann ich aufgrund seiner Vergangenheit gut verstehen. Aber wie konnte er denn ausgerechnet in diesem Moment auf die Bremse treten? Okay, ich kann mir wirklich nur schwer vorstellen, welchen inneren Kampf er Tag für Tag austragen muss wegen dem, was er als Kind mit ansehen musste. Aber ich wollte ihn doch nicht … vergewaltigen. Sondern ihn einfach nur nach allen Regeln der Kunst verwöhnen. Genau auf die Art, nach der er sich am meisten sehnt.

Ich wollte ihm heute Nacht so gern ein ganz besonderes Geschenk machen – eine neue Fessel-Erinnerung kreieren, damit er die alte durch sie ersetzen kann. Und mal ehrlich, Kindheitstrauma hin oder her, hätte es ihn denn umgebracht, mir *ein Mal* in unserem Sexleben das Steuer zu überlassen? Warum kann er mir nicht vertrauen und einfach loslassen? Ich habe schließlich auch meine Kindheitstraumata im Gepäck! Aber mit jedem magischen Tag und jeder Nacht, die wir miteinander verbringen, komme ich mehr darüber hinweg.

»Hey, hast du diesen Bericht eigentlich wirklich geschrieben, oder war das nur ein Bluff?«, fragt er schließlich.

Darüber will er jetzt reden? Über den Club? Das ist eigentlich das Letzte, was mich gerade interessiert.

»Was denkst du denn?«

»Na, dass es nur Show war.«

»Jonas, seit ich die Wahrheit über den Club herausgefunden habe, haben wir beinahe jede Minute miteinander verbracht. Wann hätte ich denn da einen detaillierten Bericht schreiben sollen? Ich hatte ja kaum Zeit, mir auch nur die Nägel zu lackieren!« Obwohl ich es nicht beabsichtigt hatte, klang der letzte Satz ziemlich schnippisch.

»Bist du mir böse?«

Ich drehe mich zur Seite, um ihn anzusehen. »Nein.«

»Du klingst aber so.«

»Nein, ich bin nicht sauer. Ich drehe nur gerade total am Rad.«

Er wird kreidebleich. »Aber warum denn?«

»Jonas, ich habe eine Woche lang nicht gelernt.« Mir treten Tränen in die Augen, obwohl ich mit aller Kraft versuche, sie zu unterdrücken. »Von meinen Noten hängt so viel ab, und anstatt was für sie zu tun, habe ich eine Woche lang dein Betthäschen gespielt. Ich muss lernen, Jonas. Muss mich konzentrieren und wieder Struktur in mein Leben bringen. Und ich muss mich daran erinnern, warum ich mich für mein Jurastudium entschieden habe.« Jetzt strömen die Tränen nur so über meine Wangen. »Es gibt eine Menge Leute, die sich auf mich verlassen. Und nun muss ich dank meiner großen Klappe auch noch so bald wie möglich diesen Bericht über den Club schreiben.«

Er schlingt die Arme um mich. »Aber Baby, ist dir denn nicht klar, dass ab jetzt nichts mehr von deinen Noten abhängt?« Er küsst mich auf die Wange und wischt mir eine Träne von der Haut.

Was meint er damit? Die zehn besten Studierenden bekommen für die nächsten zwei Jahre ein Stipendium. Und den anderen entgehen satte fünfundsechzigtausend Dollar. Dieses Stipendium ist mein Ticket in meine Zukunft nach dem Studium. Und dazu gehört auch ein Job, der zwar schlecht bezahlt ist, der mich dafür aber richtig glücklich macht. Es geht hier also um Geld, das mein Leben verändert, wenn ich es bekomme. Alles, was ich dafür tun muss, ist, ein schlappes Jahr mein Bestes zu geben. Und mir fällt kurz vor den Prüfungen nichts Besseres ein, als Tag und Nacht mit Jonas zu schlafen. Ich muss mich wirklich dringend zusammenreißen und meine Prioritäten neu ordnen.

Er verdreht die Augen, als wäre ich ein dummes kleines Mädchen. »Wenn du das Stipendium bekommst, ist das natürlich toll. Das wäre eine riesige Leistung, die wir gebührend feiern würden. Aber falls die Sache schiefgeht, springe ich auf jeden Fall ein! Wie hoch kann so ein Jura-Stipendium wohl sein? Vielleicht fünfzig Riesen pro Jahr? Dann geht es insgesamt um hunderttausend Dollar ... keine große Sache. Begreife dich einfach selbst als die glückliche Empfängerin des Jonas-Faraday-Stipendiums.« Er schenkt mir ein breites Grinsen. Ich aber kann nicht fassen, was er da gerade gesagt hat. »Die glückliche Empfängerin«?! Denkt er wirklich, dass ich meine gesamte Zukunft von seiner Großzügigkeit abhängig mache? Die er mir mal eben so anbietet, während er in postkoitaler Glückseligkeit neben mir im Bett liegt?

Na, dann hat die glückliche Empfängerin aber schlechte Neuigkeiten für ihn: So läuft das ganz bestimmt nicht!

Er lächelt mich an. »Und schon haben wir das Problemchen gelöst! Jetzt müssen wir uns nur noch darum Gedanken machen, dass du das Juraexamen am Ende des dritten Jahres bestehst. Gib den Rest des Studiums einfach dein Bestes, aber ohne unnötigen Stress.« Er streicht mir übers Gesicht. »Ich bin mir ganz sicher, dass uns für deine neu gewonnene Freizeit eine gute Beschäftigung einfällt.«

Ich starre ihn mit offenem Mund an.

»Okay. Weshalb drehst du sonst noch am Rad? Lass es mich einfach wissen, und ich erledige es für dich, Baby!«

Ich setze mich auf.

»Komm schon. Was auch immer es ist, ich kann es für dich lösen.«

»Du denkst wirklich, dass ich mir meine Ausbildung von dir sponsern lasse?«

Er zuckt mit den Schultern. »Ja.«

»Ich wollte nicht einmal einen Laptop von dir annehmen, und jetzt soll ich mich die nächsten zwei Jahre von dir finanzieren lassen?«

Er grinst über beide Backen. Wahrscheinlich heißt das Ja.

»Und du erwartest, dass ich mich einfach zurücklehne und *chillaxe*, als wäre dieser postkoitale Plausch eine verlässliche Absicherung, die du nicht einfach wieder zurücknehmen kannst?«

Sein Lächeln verschwindet und das verspielte Blitzen in seinen Augen ebenfalls.

»Das hier ist kein postkoitaler Plausch.« Manometer, er klingt ganz schön sauer.

»Du hast mir nicht einmal genug vertraut, um mir von dem Treffen mit Stacy zu erzählen. Genauso wenig verrätst du mir, warum meine Fesselspielchen die ›Hölle‹ für dich waren. Und jetzt soll ich meine gesamte Zukunft in deine Hände legen und einfach daran glauben, dass du in einem halben Jahr immer noch so großzügig sein und den Scheck für mich unterschreiben wirst – ganz egal, was zwischen uns geschieht?« Ups, ich schreie mittlerweile. Und ich kann auch nicht damit aufhören. »Was, wenn ich dir in der Zwischenzeit langweilig werde – was wird dann aus mir? Was, wenn ich dich Sensibelchen überfordere und dann verschrecke? Hm? Was dann? Kommst du dann trotzdem kurz vorbei, um den Scheck zu unterschreiben?«

Er sieht mich an, als hätte ich ihm einen Dolch mitten ins Herz gerammt. Er öffnet den Mund und schließt ihn dann wieder. Aber aus irgendeinem Grund mache ich trotzdem weiter.

»Du willst, dass ich mich komplett auf einen Mann verlasse, der seine Gefühle für mich als Geisteskrankheit bezeichnet? Als Wahnsinn? Klar, da rechnet eine Frau natürlich mit einer langen, sicheren Zukunft.« O Gott, ich kann nicht fassen, dass ich das gerade wirklich gesagt habe. Bis zu diesem Moment hatte ich gedacht, dass ich mit dieser Art von Liebesbekundung wunderbar zurechtkomme.

Er schüttelt den Kopf, sagt aber kein Wort. Seine Augen sind feucht.

»Ich komme mir selbst abhanden, Jonas. Ich muss wieder lernen, auf eigenen Füßen zu stehen.«

»Warum?«

»Warum? *Warum?*« Ich öffne und schließe den Mund ein paarmal perplex. »Warum muss ich atmen? Oder essen? Das ist doch fundamental!«

»Nein, ist es nicht. Du *musst* es nämlich nicht. Nicht immer jedenfalls. Wenn du zwischendurch mal nicht kannst oder keine Lust darauf hast, dann trage ich dich ein Stück. Ich will das, Sarah.«

So etwas hat noch nie jemand zu mir gesagt. Nicht einmal ansatzweise.

»*Estamos de luna de miel*«, sagt er leise und mit schrecklich amerikanischem Akzent. *Wir sind in den Flitterwochen.* Er sieht mich hoffnungsvoll an.

Aus irgendeinem Grund lässt mich der Satz aber anders als beim letzten Mal nicht dahinschmelzen.

»Nur, dass wir das gar nicht wirklich sind, oder?«, fauche ich. »Das hier könnte nächste Woche vorbei sein, und was mache ich dann? Ich kann mich nicht einfach darauf verlassen, dass es zwischen uns gut läuft, und alles, wofür ich so lange gearbeitet habe, den Bach runtergehen lassen.«

Ganz egal, welchen Dolch ich ihm vorhin ins Herz gestoßen habe, jetzt habe ich ihn gerade auch noch herumgedreht.

»Ich weiß, dass ich niemals ganz begreifen werde, was du als Kind durchgemacht hast«, sage ich etwas sanfter. Ich atme tief ein und aus, um meinen Tonfall wieder in den Griff zu bekommen. »Und wahrscheinlich werde ich auch nie ganz verstehen, weshalb sich der heutige Abend für dich wie ›die Hölle‹ angefühlt hat. Aber ich will es gerne versuchen, Jonas.« Meine Unterlippe zittert. »Ich wollte deine schlimme Kindheitserinnerung durch eine gute, erwachsene Version ersetzen. Dir Lust verschaffen und … dich heilen. Aber du hast mir nicht genug vertraut, um es mich versuchen zu lassen. Ich will nicht nur Mitglied des Jonas-Faraday-Clubs sein, sondern dich auch von einem Beitritt in den Sarah-Cruz-Club überzeugen.«

»Wir haben diesen Streit also nur, weil ich nicht gefesselt sein wollte, als ich dich geleckt habe?« Das scheint ihm ernsthaft zu schaffen zu machen.

»Nein, Jonas. Manchmal bist du wirklich ein bisschen schwer von Begriff. Vergiss das. Mir ist heute einfach klar geworden, wie sehr du dich im Gegensatz zu mir zurückhältst.«

»Das macht doch jeder mal.«

»Ich nicht. Überhaupt nicht.«

»Wirklich nicht?«

»Nein.« Und es stimmt. Das Einzige, was ich permanent unterdrücke, ist ein lautes »Ich liebe dich«. Aber das geht eben nicht anders.

Er starrt mich an, als wollte er mich dazu bringen, irgendein dunkles Geheimnis preiszugeben. Wahrscheinlich hofft er, dass ich genauso verkorkst bin wie er.

»Na gut, eine Sache gibt es«, gestehe ich.

Seine Miene erhellt sich.

»Eigentlich finde ich das Lied von One Direction ziemlich gut.«

Obwohl sein Blick immer noch todtraurig ist, lacht er.

»Sehr gut sogar«, füge ich hinzu und schlage dann die Hände vors Gesicht, weil ich plötzlich doch heulen muss.

»Sarah, was ist denn nur los?« Er legt einen Arm um mich. »Bitte, bitte, sag jetzt nicht, dass ich dich nicht ›an mich heranlasse‹.« Er sieht mich ängstlich an. »Sag nicht, dass ich zu gestört für dich bin.« Jetzt treten auch ihm Tränen in die Augen.

Ich streiche über sein wunderschönes Gesicht. »Nein, Jonas, im Gegenteil. Du kannst gar nicht zu gestört für mich sein, verstehst du? Das versuche ich dir doch gerade zu sagen! Ganz egal, was du tief in dir verbirgst, es wird mich nicht vergraulen. Also hör auf, solche Angst davor zu haben, dich mir zu zeigen. Sei stolz darauf, dass du ein komischer Kauz bist! Ich werde schon nicht wegrennen oder dich zurückweisen. Du kannst mir vertrauen.« Die Tränen strömen über meine Wangen, und ich weiß, dass ich Gefahr laufe, einen richtigen Heulkrampf zu bekommen.

Er ist spürbar erleichtert und küsst mich. »Verlass mich nicht!«

Ich schnaube. »Werde ich nicht. Der Risikofaktor bist in diesem Falle du, nicht ich.«

Er drückt seine Lippen auf meine, schiebt seine Zunge in meinen Mund. Selbst wenn mein Verstand mir sagen würde, dass ich diesen Mann verlassen soll, würde mein Körper es trotzdem verhindern.

»Ich verstehe einfach nicht, warum du dich mir nicht öffnest, Jonas. Ich habe dir alles von mir gezeigt, da erwarte ich dasselbe auch von dir.«

»Ich kann nicht«, flüstert er.

»Doch, kannst du.«

Er schüttelt den Kopf. »Ich verstehe nicht, warum es immer noch darum geht, dass ich nicht gefesselt bleiben wollte. Das, was danach passiert ist, war doch total unglaublich.«

»Es ist eine Metapher, Jonas. Komm schon. Ich weiß doch, dass du Metaphern liebst.«

»Das ist mir auch klar, ich bin schließlich nicht bescheuert. Aber vielleicht haben wir zusammen eine bessere Metapher geschaffen als die, die du im Kopf hattest. Unverhofft kommt oft!«

»Nein, da bin ich anderer Meinung! Ich will meine Metapher, Jonas. Und mir ist gerade klar geworden, dass das mit dir nicht möglich ist.« Ich atme erschöpft aus. »Bist du bereit für ein neues Platon-Zitat? In letzter Zeit habe ich ihn irgendwie lieben gelernt.«

Er sieht mich undurchdringlich an.

»›Beim Spiel kann man einen Menschen in einer Stunde besser kennenlernen als im Gespräch in einem Jahr.‹«

Er zwinkert mir zu.

»Und ich habe eben eine Menge herausgefunden.«

Er funkelt mich an.

»Es gefällt dir nicht, wenn man Platon gegen dich verwendet, stimmt's? Ich wollte, dass du mir ebenso sehr vertraust wie ich dir in der Höhle. Und du hast es nicht hinbekommen. Das war offensichtlich.«

Er presst die Lippen aufeinander. »Du verstehst es nicht.«

»Und du erklärst es mir nicht!«

Er ist kurz davor durchzudrehen. »Warum machst du das? Wen kümmert es, warum ich nicht gefesselt sein möchte? Du hast mich losgebunden, wir haben weitergemacht, und es war total großartig. Wir müssen doch nicht die ganze Zeit über jedes verdammte Gefühl sprechen, oder?«

»Jonas«, seufze ich. »Ich weiß, dass das Neuland für dich ist, aber gerade machen wir eben diese komische Sache, die Erwachsene von Zeit zu Zeit tun. Wir sprechen über Gefühle. Es ist okay, und wir werden es überleben. Versprochen.« Wie lautete noch mal der Spruch von Josh letztens? Ach ja. »›Etwas besprechen heißt noch lange nicht, dass man unterschiedlicher Meinung ist.‹«

»Bitte sag so was nicht. Du hast ja keine Ahnung, was du anrichtest!«

Ich streichle lächelnd seine Wange, und er reibt sich die Augen. »Du verstehst es einfach nicht.«

»Dann erklär es mir.«

Er schweigt.

»Die ganze Zeit führst du dich auf, als wärst du der Kung-Fu-Meister und ich der kleine Grashüpfer, der unbedingt eine Erleuchtung braucht. Ironischerweise ist es aber so, dass ich mich dir in jeder Hinsicht hingegeben habe, obwohl ich das selbst nie geglaubt hätte. Mit Verstand, Körper und Seele. Und jetzt bist du derjenige, der sich mir gegenüber zurückhält. Ich kann das *fühlen*. Und je näher du mir kommst, je mehr ich mich dir öffne und dich wirklich *brauche*, desto größer wird meine Angst. Ich habe das Gefühl, dass zwischen uns ein gähnender Abgrund klafft, der mich irgendwann verschlucken und mein Herz in tausend Stücke reißen wird.« Ich atme schwer, weil mich diese kleine Rede wirklich angestrengt hat.

Jonas reibt sich die Schläfen. »Ich habe Josh vorhin gesagt, dass ich bei Faraday & Sons aufhöre. Kurz bevor ich ins Schlafzimmer gekommen bin.«

»Jonas, das sind ja fantastische Neuigkeiten!« Ich verstehe zwar den Zusammenhang nicht ganz, aber den wird er mir sicher gleich erklären.

Einen Moment lang schweigt er. »Ich sehe plötzlich das Leben vor mir, das ich führen möchte. Ich sehe es genau.«

»Das ist so gut.«

»Zum ersten Mal habe ich ein klares Bild von der *Idee* des Jonas Faraday. Das habe ich so lang versucht, Sarah, und es ist mir nie gelungen. Wenn es mal besonders gut lief, hatte ich es vor Augen, aber bloß dunkel oder verschwommen. Jetzt endlich sehe ich es glasklar vor mir.«

Sein Atem ist zittrig. »Ich sehe diesen Jonas direkt vor mir.« Er schluckt hart. »Er steht neben dir, Sarah, und hält deine Hand.«

Mein Herz tut einen Sprung.

»Ich kann ihn sehen, weil du ihn an die Hand genommen und ins Licht geführt hast.«

Ich bin sprachlos.

»Jedes Herz singt ein Lied, das nicht vollständig ist«, sagt Jonas leise. »So lange, bis ein anderes Herz zurückflüstert.« Seine Stimme bebt. »Und mein Lied ist jetzt komplett, Sarah.«

Oh. Mein. Gott.

Das war's jetzt mit dem Denken. Mein Gehirn kann von mir aus zur Hölle fahren, mein Körper macht jetzt Urlaub auf Wolke sieben. Ewigen Urlaub. Ich packe sein Gesicht und küsse ihn innig. Und danach schlafen wir so lange zärtlich und sanft miteinander, bis wir beide ineinander verschlungen einnicken.

Jonas

Ich sitze am Küchentisch und brüte über der Pressemitteilung, in der ich meinen Austritt aus Faraday & Sons bekannt gebe. Jedes Wort bringt mich näher zu dem Mann, der ich sein will – der Idee von Jonas Faraday. Das absolute Glück ist zum Greifen nah!

Sarah kommt in die Küche, frisch geduscht, angezogen und angriffslustig, wie immer. Sie hat sich ihren Laptop unter den Arm geklemmt und trägt ihre Tasche über der Schulter.

»Guten Morgen, meine Schöne. Soll ich dir ein Omelett machen?«

»Wir müssen reden.«

Nicht gerade mein Lieblingssatz! Keine angenehme Unterhaltung mit einer Frau hat jemals so begonnen.

»Willst du über dein imaginäres Malteserhündchen sprechen?«, frage ich hoffnungsvoll.

»Nein«, erwidert sie mit versteinerter Miene und setzt sich.

Mir wird plötzlich flau im Magen.

»Ich muss ein paar Tage lang in meiner Wohnung bleiben, um zu lernen und wieder klarzukommen.«

»Auf keinen Fall.«

»Wie bitte?«, fragt sie und läuft sofort rot an.

»*No way*, sage ich! Erstens will ich dich hier bei mir haben, damit ich jederzeit über dich herfallen kann. Und zweitens ist es nicht sicher. Ich will nicht, dass du auch nur eine Minute allein bist, bis wir vom Club gehört haben und wissen, was Sache ist.«

»Das ist doch völliger Irrsinn! Was, wenn wir nie von ihnen hören? Wenn es wirklich nur um einen Einbruch und meinen Computer ging?«

»Das bezweifle ich stark.«

»Und ich glaube, du täuschst dich.«

O Mann, diese Frau kann eine solche Nervensäge sein! »Okay, nehmen wir mal an, wir hören tatsächlich nichts. Fühlst du dich wirklich wohl bei dem Gedanken, dass du dich auf ihr Schweigen wie auf eine Art unausgesprochenen Waffenstillstand verlässt? Wirst du nachts ruhig schlafen können, ohne Angst zu haben, dass sie dich holen kommen?«

Sie verzieht den Mund und überlegt.

»Und was wird aus der Verteidigung all der armen Kerle, die dem Club beigetreten sind, um die große Liebe zu finden?«

»Ich habe darüber eine Menge nachgedacht, und zwar in den sieben Minuten, in denen ich mal keinen Sex mit dir hatte.«

Ich lache.

»Vielleicht war ich wirklich etwas naiv, was das angeht. Vielleicht war der Softwareentwickler eher die Ausnahme, nicht die Regel, und der Großteil der Bewerber ist tatsächlich nur auf schnelle Abenteuer aus, so wie Josh es gesagt hat. Vielleicht wollen sie gar nicht wissen, wie der Club genau funktioniert.«

Ich blinzle ein paarmal, um die Bedeutung ihrer Worte zu verstehen.

»Du willst also sagen, dass du nichts weiter unternehmen würdest, wenn sie dich in Ruhe lassen? Leben und leben lassen, ja?«

Sie zuckt mit den Schultern. »Ich glaube, ich war ehrlich, als ich mit Stacy geredet habe. Wenn sie mir nichts tun, werde ich es genauso halten. Ich habe nur in Bezug auf diesen Bericht gelogen. Und die Erwähnung des Geheimdienstes war der absolute Bluff. Ich habe das Mitgliederverzeichnis nie gesehen.«

»Das war ein brillanter Schachzug!«

»Danke.« Sie seufzt. »Und ja, ich habe darüber nachgedacht und weiß nicht, ob ich den Club dermaßen in den Vordergrund rücken möchte. Ich habe ein Leben, und es gibt Dinge, die mir tausendmal wichtiger sind als dieser Prostitutionsring. Und überhaupt, wenn neunundneunzig Prozent der Mitglieder die Wahrheit partout nicht erkennen wollen, wieso sollte ich ihre Fantasie dann zerstören?«

Ich starre sie eine Weile lang an.

»Wow. Ich hätte nicht gedacht, dass ich das noch erleben darf.«

»Was denn?«

»Deine Disney-Hallmark-Gehirnwäsche hat dich letztlich doch zu einer Zynikerin werden lassen. Du glaubst also nicht mehr an Märchen?«

»O doch, mehr denn je!« Sie schenkt mir einen Blick, der mich sofort dahinschmelzen lässt. »Es ist nur so, dass mir was Wichtiges über Märchen klar geworden ist.«

Ich warte.

»Man darf sie nicht als etwas Selbstverständliches betrachten. Sie sind kostbar. Selten. Und wenn man das Glück hat, ein Märchen wirklich leben zu dürfen, sollte man seine Zeit und Energie dafür nutzen, es festzuhalten und zu genießen, anstatt einem Online-Sexclub das Handwerk zu legen.«

Es kommt mir vor, als wäre mein Herz ein vertrockneter Schwamm, der plötzlich in ein Becken heißes Wasser getaucht wird. Ich springe auf, nehme sie in die Arme und küsse jeden Zentimeter ihres Gesichts, bis sie zu zittern beginnt. Dann küsse ich sie auf den Mund, und sie seufzt leise auf.

Das ist einer der schönsten Momente meines Lebens. Mein Baby hat mich gerade als ihren Märchenprinzen bezeichnet.

Sie fährt mit dem Zeigefinger über meine Unterlippe und küsst mich zärtlich.

Es dauert einen Moment, bis ich wieder sprechen kann. »Aber was, wenn an meinem Bauchgefühl was dran ist, Sarah? Wenn sie hinter dir her sind?«

»Ich werde es wohl drauf ankommen lassen müssen.«

Ich drücke sie an mich. »Nein, das lasse ich nicht zu. Ich werde dafür sorgen, dass dir nichts passiert.«

Sie atmet auf. »Und wie soll das gehen? Willst du die nächsten zwei Jahre mit mir in jedes Seminar gehen?«

»Wenn es nötig ist, dann mache ich das.«

Wir starren einander an.

»Jonas«, sagt sie. »Mein süßer Jonas. Ich werde langsam verrückt. Ich war in den letzten Tagen keine Minute allein und muss dringend lernen. Mich konzentrieren. Zum Friseur und zum Yoga gehen. Und ein Besuch bei der Kosmetikerin wäre auch ganz nett.«

Ich lächle. »Ich brauche einfach ein bisschen Raum. Zwischen uns ging alles so schnell, und außerdem bist du ein kleines bisschen anstrengend, Baby. Nicht böse gemeint!«

»Moment mal – du nennst mich anstrengend?!«, frage ich und setze meinen besten Psychoblick auf.

Sie lacht. »Ich brauche Zeit zum Lernen. Erinnerst du dich an all die Vorfreude auf unsere Reise nach Belize? War doch ziemlich heiß, oder? Zeit getrennt zu verbringen kann auch viel Gutes bewirken.«

Ich nehme sie an der Hand, ziehe sie zum Küchentisch, und sie setzt sich auf meinen Schoß.

»Hör zu. Wenn die Sache mit dem Club nicht wäre, wäre ich halbwegs entspannt, was ein bisschen Abstand betrifft. Du brauchst Zeit zum Lernen? Okay. Du willst Yoga machen und mit Kat abhängen? Klar. Ich verbringe auch gern Zeit allein, ob du es glaubst oder nicht. Das ist ganz normal, aber lassen wir diesen Kram mal beiseite. Die Umstände sind gerade alles andere als normal, okay? Es ist nicht sicher! Ich will nicht, dass du allein bist, bis alles endgültig geklärt ist. Der Kerl, der in deinem Seminar und in der Bibliothek aufgetaucht ist, war nicht da, um für den Vogelschutz zu sammeln.«

Sie verdreht die Augen.

»Was ist? Wieso hast du das gemacht?«

»Was denn?«

»Na, die Augen verdreht.«

Sie antwortet nicht.

»Was?!«

Sie schweigt.

»Du glaubst, dass ich ihn mir nur eingebildet habe?«

Sie wirft mir einen mitleidigen Blick zu.

»Denkst du, dass ich verrückt bin?«, frage ich leise und spüre, wie jedes Härchen auf meinem Arm zu Berge steht. Schon während ich das sage, dreht sich mir der Magen um.

»Nein, das denke ich nicht, du Dummerchen. Ich glaube, dass du übervorsichtig und übersensibel bist, was die Situation betrifft. Das liegt an dem, was du schon erlebt hast. Ich glaube, dass dein Gehirn dir einen Streich spielt.«

»Willst du mich verarschen?«, knurre ich. »So was lasse ich mir vielleicht von Josh sagen, aber nicht von dir. Ich dachte, du verstehst, was ich vorhabe – ich dachte, wir wären da einer Meinung.«

Sie lacht. »Wie soll das denn gehen, wenn ich nicht einmal deine Strategie kenne?«

»Kannst du das Thema nicht mal ruhen lassen? Mann! Die Strategie war nicht so übel, ich habe nur versucht, dich zu beschützen. Ich dachte, dass du mir in die Quere kommen würdest, wenn du Bescheid weißt – was du im Übrigen auch getan hast.«

»Na, Gott sei Dank! Dein Plan war nämlich ganz schön lahm.«

»Woher willst du das wissen, wenn du uns nur durch ein Fenster beobachtet hast? Eigentlich lief alles super. Stacy wollte mir gerade die E-Mail-Adresse ihrer Chefin geben, als du hereingeplatzt kamst.«

»Ach, echt?«

»Ja. Und dann warst du plötzlich da und hast mich verdammt alt aussehen lassen – weil du nun mal ein Genie bist, Baby. Trotzdem war ich kurz davor, die nötige Info zu bekommen, ehe du mit deiner herrischen Art alles über den Haufen geworfen hast.«

»Du bist verdammt heiß, weißt du das, Jonas Faraday?«

Mein Schwanz beginnt zu kribbeln, und sie lächelt mich an. »Erzähl mir alles, was Stacy zu dir gesagt hat, bevor ich reinkam.«

Ich erzähle ihr alles, woran ich mich erinnern kann, und höre es erneut in Sarahs Kopf rattern. Gott steh mir bei, die Frau denkt!

»Na dann«, sagt sie schließlich. »Jetzt ist klar, was wir zu tun haben. Lass uns mit dieser Oksana in Las Vegas reden. Ich werde hier nicht rumsitzen und mich Tag für Tag wie ein Kleinkind in die Uni begleiten lassen, nur weil sich der Club noch nicht bei mir gemeldet hat. Ich werde einen Bericht schreiben, der ihnen eine Heidenangst einjagt, und ihn Oksana, der ukrainischen Puffmutti, persönlich in die Hand drücken. Wer nichts wagt, der nicht gewinnt, nicht wahr? Hat Professor Faraday uns das nicht beigebracht?«

»In der Businesswelt vielleicht, Sarah, aber doch nicht, wenn es um deine Sicherheit geht! Da will ich nicht das kleinste Risiko eingehen.«

»Aber ich. Und du kannst mich nicht aufhalten.« Sie grinst

mich an wie ein Kind, das seinen besten Freund auf dem Spielplatz neckt. »Ich bin immer noch ein freier Mensch«, fügt sie hinzu. »Und hast du nicht ohnehin irre viel zu tun? Deinen Job kündigen oder ein Kletterhallenimperium aufbauen zum Beispiel?«

Ich seufze. »Ich habe doch nicht einmal Oksanas Adresse. Stacy hat gesagt, dass sie nur das Postfach von ihr kennt. Ich wollte mir ja gerade die E-Mail-Adresse schnappen, aber dank deines perfekten Timings hat das nicht mehr hingehauen.«

»Ach, Schnickschnack. Wir haben doch schon alles, was wir brauchen, um sie zu finden.«

»Tatsächlich?«

»Klar. Überlass das ganz mir.« Sie wirft einen Blick auf ihre Armbanduhr. »Jetzt gehe ich erst mal in mein Verfassungsrechtseminar, und zwar allein.« Sie steht auf. »Ach, ich habe dir übrigens ein kleines Mixtape gemacht, damit du die nächsten Tage über ein bisschen Gesellschaft hast.« Sie lässt einen USB-Stick auf den Tisch fallen. »Wie du mir, so ich dir, Baby.« Sie zwinkert mir zu und wendet sich ab.

»Sarah.«

Sie bleibt stehen und sieht mich an.

»Sorry, dass ich dir deinen perfekten Abgang vermiese, aber das kannst du vergessen. Du spazierst jetzt nicht einfach allein los, das kommt gar nicht in die Tüte.«

Sie knurrt und lässt sich am Tisch nieder, um ihren Laptop aufzuklappen.

»Was machst du?«

»Ich rette meinen Verstand.« Sie öffnet ihr Postfach. »Einen Versuch ist es wert.« Sie beginnt zu tippen. »Mitgliederservice@derClub.com«, murmelt sie. »Das ist die einzige Adresse, die ich von ihnen habe.«

»Von welcher Adresse haben sie dir denn die Bewerbungen geschickt?«

»Das lief immer über eine Dropbox, selbst wenn ich etwas zurückgeschickt habe.« Sie denkt kurz nach. »Vielleicht kann dein Hacker die Mails rückverfolgen?«

»Gute Idee. Ich selbst habe ja keine Ahnung, wie das funktioniert.«

»Ich auch nicht, aber lass ihn uns doch fragen.«

»Alles klar.«

Sie sieht wieder auf den Bildschirm. »Ich werde meine E-Mail relativ vage formulieren. Man weiß ja nie, wer die letztendlich liest ... oder ob irgendwelche Behörden sie irgendwann konfiszieren. Wobei – wenn das der Fall sein sollte, hab ich es sowieso schon vermasselt.« Sie seufzt. »Ich werde einfach niemanden in meine Karten schauen lassen und nur so viel schreiben, dass sie mich kontaktieren.« Sarah tippt eilig und spricht stumm mit, was sie schreibt. »So. Ich habe ihnen gesagt, dass ich dringend mit ihnen reden muss – über etwas, das sie definitiv interessiert – und dass sie mich bitte schön schnellstmöglich kontaktieren sollen.« Sie schnalzt mit der Zunge. »Okay. Plan A lautet, Oksana ausfindig zu machen und ihr von Angesicht zu Angesicht einen ordentlichen Schrecken einzujagen. Man sollte ein persönliches Gespräch nie unterschätzen! Aber jetzt wollen wir erst mal hoffen, dass sie antworten. Ich werde nicht darauf warten, dass etwas passiert. Ich sorge selbst dafür!«

»Wow.«

»Ich muss doch irgendwas tun, Jonas. Wenn du die nächsten Jahre deinen persönlichen Tag der offenen Tür in meiner Uni veranstaltest, dann drehe ich durch!«

Sarah

»Könntest du dich vielleicht in die letzte Reihe setzen und so tun, als würdest du mich nicht kennen? Oder dich wenigstens nicht ganz so jonasmäßig benehmen?«

»Was soll das denn heißen, Sarah?«

»Na, dass du eben ziemlich auffällst!«

»Wirklich? Du willst, dass ich mich ganz nach hinten setze?«

»Ja, will ich. Es ist sowieso schon komisch genug, und ich kann mich überhaupt nicht auf das konzentrieren, was unser Professor sagt, wenn du währenddessen neben mir sitzt und ich total erregt bin. Der Hälfte der Klasse wird es garantiert ebenso gehen. Du bist halt ... Jonas.«

»Hör auf, das zu sagen. Ich weiß überhaupt nicht, wovon du redest!«

»Falsche Bescheidenheit steht dir überhaupt nicht!«

Er verdreht die Augen. »Okay, ich setze mich nach hinten. Ich muss sowieso an meinem Laptop arbeiten. Aber darf ich wenigstens hierbleiben, bis das Seminar anfängt?«

Ich sehe auf meine Armbanduhr. »Okay, wir haben ja noch eine Menge Zeit. Aber sobald der Raum sich füllt, bewegst du deinen Hintern, mein Großer!«

Er zieht einen Flunsch. »Okay.«

»Oh, mein armer kleiner Jonas!«

»Ich werd's überleben.«

»Du könntest doch einen richtigen Bodyguard für mich

anheuern, wenn du dir solche Sorgen machst! Das würde unser Problem sofort lösen. Du könntest dein Leben wieder leben, und ich meines. Und sobald wir heimkommen, könnten wir den ganzen Abend wie die Tiere übereinander herfallen – so, wie normale Pärchen das eben tun.«

»Schön, das zu hören!«

»Das mit den Tieren?« Ich grinse ihn verschmitzt an.

»Ja, aber das habe ich nicht gemeint.« Er lächelt.

»Das mit den normalen Pärchen also?«

»Nein. Außerdem glaube ich nicht, dass die sich so verhalten.«

Was habe ich denn noch gesagt? »Den ganzen Abend?«

»Nein.«

Hm? Was könnte er sonst meinen?

»Heimkommen.« Er lächelt mich schüchtern an. Und wieder kommt er mir vor wie ein kleiner Junge. »Es ist schön, dass du mein Haus als dein Zuhause betrachtest.«

Wir lächeln einander mit großen Kulleraugen dümmlich an.

»Du bist ein waschechter Romantiker, ist dir das klar?«, frage ich ihn.

»Pst! Nicht so laut!«

»Schon gut!«

»Es wäre also okay, wenn ich einen Bodyguard anheuere?«

»Nein, es würde mir ganz schön Angst machen. Aber dem könnte ich viel leichter entwischen als dir – hat ja auch bei Josh wunderbar funktioniert!«

»Okay, damit ist diese Idee gestorben. Apropos, hast du noch was von Kat gehört? Wie läuft es denn mit ihrem Beschützer?«

»Der scheint extrem attraktiv zu sein.«

Er verdreht die Augen. »Willst du mir damit sagen, dass ich einen Kerl dafür bezahle, dass er mit Kat schläft?«

»Manometer, Jonas, nein! Sie haben keinen Sex! Vertrau Kat mal ein bisschen!«

Er grinst mich an.

»Na schön. Sie würde es vielleicht machen, aber der Typ ist doch ein Profi. Sex mit der Kundin ist tabu, oder nicht? Das sagt Kevin Costner zumindest in dem Film.«

»Ja, kurz bevor er mit Whitney Houston im Bett landet.«

»Ups, den Teil habe ich vergessen. Wie auch immer, ich meine ja nur, dass der Kerl nicht gerade unglücklich über seine Aufgabe sein dürfte.« Ich lache. »Aber er wird sich wohl erst mal hinten anstellen müssen. Kat mangelt es nicht gerade an Verehrern.«

Er lacht. »Ja, Josh war auch ziemlich hingerissen von ihr.«

»Ach, wirklich. Hach.«

»Wie fand Kat ihn denn?«

»Ich glaube, sie hält ihn für einen ... Trottel. Sorry.«

Jonas sieht mich enttäuscht an.

»Na, ich denke, das lag an dem ganzen Achterbahn-Mist, den er verzapft hat. Das hat sie irgendwie in den falschen Hals bekommen.«

»Zweifellos.«

»Aber ich habe dich ja auch für einen widerlichen, dreisten Mistkerl gehalten, als wir uns kennengelernt haben. Man kann nie wissen.«

»Zu freundlich, liebe Sarah!«

»Wie lange willst du Kat denn von dem Kerl beschützen lassen?«

»Ich weiß nicht«, meint Jonas. »Habe ich noch nicht richtig drüber nachgedacht. Solange es nötig ist, würde ich sagen.«

Ich mustere einen Moment lang sein schönes, ernstes Gesicht und seinen gütigen Blick. »Du bist so umsichtig, weißt du das? Auch wenn du das selbst gar nicht merkst.«

»Danke.« Jonas errötet.

Wie sehen uns an, und ich weiß zwar nicht, wie es ihm geht, aber ich kann nur eines denken: Ich liebe dich.

»Wenn du Josh wärst, dann würde ich mir jetzt selbst eine Ohrfeige geben«, meint er.

»Was?« Ich lache.

»Egal.«

Ich sehe auf die Uhr. In zwölf Minuten geht das Seminar los. Zeit, mich zu konzentrieren.

»Okay, das Kaffeekränzchen ist vorbei«, verkünde ich. »Jetzt geht's los!«

Er lacht. »Klar, mach dein Ding, Baby.«

Ich beginne mit meinen Uni-Ritualen. Eine Flasche Wasser kommt auf den Tisch. Ich klappe den Laptop auf und öffne ein leeres Dokument. Ziehe einen Notizblock aus meiner Tasche und lege einen Kugelschreiber dazu. Denn auch wenn sich mittlerweile alles am Computer erledigen lässt, mache ich mir immer noch gern ganz altmodisch handschriftliche Notizen. Ich will oben das Datum notieren, aber mein Kugelschreiber funktioniert nicht. Mist. Ich krame in meiner Tasche nach einem anderen Stift und … finde einen Umschlag. Wo kommt der denn her? Ich öffne ihn und entdecke einen Scheck über zweihundertfünfzigtausend Dollar von Jonas P. Faraday. Ich kann nicht mehr atmen, sehe immer wieder zwischen meinem Namen und dieser Summe hin und her. Kann meinen Augen kaum trauen.

Jonas starrt auf seinen Laptop und hat offenbar gar nicht bemerkt, was ich da gefunden habe.

»Jonas.« Mit zittrigen Fingern halte ich den Umschlag in die Höhe.

Er sieht zu mir und läuft erneut rot an.

»Jonas«, stammle ich wieder. »Ich kann das nicht. Was …?«

Ich habe noch nie so viel Geld auf einmal in der Hand gehalten und kann nicht fassen, dass er das wirklich getan hat.

»Ich hatte eigentlich nicht geplant, dass du den Umschlag jetzt findest«, sagt er.

»Jonas«, sage ich wieder, weil mein Wortschatz sich offensichtlich auf den eines Kleinkindes reduziert hat. »Nein.« Ich kann das nicht annehmen. Trotzdem finde ich es wahnsinnig aufregend, dass er so etwas für mich tun würde.

»Lass mich erklären, was ich mir dabei gedacht habe«, setzt er an.

»Ich könnte doch nie –«

»Lass mich ausreden, Sarah.«

Mein Mund steht offen. Das ist doch verrückt!

»Du hattest recht. In den nächsten sechs Monaten kann alles Mögliche passieren. Du könntest beschließen, dass ich doch zu gestört für dich bin. Vielleicht werde ich dir langweilig oder enge dich zu sehr ein … Oder ich kann meine Gefühle nicht so zeigen, wie du es bräuchtest. Vielleicht bin ich auch zu anstrengend.« Er schluckt hart. »Es könnte alles Mögliche passieren. Aber ganz egal, wie es zwischen uns läuft: Ich will, dass dein Traum wahr wird. Selbst wenn ich kein Teil davon sein sollte. Deswegen gehört das Geld jetzt dir, Sarah. Ganz egal, ob du das Stipendium bekommst oder ob wir zusammenbleiben. Leg es auf dein Konto. Von jetzt an ist es deins, und es sind keinerlei Bedingungen daran geknüpft. Falls du es wegen des Stipendiums erst mal nicht brauchst, kannst du es anlegen und dir später das Leben damit erleichtern. Du kannst es auch der Organisation deiner Mutter spenden oder so. Ich bin mir ganz sicher, dass du mithilfe des Geldes die Welt zu einem helleren Ort machen wirst.«

Ich breche in Tränen aus.

»Nicht weinen! Ich wollte dich glücklich machen, nicht traurig.«

Ich bin vollkommen überwältigt und kriege kein Wort heraus.

»Baby, nicht weinen ...«

Es dauert ein paar Minuten, bis ich wieder ein sinnvolles Gespräch führen kann.

»Warum so viel?«, frage ich. »Es ist viel zu viel Kohle, Jonas. Selbst wenn ich mir die Ausbildung von dir finanzieren ließe – was ich nicht vorhabe –, könnte ich diesen Betrag niemals annehmen. Das ist verrückt.«

»Denk doch mal einen Moment nach. Du hast bestimmt einen Studienkredit aufgenommen, oder?«

Ich nicke.

»Und dann sind da noch die Kosten für die nächsten zwei Jahre, falls das mit dem Stipendium nicht klappen sollte. Außerdem wirst du Steuern zahlen müssen. Das kann richtig fies sein, glaub mir! Du wirst überrascht sein, wie viel Vater Staat sich von dieser Summe unter den Nagel reißt.«

Ich wische mir zitternd die Tränen aus den Augen.

»Wenn man all das bedenkt, dann ist die Summe gar nicht mehr so gigantisch.« Er streichelt meinen Kopf. »Ich habe die Höhe des Betrags nicht willkürlich ausgesucht, Sarah.« Er sieht mich reumütig an. »Das ist meine Buße.«

Ich schüttle den Kopf. Er schuldet mir doch nichts! Als ich das Wort »Strafe« letzte Nacht in sein Ohr geflüstert habe, wollte ich nur ein bisschen versaut sein. Dieser Mann schuldet niemandem irgendetwas, mir am allerwenigsten.

»Ich schäme mich dafür, dass ich so viel Geld dafür ausgeben wollte, meine Dämonen zu füttern. Vielleicht tue ich mit dem Scheck ja was für mein Karma, wer weiß. Zumindest lindert es mein schlechtes Gewissen!«

Tränen laufen über meine Wangen.

»›Gute Taten stärken uns selbst und bewirken gute Taten bei anderen‹«, sagt er.

»Platon?«

»Na klar.«

Ich atme zittrig ein. »Ich danke dir, Jonas. Ich kann kaum

in Worte fassen, wie dankbar ich dir dafür bin. Du bist wunderschön, innen und außen. Aber –«

»Kein Aber. Bitte. Sag einfach Ja und mach ein Mal im Leben das, was ich möchte, Süße.« Seine Stimme wird sanft. »Bitte. Ich flehe dich an, sei dieses Mal nicht so stur. Ich würde das so gern für dich tun.«

Ich schnappe nach Luft wie ein Fisch an der Angel. Dieses Geld würde mein Leben verändern. Keine Frage. Aber es ist zu viel, um es anzunehmen. Ich sehe in seine Augen, suche nach einem Zeichen, einer Entscheidungshilfe und entdecke nichts als Liebe. Bedingungslose Liebe.

»Jonas«, flüstere ich.

»Sarah, ich *bestehe* darauf«, sagt er leise und schenkt mir sein verführerischstes Lächeln.

Trotz meiner Tränen muss ich plötzlich lachen. Welche normalsterbliche Frau könnte diesem Mann widerstehen?

»Wenn du wirklich darauf bestehst«, sage ich, und er lächelt.

»Aber lass mich noch mal eine Nacht drüber schlafen«, füge ich hinzu und stecke den Scheck wieder in meine Handtasche. »Es ist einfach eine ganze Stange Geld.« Ich lege meine Hand auf seine Wange. »Mein süßer Jonas.« Ich drücke meine Lippen auf seine. Sein Mund ist magisch, und ich spüre wieder, dass ich Jonas aus tiefstem Herzen liebe. Es ist mir egal, was für Geheimnisse und Schmerzen in ihm rumoren, denn ich bin mir sicher, dass wir sie gemeinsam ausbuddeln und eine Lösung finden werden. Wie lange es auch dauern mag und wie langsam wir auch vorwärtskommen werden, wir schaffen das. Schritt für Schritt. Wir haben schließlich alle Zeit der Welt. Als ich mir übers Gesicht wische, werden meine Hände rabenschwarz vor lauter Wimperntusche.

»Oje«, seufze ich. »Sag mal ganz ehrlich, sieht mein Gesicht gerade wie ein Strand nach einer Ölkatastrophe aus?«

Er lacht. »Gar nicht. Du bist wunderhübsch.«

»Bin gleich wieder da!«, sage ich und stehe auf. Jonas tut es mir nach. »Und ich komme mit!«

»O Gott, Jonas, die Toilette ist doch gleich hier auf dem Flur! Entspann dich. Ich gehe schnell pinkeln, wasche mein Gesicht, schnäuze mich und bin in Rekordzeit wieder hier! Versprochen.« Ich schnappe mir meine Handtasche, um auch gleich mein Make-up auffrischen zu können. Jonas wirkt unschlüssig, und ich werfe die Hände in die Luft.

»Du kannst doch nicht mit auf die verflixte Damentoilette kommen, Jonas! Das hier ist eine Uni! Die hängen am Ende noch Poster auf, auf denen vor dem unheimlichen Toilettenstalker gewarnt wird. Komm schon, Baby, sei nicht ganz so paranoid!«

Er seufzt. »Kleinen Moment.«

Er geht zur Tür des Seminarraums, streckt den Kopf hinaus und sieht immer wieder hin und her.

»Okay. Die Luft ist rein«, meint er grinsend, als er zurückkommt. »Wenn es um mein kostbares Baby geht, kann ich gar nicht vorsichtig genug sein.«

Ich verdrehe die Augen. »Dann bis gleich!« Ich küsse seinen Scheitel. »Und wenn ich wieder da bin, gehst du in die letzte Reihe, ja? Langsam wird die Beschützernummer nämlich ganz schön peinlich.«

Sarah

»Hilfe«, murmele ich, als ich mich selbst im Spiegel sehe. Ganz egal, was Jonas dazu gesagt hat: Mein Gesicht ist doch eine Ölkatastrophe.

Dieser Scheck hat mich wirklich ordentlich aus dem Konzept gebracht. Ich kann mich nicht daran erinnern, wann ich zum letzten Mal spontan so losgeheult habe! Es war, als wäre ich zur Miss America gekrönt worden, hätte gleichzeitig einen Heiratsantrag bekommen, Fünflinge zur Welt gebracht und im Lotto gewonnen. Ich bin so aufgewühlt, dass ich keinen klaren Gedanken mehr fassen kann. Gerade kann ich nur eines denken: Jonas, ich liebe dich. Der Mann lässt all meine Träume wahr werden.

Ich drehe den Wasserhahn auf und spritze mir kaltes Wasser ins Gesicht, um dann die Wimperntusche abzuschrubben. Mit einem Papiertuch aus dem Spender trockne ich mich ab und schnäuze mich noch einmal kräftig. Ich bin wirklich ein Häufchen Elend. Aber ein fröhliches.

Noch ein kleines bisschen Lipgloss auf die Lippen getupft und ... fertig.

Ich gehe in eine der Kabinen, sperre ab und setze mich auf die Klobrille. Da höre ich, wie die Tür zu den Toilettenräumen sich öffnet. Höre Schritte, die näher kommen, aber niemand betritt die Kabine neben mir. Komisch. Warum wartet die Person darauf, dass ich fertig bin, wenn doch eine Toilette frei ist?

Ich beuge mich nach unten, um unter der Trennwand hindurchzulinsen, kann aber von hier aus nicht viel sehen. Dazu müsste ich mich schon auf alle viere begeben. Ich bin mir jedenfalls sicher, dass da jemand ist. Ich warte. Keine Schritte mehr. Was ist nur los? Sucht die Person nach einem Tampon? Oder hat sich am Ende mein großartiger, aber auch sehr paranoider Freund auf die Damentoilette geschlichen?

»Jonas?«

Keine Antwort.

»Wenn du das bist, dann warte bitte draußen, du kleiner Stalker!«

Die Tür der Toilettenräume fällt ins Schloss.

»Jonas?« Plötzlich fühle ich mich sehr unwohl. »Ist da jemand?«

Es muss Jonas sein. Vielleicht ist er auf einen Quickie aus, ganz im Sinne unserer schnellen Nummer in der Bar? Ich verdrehe die Augen. Das war eine einmalige Angelegenheit, ich habe nicht vor, das zur Regel zu machen! Jetzt geht es sowieso nicht, schließlich beginnt gleich der Unterricht. Andererseits ahne ich, dass Jonas mich eigentlich immer und überall zu einem kleinen Stelldichein überreden könnte.

Die Schritte kommen wieder näher. Meine Brust zieht sich zusammen, und ich habe plötzlich einen großen Kloß im Hals. Die Schritte klingen nicht wie die einer Frau, und schon gar nicht nach Jonas. Es ist eher ein Schlurfen, und das passt nicht zu meinem Liebsten, der sich immer sehr elegant bewegt. Ich ziehe die Jeans hoch und betätige die Spülung, während das Blut in meinen Ohren rauscht.

Zitternd schnappe ich mir meine Handtasche und öffne die Tür.

O Gott. Vor mir steht der Kerl, der wie John Travolta in *Pulp Fiction* aussieht. Und in seiner Hand hält er ein Messer. Ich habe solche Angst, dass ich kein Wort herausbringe und mich nicht mehr bewegen kann.

Der Kerl packt mich und zerrt mich an meinem T-Shirt aus der Kabine. Das Messer blitzt im Licht auf, ehe er es an meinen Hals drückt.

»Oksana!«, rufe ich. »Oksana!«

Einen Moment lang ist er verwirrt, drückt das Messer zwar an meine Kehle, schneidet aber nicht zu.

»Du musst mit Oksana sprechen!«, platzt es aus mir heraus. »Es gibt neue Anweisungen!«

Ich stoße einen ängstlichen Schrei aus und zittere am ganzen Körper. Meine Knie drohen nachzugeben, aber er hält mich fest und drückt das Messer weiter an meinen Hals. Gut, dass ich gerade auf der Toilette war, sonst würde ich mir jeden Moment in die Hose machen.

»Du kennst Oksana?« Er spricht mit einem starken Akzent.

»Ja, Oksana – die verrückte Ukrainerin.« Ich versuche, kumpelhaft zu grinsen, aber wahrscheinlich sehe ich eher so aus, als hätte ich gerade einen Krampfanfall. Der Typ findet das anscheinend gar nicht komisch. Mist. Vielleicht kommt er auch aus der Ukraine?

»Oksana in Las Vegas, aus der Hauptgeschäftsstelle. Sie hat neue Anweisungen für dich, du sollst mir nichts tun. Die Dinge liegen jetzt ganz anders. Oksana wird es dir erklären.«

»Mir wurde gesagt, dass ich dich umbringen soll.« Sein Blick ist kalt. Wieder geben meine Knie nach, wieder hält er mich und drückt das Messer noch fester an meine Kehle.

»Du solltest die neuen Anweisungen gestern Abend oder heute Morgen erhalten. Kein Mord.« Vor lauter Angst klinge ich, als würde ich mit Koko reden, dem Gorilla, der per Zeichensprache kommunizieren kann.

Verdammt, er hat keine Ahnung, wovon ich spreche. Stacy hat meine Nachricht anscheinend noch nicht weitergegeben. Auf jeden Fall hat sie ihn bisher nicht erreicht. Jetzt drückt er das Messer so fest an meine Haut, dass sie nachgibt. Es brennt furchtbar.

Er fletscht die Zähne, und seine Augen leuchten auf, als hätte er eben eine Entscheidung getroffen. Und zwar nicht zu meinen Gunsten.

»Zweihundertfünfzigtausend Dollar!«, rufe ich. Kurz hält er inne, gerade lang genug, dass ich weiterreden kann.

»Die sind in meiner Handtasche. Von irgendeinem reichen Sack. Zweihundertfünfzigtausend Dollar! Schau nach. Du kannst sie haben. Und ich kann noch mehr beschaffen.«

Kurz lässt er meine Worte sacken, dann nimmt er mich in den Schwitzkasten und macht sich an meiner Tasche zu schaffen. Als er den Scheck in den Händen hält, grunzt er vor Vergnügen oder Boshaftigkeit. Ich bin mir nicht sicher.

»Ich hab den Kerl total über den Tisch gezogen. Er hat mir die Kohle gegeben, und glaub mir, er hat noch viel, viel mehr. Ich habe dem Club deswegen heute Morgen schon geschrieben. Ich will gemeinsame Sache mit euch machen. Ruf deine Chefin an, dann wirst du schon sehen. Ich hab eine E-Mail geschickt. Ich nehme den Typen aus wie eine Weihnachtsgans, und dasselbe kann ich auch mit den anderen Mitgliedern machen. Wir können gemeinsam eine Menge Kohle scheffeln! Richtig, richtig Asche machen.« Ich keuche. Mir ist schwindlig.

Er hält den Scheck in die Luft und neigt seinen Kopf zu mir. »Du kannst noch mehr beschaffen?«

Was hat er nur für einen schlechten Atem!

»O ja, noch viel, viel, viel, viel mehr«, stammle ich. »Und nicht nur von ihm, auch von den anderen Kerlen! Ich werde alles mit euch teilen. Deswegen hab ich doch geschrieben, frag ruhig nach! Der Typ hat seine Mitgliedschaftsgebühr bezahlt, aber jetzt will er nur noch mit mir schlafen – eine BE haben, weißt du?« In Gedanken danke ich Stacy dafür, dass sie mich mit dem passenden Vokabular versorgt hat. »Diese Typen lieben eine gute BE. Sie glauben, dass ich ihnen zuliebe die Regeln breche – dass wir Romeo und Julia sind oder so. Und all den neuen Mitgliedern können wir das ebenso weismachen. Ich erzähle ihnen irgendeine rührselige Story von wegen Ausbildungsgebühren und krebskranke Mutter, und schon rollt der Rubel, weil sie meinen Retter spielen wollen. Und ich und der Club teilen dann.«

Er denkt nach. Oder tötet mich zumindest noch nicht.

»Ich werde niemandem vom Club erzählen, warum sollte ich auch? Das ist das Letzte, was ich will. Schließlich ist das hier doch der Weg zum großen Geld. Ich liebe es, die Kerle abzuziehen! Lasst mich eure Partnerin sein. Ich verschaffe den Mitgliedern eine BE, ehe sie sich dann mit den anderen Mädels vergnügen. Ich bin die, die sie nicht haben dürfen, die verbotene Frucht sozusagen. Dem ersten Trottel habe ich so schon zweihundertfünfzigtausend Dollar abgeknöpft, und nächstes Mal ist es vielleicht sogar noch mehr. Ruf deine Chefin an und frag sie, ob sie die Mail bekommen hat. Dann siehst du, dass ich die Wahrheit sage. Ruf sie an und find es heraus.«

Ich werde jeden Moment ohnmächtig, kann meinen Monolog nicht mehr lang fortsetzen. Meine Sicht verschwimmt, und meine Brust verkrampft sich von der Anstrengung, Luft zu holen und gleichzeitig ohne Pause zu sprechen. Nie habe ich so viel Adrenalin in meinen Adern gespürt. Es besteht kein Zweifel, dass der Mann kurz davor ist, mir das Messer in die Brust zu rammen. Ich zittere.

»Ruf deine Chefin an. Los, Hugo.«

Er verzieht amüsiert das Gesicht, und zum ersten Mal wirkt er ein bisschen menschlich. Das werte ich als gutes Zeichen.

»Was? Sag bloß, dass du gar nicht so heißt? Manometer, dabei würde der Name so gut zu dir passen!«

Er zieht einen Mundwinkel nach oben.

»Wenn wir zusammenarbeiten, dann nenne ich dich

Hugo. Das ist dein Spitzname, ja?« Ich lächle. Oder zumindest versuche ich es.

Er starrt auf den Scheck. »Du kannst wirklich mehr beschaffen?«

»Viel mehr, ehrlich. Ich hab dem Typen gestern in der Bar eine riesige Szene gemacht, als er Stacy getroffen hat. Er hat es geliebt und mir direkt auf der Toilette die Seele aus dem Leib gevögelt, um mir dann das Geld zu geben. Und genau dieses Spiel können wir mit all den anderen Mitgliedern auch spielen!« Ich versuche zu lachen. »Diese Typen lieben eine schöne BE – harte Schale, weicher Kern, weißt du? Los, ruf deine Chefin an. Frag sie nach der Mail. Dann wirst du schon sehen.«

Mein Atem geht stoßweise, und der Schweiß steht mir auf der Stirn.

Ohne Vorwarnung nimmt er mich wieder in den Schwitzkasten und drückt meinen Kopf an sich, während er das Telefon hervorzieht. Ich kann nicht sehen, was er macht, höre aber leise die Ansage einer Mailbox und ein Piepen. Er hinterlässt eine schroffe, stakkatoartige Nachricht in einer fremden Sprache. Russisch?

Ich werde von einem James-Bond-Bösewicht abgemurkst. Das kann doch alles nicht wahr sein.

Er reißt an meinem Haar und drückt das Messer noch fester an meinen Hals. Ich spüre, wie Blut hinabläuft, meine Haut brennt wie Feuer.

Er schiebt sein Gesicht dicht vor meines. Ich schreie auf, weil ich sicher bin, dass das hier mein Ende ist, aber er hält erneut den Scheck in die Höhe.

»Wenn du mich anlügst, dann komme ich wieder und schneide dir die Kehle durch, ist das klar?!«

Er lässt mich los, und da, wo eben noch das Messer war, brennt es wie Feuer. Hat er mich geschnitten? Als ich meine Hand an meinen Hals lege, spüre ich plötzlich in meinem

Brustkorb den heißesten und schlimmsten Schmerz, den ich je hatte. Meine Knie geben nach, und ich kann kaum noch atmen. Im Fallen wirbelt die Damentoilette vor meinen Augen wie wild im Kreis, dann spüre ich einen gewaltigen Schmerz in meinem Hinterkopf.

Ich liebe dich, Jonas.

Dunkelheit.

Jonas

Ich verkrümle mich in die letzte Reihe, ganz so, wie sie es verlangt hat. Ich bin nun mal ihr kleines Malteserhündchen. Sitz, Fass, Platz – was auch immer sie verlangt, ihr Wunsch ist mir Befehl.

Der Seminarraum ist beinahe voll. Ein Kerl setzt sich auf den Platz neben ihrem leeren Sitz, und einen Moment lang bin ich neidisch. Ich will neben ihr sitzen! Ich hätte gar nicht aufstehen sollen, verdammt.

Ich werfe einen Blick auf meine Armbanduhr. Ein paar Minuten dauert es noch, bis der Unterricht beginnt. Sie sollte sich trotzdem beeilen, was zum Teufel macht sie denn? Schminkt sie sich? Hoffentlich nicht – das hat sie doch gar nicht nötig!

Der Professor betritt den Raum und geht den Gang entlang nach vorne. Ehe er am Pult angelangt ist, hält ein Student ihn auf, um eine Frage zu stellen. Ich greife in meine Tasche und hole den USB-Stick heraus, den sie mir gegeben hat. Mal sehen, was für ein Mixtape mein Baby für mich zusammengestellt hat! Ich habe noch nie eine Playlist von einer Frau bekommen und bin deswegen ganz schön aufgeregt.

Ich stecke die Ohrstöpsel in meine Ohren und lausche dem ersten Song. »Demons« von Imagine Dragons. Ich lächle. Meine clevere Sarah! Ich hab es verstanden. Ich habe meine Dämonen, und du wirst mich vor ihnen retten. Den Song muss ich mir jetzt nicht anhören, ich kenne ihn sowieso beinahe auswendig.

Der nächste ist »Not Afraid« von Eminem. Aha, die Playlist hat ein ganz bestimmtes Thema! Diese Frau ist offenbar wirklich wild entschlossen, mich zu heilen. Daran sollte ich mich wohl gewöhnen, so ist sie nun mal.

»Come a Little Closer« von Cage the Elefant. Aha. Den Song kenne ich nicht. Ich höre mir etwa dreißig Sekunden davon an, bis der Refrain zum ersten Mal endet. Ich liebe diesen Song. Und ja, der rote Faden zieht sich weiterhin durch die Musik. Sie will, dass ich »*a little closer*«, *ein bisschen näher* komme. Oder, wie meine Exfreundinnen es ausgedrückt haben: Ich soll sie »an mich heranlassen«.

Der Professor geht zum Pult und sortiert seine Notizen. Sarah hat noch etwa eine Minute Zeit, dann werde ich auf die Damentoilette stürmen und sie in den Unterricht schleppen. Sie ist doch schließlich diejenige, die keine Sekunde ihres Seminars verpassen will! Immerhin waren wir deswegen zwanzig Minuten zu früh da.

Ich sehe mir die restliche Titelliste an, und mir geht das Herz auf, als das Thema plötzlich wechselt.

»She loves you« von den Beatles. »Crazy in Love« von Beyoncé. »Love Don't Cost a Thing« von Jennifer Lopez. »I Just Can't Stop Loving You« von Michael Jackson. Und so weiter: »Love Can Build A Bridge«. »All You Need Is Love«. »(I Can't Help) Falling In Love With You«.

Ich springe auf und hüpfe wie ein Verrückter auf und ab, wringe meine Hände. Ich muss sie berühren, küssen, mit ihr schlafen. Vielleicht schleiche ich mich auf die Damentoilette und vernasche sie direkt in einer der Kabinen? Nein, was denke ich denn da? O Gott. Sie liebt mich. Das haben wir uns zwar auf höchst kryptische, verschlüsselte Art und Weise längst mitgeteilt, aber das Wort »Love« jetzt so oft auf meinem Bildschirm zu sehen und diesen expliziten Liebesbrief meines Babys zu lesen, ist das Schönste, was ich mir vorstellen kann.

»Liebe ist die Sehnsucht nach der Ganzheit, und das Streben nach der Ganzheit wird Liebe genannt.«

»Guten Morgen«, beginnt der Professor. »Lassen Sie uns mit dem Rechtsfall beginnen, der vor dem Obersten Gerichtshof der Vereinigten Staaten verhandelt wurde und einen Wendepunkt in der amerikanischen Rechtsprechung darstellt – *Lawrence v. Texas* auf Seite 83 in Ihrem Arbeitsbuch. Ms Fanuel, wären Sie so freundlich, uns den Prozess näher zu erläutern?«

Wo zum Teufel ist sie? Wofür braucht sie so lange?

»Ja. Der Oberste Gerichtshof hat im Fall *Lawrence v. Texas* beschlossen, dass einvernehmliche sexuelle Beziehungen zu den Rechten gehören, die durch den 14. Zusatzartikel der Verfassung der Vereinigten Staaten sichergestellt werden.«

Wo ist sie?

Ich werde panisch. Sie hätte längst zurück sein sollen! Verdammt.

Aus dem Flur ertönt ein Schrei, und ich stürze aus dem Raum.

Eine verängstigte Gruppe von Studenten steht vor der Tür der Damentoilette. »Ruft den Notarzt!«, fordert jemand.

Ich bahne mir einen Weg durch die Studierenden, bis ich vor den Waschbecken der Damentoilette stehe.

Blut. O nein, überall ist Blut. Nein, bitte, Gott, nicht wieder. Kein Blut mehr. Nicht noch einmal.

Ich sehe ihren gefesselten und blutüberströmten Körper. Das Bettlaken ist blutgetränkt.

Ich sehe sein Gehirn an der Wand kleben. Und am Boden. Und an der Decke. Und ich sehe den rot gefärbten Teppich.

Und jetzt sehe ich meine blutüberströmte, zusammengekrümmte Sarah. Sehe das Armband, das ich ihr geschenkt habe, an ihrem leblosen Handgelenk. Auch die ursprünglich weißen Fliesen sind dunkelrot.

»Ruft einen Notarzt!«, brülle ich.

»Haben wir schon«, ruft jemand. »Die müssen jeden Moment hier sein.«

Ich raufe mir das Haar, krümme mich zusammen, und ein lautes Heulen dringt aus meiner Kehle. Ich übergebe mich auf den Boden, und jemand kommt, um mir zu helfen, aber ich schubse ihn weg. Ein anderer packt mich, doch ich mache mich los und knie mich neben sie auf den Boden.

Ein Mann beugt sich über sie, lauscht, ob ihr Herz noch schlägt. Wieder heule ich auf und ziehe an meinem Haar.

Der Typ kniet sich neben sie und nickt einem anderen Mann zu. Die ganze Studentengruppe seufzt auf. Ich schubse den Mann beiseite. Sie gehört mir. Ich nehme ihren leblosen Körper auf den Arm, berühre jeden Quadratzentimeter, versuche herauszufinden, woher das Blut kommt.

»Hey, Sie dürfen sie nicht bewegen!«, ruft jemand. Ich kann das zwar hören, verstehe aber nicht, was es bedeutet. Fieberhaft taste ich ihren Körper ab und entdecke schließlich ein Loch in ihrem T-Shirt, direkt über ihrem Brustkorb. Ich berühre das Loch, der Stoff rundherum ist warm, feucht und rot.

»Rot«, sage ich mit brüchiger Stimme. Sie hat doch gesagt, dass sie aufhört, wenn ich das sage. »Rot«, krächze ich wieder. Aber es hört nicht auf. Mach, dass es aufhört! »Rot!« Ich fange an zu schluchzen, während mein Geist sich von meinem Körper löst und über dem Geschehen schwebt.

Ich ziehe ihr T-Shirt nach oben, und ein ersticktes Schluchzen entweicht meinem Mund. Eine Wunde. Eine klaffende rote Wunde auf ihrer herrlichen olivfarbenen Haut, genau wie letztes Mal. Nur, dass es dieses Mal bloß ein bedrohliches Loch ist und nicht unzählige. Ich lege meinen Finger auf die Wunde, um die Blutung zu stoppen. So habe ich es auch das letzte Mal gemacht, nachdem der Mann verschwunden ist. Sie hat immer gesagt, ich hätte magische Hände, aber das hat nicht gestimmt. Da waren zu viele Wunden, zu viele Löcher, die ich hätte stopfen müssen. Meine Hände waren zu klein, und die Zauberkraft war verschwunden.

Aber dieses Mal ist da nur ein einziges Loch, und meine Hände sind groß, meine Finger stark. Wenn ich fest genug presse, wird das Blut aufhören zu fließen. Dieses Mal klappt es. Und trotzdem ist da noch mehr Blut, wo kommt das her? Ihr Hals. Es fließt aus ihrem Hals. Ich presse meinen Finger auf die zweite Wunde, und das Blut hört auf zu fließen.

»Ruft den Notarzt!«, brülle ich. »Ruft ihn endlich!«

»Haben wir. Sie kommen gleich. Das Krankenhaus ist direkt hier auf dem Campus. Die sind jeden Moment da!«

Der andere Kerl beugt sich hinunter und presst einen Finger auf die Wunde an ihrem Brustkorb, während ich ihren Kopf im Arm halte und den Finger auf das Loch in ihrem Hals drücke.

»Ruft sie noch mal«, brülle ich. Wo ist mein verdammtes Telefon? Habe ich es im Seminarraum liegen lassen?

»Holt den Arzt!«, heule ich.

Ich habe versucht, die Fesseln zu lösen, aber die Knoten waren zu fest. Habe versucht, ihre Handgelenke zu befreien, aber meine Finger waren nicht stark genug. Ja, die Zauberkraft war vollkommen verpufft. Ganz egal, wie sehr ich es versuchte. »Ich liebe dich«, habe ich weinend zu ihr gesagt. »Ich liebe dich!«, habe ich geheult und gehofft, dass sie davon aufwacht und mich wieder anlächelt. »Ich liebe dich, Mommy.« Aber sie wurde nicht wach, ganz egal, wie oft ich den Zauberspruch wiederholte. »Ich liebe dich.« Nein, meine Liebe konnte sie nicht retten. »Bitte, sieh mich an, Mommy.« Aber ihre blauen Augen starrten weiter ins Leere.

Sarahs Blut ist jetzt überall, auf meiner Hose, meinem T-Shirt, meinen Armen, meinen Händen. Wenn ich ihr mein Blut geben könnte, dann würde ich es tun. Bis zum letzten Tropfen.

Meine Unterarme sind feucht, bedeckt von ihrem Blut. Meine Finger tasten durch ihr feuchtes Haar, über ihren Schädelbasisknochen, und plötzlich spüre ich einen riesigen Einschnitt.

Diese Entdeckung lässt mich laut aufheulen, und mein Körper krümmt sich erneut zusammen, während mich die Menschen entsetzt anstarren.

Ich sehe sie an, mein kostbares Baby. Höre schwere Schritte, die im Näherkommen immer lauter werden. Den Klang von Metallrädern.

Ich drücke sie an mich. »»Liebe ist die Sehnsucht nach der Ganzheit, und das Streben nach der Ganzheit wird Liebe genannt««, wimmere ich leise, ehe der Damm bricht und ich anfange, hemmungslos zu weinen.

»Ich liebe dich!«, rufe ich. »Ich liebe dich, Sarah, ich liebe dich. Mein Baby.« Ich zittere und schluchze, wiege mich vor und zurück. Nie im Leben habe ich einen solchen Schmerz empfunden. Warum starrt die Menge so? Warum verstehen sie es nicht? »Ich liebe sie!«, verkünde ich laut, und sie starren weiter, kapieren es immer noch nicht. »Ich liebe sie!«, brülle ich die Meute an, aber woher sollen sie auch wissen, was ich empfinde? Das tut niemand – außer Sarah. Sarah versteht mich immer. Ich darf sie nicht verlieren. Das würde ich nicht überleben. Das müssen die Leute hier doch begreifen! Ihr Blut ist meins. Ich blute den ganzen Boden voll. Nein, ohne sie überlebe ich nicht. Das müssen sie verstehen.

»Ich liebe Sarah Cruz!«